L'Héritière

Melinda Salisbury

L'Héritière

Traduit de l'anglais
par Emmanuelle Casse-Castric

GALLIMARD JEUNESSE

Titre original : *The Sin Eater's Daughter*
Édition originale publiée en Grande-Bretagne par Scholastic Ltd.

À ma mamie, Florence May Kiernan

Chapitre 1

Même lorsqu'il n'y a pas de prisonniers, j'entends leurs cris. Ils demeurent comme des fantômes entre les murs et dans l'écho des pas. Si vous descendez dans les profondeurs du château, en dessous de l'étage où dorment les gardes, sous la chambre de Révélation, c'est là qu'ils se tapissent, derrière les instants de calme.

La première fois que l'on m'a menée à cet endroit, j'ai demandé à mes gardes ce qu'on faisait aux prisonniers pour qu'ils crient autant. L'un d'eux, Dorin, m'a regardée en secouant la tête, les lèvres pincées et blêmes, et a pressé le pas en direction de la chambre de Révélation.

Je me souviens qu'à ce moment j'ai ressenti un mélange de crainte et d'excitation à l'idée d'une chose si terrible, si horrifique, que même mon garde, un modèle d'impassibilité et de force, ne pouvait le dire tout haut. Je m'étais promis de découvrir ce sombre secret gardé sous terre. J'étais si naïve en ma treizième moisson. D'une naïveté aveugle et désespérante.

Lorsque je suis arrivée au château, il y a des lunes et des lunes, j'ai été impressionnée par la beauté et le luxe du décor. Ici, pas de nattes au sol, pas de paille mêlée de lavande et de basilic pour la bonne odeur. La reine exige des tapis, des moquettes et des chemins d'escalier tissés spécialement pour elle, pour que nos pas soient assourdis.

Derrière les riches tapisseries rouge et bleu, la maçonnerie est en pierres grises parsemées de paillettes de mica qui produisent des reflets lorsque les servantes tirent les tentures pour lessiver les murs. Les candélabres en bois de cerf au-dessus de ma tête sont rehaussés de dorures, les coussins à pampilles, remplacés dès que leur velours s'élime. Tout est impeccable et immaculé. Tout est maintenu en ordre et en beauté. Dans les hauts vases de cristal, les roses sont toutes coupées à la même hauteur, toutes exactement de la même teinte et arrangées de la même manière. Dans ce château, il n'y a pas de place pour les choses imparfaites.

Ma mère avait l'habitude de dire que tout ce qui brille n'est pas d'or. Elle avait raison : parfois d'autres choses brillent. Les yeux brillent… jusqu'à ce que la vie les quitte.

Mes gardes marchent prudemment à mes côtés, le corps tendu, en maintenant une bonne distance entre eux et moi. Si je levais le bras vers l'un d'eux, ils s'écarteraient, horrifiés. Si je trébuchais ou m'évanouissais et que leur instinct les trahissait, les poussant à accourir pour me rattraper, ils signeraient leur arrêt de mort. On leur trancherait la gorge sur-le-champ, par compassion. Être égorgé est une chance comparé à l'agonie causée par ma peau empoisonnée.

Tyrek n'a pas eu cette chance.

Dans la chambre de Révélation, mes gardes se placent contre la porte et l'apothicaire de la reine, Rulf, m'indique d'un bref signe de tête le tabouret sur lequel je dois m'asseoir, puis il me tourne le dos et passe en revue son équipement. Les murs sont tapissés d'étagères où s'alignent des bocaux emplis de substances troubles, de poudres étranges et de feuilles inconnues, entassés sans ordre apparent. Rien n'est étiqueté, du moins je ne distingue pas grand-chose à la faible lumière des bougies, car il n'y a point de fenêtres à cet étage souterrain. Au début, il me paraissait incongru qu'un rituel comme la Révélation s'accomplisse ici dans le secret, en ce lieu perdu dans le labyrinthe des passages qui sillonnent les sous-sols du château. Mais maintenant, je comprends. Si j'échouais... Il vaut mieux éviter que cela n'arrive sous le regard de la cour et de tout le royaume. Il vaut mieux que cela se passe dans le secret d'une petite pièce, à mi-chemin entre l'enfer des cachots et le quasi-paradis du Grand Salon.

Tandis que, assise sur le tabouret, j'arrange mes jupes autour de moi, l'un de mes gardes, le plus jeune, racle le sol de ses pieds. Ce son est trop bruyant pour la pièce exiguë. Rulf se retourne et le gratifie d'un coup d'œil sévère. Puis il croise mon regard. Son expression est neutre, son visage impassible comme un masque, et je pense que, même s'il n'était pas muet, il n'aurait rien à me dire maintenant.

Avant, il aurait souri et secoué la tête en entendant Tyrek me raconter qu'il avait grimpé aux arbres et chapardé des pâtisseries dans les cuisines. Il aurait agité la main vers celui-ci pour qu'il arrête de fanfaronner, les yeux brillants d'affection pour son fils unique. En ce temps-là, mes séances dans la chambre de Révélation duraient une ou deux heures bien que, pour la Révélation elle-même, quelques instants suffisent. Je m'y attardais, assise face à Tyrek, à deux longueurs de bras de lui, et nous échangions des histoires. Mes gardes restaient à proximité, surveillant avec curiosité les expériences de Rulf et la conversation entre Tyrek et moi. À cette époque, après la Révélation, je ne devais aller nulle part ailleurs qu'à mon temple ou à mon solier, et rien ne m'interdisait de voler ces quelques heures dans la chambre de Révélation, sous la surveillance attentive de ma garde. Désormais les choses ont changé et j'ai d'autres impératifs.

Je me tiens les yeux baissés pendant que Rulf procède à la Révélation : il m'incise le bras et recueille quelques gouttes de mon sang dans le bol placé dessous, qu'il emporte à l'autre extrémité de la pièce. Il ajoute une seule goutte de sang à l'aubemorte, poison mortel auquel il n'existe aucun antidote terrestre, puis m'apporte la mixture. J'attends en silence pendant qu'il effectue le mélange, et le transvase dans une fiole. Je reste immobile tandis qu'il s'approche. Il laisse tomber la fiole sur mes genoux. Je la prends. Le liquide huileux est limpide à la lumière des bougies : on ne pourrait deviner qu'il contient mon sang. Je retire le bouchon et bois.

Immobiles, nous attendons tous de voir si cette fois le poison m'emportera. Cela n'arrive pas, je tiens mon rôle à la perfection. Je pose la fiole sur la table, à côté du tabouret, lisse mes jupes et regarde mon escorte.

– Êtes-vous prête, ma dame ? demande mon garde le plus âgé.

Son visage est étrangement pâle à la lueur des torches. La Révélation est finie, mais j'ai un autre devoir à remplir. J'acquiesce d'un signe de tête et nous gagnons l'escalier, Dorin à ma droite et le second garde, Rivak, à ma gauche. Je sens le regard sinistre de Rulf dans mon dos lorsque je quitte la chambre. Puis nous descendons vers les cachots où les prisonniers attendent. Où les prisonniers attendent ma venue.

Lorsque nous arrivons à l'entrée de la salle de l'Aube, où ils se trouvent, nous effrayons les serviteurs qui retirent les restes de leur dernier repas. Ils se plaquent contre les murs en me voyant, la tête baissée et les doigts crispés sur les assiettes et les gobelets. Dorin adresse un signe de tête à l'autre garde et nous dépasse pour entrer dans la petite pièce. Quelques secondes plus tard, il réapparaît sur le seuil et nous fait signe que tout est en ordre.

Deux hommes sont assis devant une petite table en bois, tous deux vêtus du cou aux chevilles d'une ample chemise noire. Leurs bras sont attachés à ceux des fauteuils. Ils lèvent lentement les yeux vers moi et mes gardes prennent place près de la porte, l'épée au clair. Pourtant, je suis en sûreté, ici comme n'importe où, même en compagnie de criminels, de traîtres à la couronne et au royaume.

– En tant que Daunen incarnée, je vous offre la bénédiction, je lance d'une voix que j'espère assurée et souveraine, alors que j'ai le ventre noué. Vos péchés ne seront pas Dévorés après votre départ, mais je peux vous offrir la bénédiction des dieux. Ils vous pardonneront en temps voulu.

Aucun d'eux n'a l'air reconnaissant, et je ne peux pas leur en vouloir : ce sont des mots vides, nous le savons tous. Si leurs péchés ne sont pas Dévorés, ils seront damnés, et ma bénédiction n'y changera rien. J'attends de voir s'ils vont parler. Certains me maudissent ou me supplient d'intervenir, implorent la clémence. Certains m'ont suppliée de les laisser mourir par l'épée ou par la corde – un pauvre désespéré a même demandé à être dévoré par les chiens. Mais ceux-ci ne disent rien et se contentent de poser sur moi un regard vide. L'un d'eux a un tic : son sourcil gauche tressaute involontairement. Mais c'est le seul signe indiquant que ma présence perturbe au moins celui-là.

Comme ils ne disent ni ne font rien, je baisse la tête, remercie les dieux de m'avoir élue et vais me placer derrière les deux condamnés. Debout entre eux, je ferme les yeux et tends les mains : je pose la paume sur leur nuque puis enroule mes doigts sur leur cou en cherchant le creux de la gorge où je peux sentir le sang courir dans leurs veines, sous la peau. Leurs pouls sont synchronisés. J'attends, les yeux fermés. Lorsque je les sens qui s'emballent (toujours avec une harmonie presque parfaite), je recule et cache mes mains dans mes manches. J'éprouve le besoin irrésistible de les laver au plus vite.

Cela ne prend pas longtemps.

Quelques instants plus tard, ils sont affalés sur la table et le sang coule de leur nez, sur le bois déjà copieusement taché. Quelques gouttes sont tombées par terre pendant qu'ils se convulsaient, et ils ne tiennent assis que parce qu'ils sont ligotés à leur fauteuil, lui-même vissé au sol. L'aubemorte est un poison violent. Les yeux de l'homme au tic sont ouverts, et ce n'est que lorsque les miens commencent à me brûler que je prends conscience d'avoir, moi aussi, le regard fixe. Peu importe le nombre d'hommes, de femmes et d'enfants que j'exécute, cela me déchire toujours autant. Il n'y a pas de raison que ça change car, chaque fois que je procède à une exécution, je revis le jour où j'ai tué Tyrek.

Tyrek était mon seul ami, l'une des deux personnes du château toujours heureuses de me voir. À cause de ma position au sein de la cour, nous ne pouvions nous voir en dehors des moments que je passais dans la chambre de Révélation, sous la surveillance de son père. Mais là au moins, je le voyais et nous pouvions nous raconter tout ce que nous avions vu et ce qu'il avait fait. Il ne ressemblait à personne d'autre de ma connaissance. Il était intrépide et têtu et, à cette époque-là, le temps me séparant de la prochaine Révélation semblait durer une éternité. Les journées s'écoulaient avec une lenteur extrême jusqu'à ce que mes gardes m'escortent au sous-sol. Et là, il m'attendait dans l'embrasure de la porte, il me souriait et repoussait ses cheveux blonds d'un geste impatient.

– Ah ! tu es là ! disait-il. Dépêche-toi, j'ai quelque chose à te montrer.

Il voulait faire partie de mon escorte lorsqu'il en aurait l'âge et adorait défier mes gardes au combat : lui maniant son épée d'entraînement en bois, eux leur lame d'acier. Je riais, assise sur mon tabouret, tandis que son père prélevait mon sang pour la Révélation.

– Et une estocade ! (Il donnait un coup d'épée vers Dorin, qui parait sans difficulté.) Évidemment, là je n'essayais pas de vous faire mal.

– Évidemment, disait Dorin.

Et je riais.

– Fouetté, attaque, parade et ha ! ha ! jubilait-il lorsqu'il parvenait à toucher Dorin au bras.

J'applaudissais et le garde levait son épée en clamant :

– Je me rends.

Tyrek se tournait alors vers moi.

– Vous voyez, ma dame, je saurai vous protéger.

Mais le jour où mon monde s'était écroulé, il ne m'avait pas appelée pour que je me presse, il ne m'avait pas raconté ses efforts à l'entraînement. Il ne m'avait pas regardée du tout. Pour la première fois au cours des deux moissons que j'avais passées au château, il ne m'avait pas accueillie avec le sourire, il s'était prosterné. J'aurais dû pressentir que cela était de mauvais augure, mais je n'avais rien vu. J'avais cru que c'était un nouveau jeu, que nous faisions semblant d'être au temps des chevaliers, et j'avais fait à mon tour la révérence comme une dame, excitée par cette mise en scène pour une raison que je ne m'expliquais pas. Même le silence de Rulf était différent, et il avait écarté Tyrek avant de prendre mon sang, puis lui avait donné le bol pour qu'il l'apporte à la table de Révélation.

Lorsque la porte s'était ouverte à la volée sur la garde de la reine, j'avais d'abord cru que nous nous faisions attaquer, et j'avais levé les mains pour me défendre. Les gardes étaient passés en trombe à côté de moi, puis j'avais entendu le bruit de quelque chose qui se brise et je les avais vus s'emparer d'un Tyrek au visage gris de terreur. À côté de lui, son père était resté immobile.

– Que se passe-t-il ?

Mais les soldats n'avaient pas répondu à ma question et avaient traîné mon ami jusqu'à la porte.

Je m'étais précipitée vers eux, ce qui avait suffi à les figer sur place.

– Lâchez-le et expliquez-vous ! avais-je ordonné.

Mais ils avaient secoué la tête.

– La reine a ordonné qu'il soit arrêté, avait dit l'un d'eux.

J'avais ri. L'idée que Tyrek ait pu faire quelque chose de mal était complètement grotesque.

– Pour quelle raison ?

– Trahison.

Derrière eux, il y avait eu un bruit étouffé et je m'étais instinctivement rapprochée de Rulf qui se retenait à la table en bois, une main crispée sur la poitrine. Lorsque je m'étais retournée vers les portes, les soldats s'étaient remis en mouvement, et ils tenaient Tyrek entre eux comme une poupée de paille agitant la tête de droite à gauche.

J'avais fait un pas en avant pour les suivre, mais Dorin s'était interposé en brandissant son épée.

– Ma dame, m'avait-il avertie, et son regard aussi était éloquent.

Je n'étais pas allée plus loin.

– Menez-moi à la reine, avais-je réclamé.

Il avait hoché la tête ; cependant, cette démarche ne fut pas nécessaire car, alors que nous quittions la chambre de Révélation, elle était apparue dans le couloir, seule, comme si ma demande l'avait convoquée là. Vêtue d'une robe de soie blanc et or, elle arborait une expression de béatitude. On aurait dit une promise au Feu de Mai, innocente, angélique, et la voir m'avait soulagée. Elle avait dû se rendre compte de cette erreur et venait en personne gracier Tyrek.

Alors que j'ouvrais la bouche pour la remercier d'être venue, elle avait levé une main, et ce geste impérieux avait suffi à me faire taire.

– Suis-moi, avait-elle ordonné en passant à côté de nous à grands pas.

Et il avait fallu me dépêcher pour ne pas me faire distancer. Arrivée au bas de l'escalier, elle s'était arrêtée si soudainement que j'avais failli la percuter, et j'avais entendu la brusque inspiration de mon garde obligé de faire brutalement halte derrière moi.

– Laissez-nous, avait-elle ordonné à mes gardes.

Aussitôt, ils avaient fait demi-tour.

Je l'avais regardée, dans l'attente, tandis qu'une sensation désagréable me chatouillait la colonne vertébrale, m'avertissant d'un danger.

– Pendant deux moissons, je t'ai caché une partie de ton rôle, Twylla. Je voulais être sûre que tu comprennes le don que tu as reçu, et que tu sois capable d'en supporter le fardeau. (Elle s'était interrompue pour chercher mon regard.) Car ce don a un coût. Être l'élue implique aussi d'en payer le prix. Mais tu vas bientôt être une femme et je ne peux pas t'en protéger plus longtemps. Désormais tu vas devoir vraiment agir en tant que Daunen incarnée.

Je ne la quittais pas des yeux et ne comprenais rien à ces histoires de coût et de prix. J'acceptais pourtant docilement de boire le poison comme elle le voulait. Je faisais tout ce qu'elle me demandait…

– Le garçon qui est dans la pièce au bout de ce couloir a commis un acte de trahison, avait-elle annoncé en levant la main pour que je ne l'interrompe pas. Je sais que tu ne veux pas y croire, mais fais-moi confiance, j'ai mené une enquête approfondie et il n'y a aucun doute possible. Et de plus, tu y as pris part aussi.

Elle m'avait laissé le temps de prendre la pleine mesure de ses paroles.

– Il t'a soutiré des secrets – nos secrets –, il a recherché ton amitié et, pendant tout ce temps, il vendait tes paroles à nos ennemis.

– Il n'aurait jamais fait ça ! C'est impossible ! Je ne lui ai rien dit... Je ne connais pas de secrets.

– Tu as été sa couverture et son informateur, Twylla. Heureusement, tu as raison : tu ne connais rien qui ait beaucoup d'importance. Néanmoins, tu lui as parlé de ta vie et de tes devoirs ici. Ce sont des rites sacrés et secrets très importants pour nous. Aussi dois-tu lui infliger son châtiment. Être Daunen incarnée ne se résume pas à chanter et à prier. Tu ne prends pas l'aubemorte sans raison, et ce n'est pas seulement pour te mettre à l'épreuve. Vous avez une autre utilité, le poison et toi.

Je l'avais regardée sans comprendre. Quel châtiment pouvais-je lui donner ? Et tout à coup, avec une grande et terrible clarté, j'avais su ce qu'elle attendait de moi : elle voulait que je touche mon ami.

Depuis ma venue au château, je prenais l'aubemorte une fois par lune pour prouver au royaume que j'étais Daunen incarnée, l'élue divine. Je donnais mon sang pour qu'il soit mêlé au poison, puis je buvais le mélange : offrande et consentement. Le fait de mélanger mon sang à l'aubemorte, de boire le mélange fatal et d'y survivre prouvait que j'étais d'essence divine. Plus qu'une simple mortelle.

Je pensais que le prix à payer en contrepartie de ma vie au château était de ne plus pouvoir toucher personne, car le poison que j'ingurgitais de mon plein gré imprégnait ma peau, la rendant toxique pour quiconque viendrait à entrer en contact direct avec moi, hormis pour les personnes bénies des dieux : la reine, le roi et le prince. Le seul antidote à l'aubemorte était la bénédiction des dieux. Cela ne m'avait pas semblé trop cher payé. Après tout, j'avais laissé dans mon ancienne vie la seule personne qui m'ait témoigné de l'amour et de l'affection. Mais ce n'était pas cela, le prix à payer.

Je devais toucher des gens, délibérément, sur commande, en sachant que ce contact les tuerait. Il n'existe pas d'antidote terrestre à l'aubemorte. Frôler ma peau suffit à tuer un homme adulte en quelques secondes. C'était cela, mon rôle, le prix à payer pour être la favorite des dieux. Je devais devenir bourreau. Une meurtrière. Une arme.

– Je ne peux pas.

– Tu le dois, Twylla. Car je ne peux pas garantir l'innocuité du poison dans tes veines si tu refuses d'accomplir ton devoir envers les dieux. C'est leur volonté qui t'en préserve. C'est leur volonté que tu accomplisses cela pour eux.

– Mais ils ne veulent sûrement pas…

– Assez, Twylla ! Cela incombe à Daunen. Chaque incarnation de Daunen depuis le début porte à la fois l'espoir et la justice. Tu es ici pour montrer au royaume que nous vivons un temps béni. Et tu es ici pour frapper ceux qui nous veulent du mal. Tu vas faire ton devoir. Tu ne souhaites pas attirer la colère des dieux, n'est-ce pas ?

– Non.

La reine avait acquiescé.

– Ton dévouement t'honore, Twylla.

– Non, je veux dire que je ne peux pas le faire, m'étais-je entendue dire. Je ne peux pas tuer quelqu'un.

– Pardon ?

– Je ne crois pas que je puisse être Daunen incarnée si tel doit être mon rôle. Je ne suis pas faite pour ça.

La reine avait ri, d'un rire crispé et discordant.

– Tu penses que les dieux ont mal choisi ? Tu crois que c'est une erreur que tu survives à l'aubemorte lors de la Révélation ?

As-tu songé à ta famille, à ta petite sœur ? Souhaites-tu vraiment renoncer à la nourriture et aux sommes que je leur envoie sous prétexte que tu n'aimes pas la voie choisie pour toi par les dieux ? (Elle m'avait regardée en secouant la tête.) Tu sais bien que tu ne peux pas retourner en arrière, avait-elle dit d'une voix douce. Jamais les dieux ne t'y autoriseraient. Ils t'ont offerte à moi, à Lormere, et j'ai accepté. Tu es arrivée ici sans dot, sans possibilité d'alliance. Et malgré tout, je t'ai acceptée parce que tu es née dans ce but, Twylla. Nous obéissons aux dieux. Tu dois obéir toi aussi.

– Mais...

Son regard avait arraché les mots de ma bouche.

– Je vais oublier que tu as essayé de me remettre en question, avait-elle dit d'une voix calme. Je vais oublier que tu as repoussé ma générosité et ma protection. Je vais oublier que tu t'es montrée ingrate. Je vais faire preuve de clémence. Prie pour que les dieux en fassent autant.

J'avais fait ce qu'elle me demandait. J'avais pénétré dans la pièce dépouillée dans laquelle mon meilleur ami était ligoté à un fauteuil, la bouche cruellement entravée par un bâillon en tissu sombre qui lui entaillait les joues, les yeux noyés de larmes. Ses poignets déjà rouges montraient qu'il avait tiré sur les cordes qui l'entravaient. Il avait mouillé le devant de ses hauts-de-chausses, laissant une tache d'urine sombre qui m'avait fait rougir. J'avais honte pour lui. Lorsque je m'étais approchée, il avait violemment secoué la tête. Il avait quinze ans, le même âge que moi. La reine était sur le pas de la porte et m'avait regardée poser les mains sur sa nuque – le seul endroit où sa peau était visible. Comme rien ne se passait, j'avais d'abord pensé que les dieux étaient intervenus, pour prouver son innocence. Puis il avait été pris d'un grand frisson, son corps s'était convulsé et crispé. J'avais retiré mes mains, mais c'était trop tard. Le sang avait coulé de son nez, de sa bouche, et il était mort devant moi.

Il avait fallu moins d'une minute pour que mon contact le tue.

Je le fixais encore d'un regard aveugle lorsque la reine avait toussoté.

– Il fallait que ce soit toi qui le fasses. Pour comprendre ce que cela signifie d'être l'élue. Tu ne peux plus reculer, plus maintenant. C'est ton destin.

Deux moissons se sont écoulées depuis que j'ai exécuté mon meilleur ami. Vingt-quatre Révélations. Vingt-quatre fois j'ai dû entrer dans la pièce dont Tyrek a été sorti de force, et prendre le poison qui m'a permis de le tuer d'un simple contact. En vingt-quatre lunes, j'ai tué treize traîtres, en comptant Tyrek et les deux hommes d'aujourd'hui. Pour Lormere. Pour mon peuple. Pour mes dieux.

Je suis Daunen incarnée, la réincarnation de la fille des dieux. Le monde a toujours été régi par deux dieux : Dæg, seigneur du Soleil, qui règne sur le jour, et sa femme Næht, impératrice de l'Obscurité, qui règne sur la nuit. Mais un jour, il y a des millénaires et des millénaires, lorsque Lormere n'était encore qu'un agrégat de villages en guerre, Næht, en sa cupidité, décida que la nuit ne lui suffisait plus. Elle ourdit un plan et séduisit son mari tant et tant qu'il fut épuisé et ne parvint pas à se lever. Alors elle s'empara du ciel et régna seule, plongeant le monde dans l'obscurité. Rien n'y vivait, rien n'y prospérait, et, sans le seigneur du Soleil pour éclairer le monde, répandre chaleur et lumière sur les gens, la mort était partout.

Mais en possédant Dæg, Næht avait conçu une fille, Daunen. Lorsqu'elle vint au monde, son chant éveilla Dæg de son profond sommeil et il s'éleva pour reprendre sa place dans le ciel. Son retour rapporta la lumière et la vie à Lormere, et Dæg en sa gratitude promit que, chaque fois que Lormere aurait besoin d'elle, il permettrait à l'esprit de sa fille de s'incarner sur terre, en symbole d'espoir. Les hommes la reconnaîtraient à ses cheveux roux, couleur d'aurore, et à sa voix, belle à réveiller un dieu. Ils l'appelleraient Daunen incarnée et elle apporterait sa bénédiction à tout le pays.

Mais Daunen était la fille des deux dieux, de la lumière et de l'obscurité, de la vie et de la mort. Lorsque Dæg promit le retour de sa fille sur terre, Næht demanda à ce que Daunen incarnée la représente également. Aussi Daunen est-elle l'équilibre entre le dieu et la déesse, et doit-elle porter la mort au nom de sa mère, comme elle porte la vie au nom de son père. À chaque nouvelle lune, Daunen incarnée doit prouver qu'elle est l'élue en absorbant l'aubemorte et en survivant au poison. Et elle doit garder le poison sur sa peau, afin que son toucher soit mortel pour les traîtres, comme le toucher de sa mère.

Sur les deux gardes présents le jour où la reine m'a forcée à tuer Tyrek, l'un d'eux a choisi de quitter son poste presque aussitôt. Mais avant de partir, il m'a expliqué pourquoi les prisonniers criaient tant. Il a attendu que Dorin parte chercher mon dîner, puis il s'est penché vers moi, aussi près qu'il l'osait, et m'a fait un sourire fourbe.

– Tu veux savoir pourquoi ils crient ?

Il n'avait pas attendu ma réponse.

– Les hommes de la reine les entaillent. Ils prennent le couteau le plus émoussé qu'ils trouvent, et ils les tailladent. (Il avait souri.) Et ils versent de l'eau-de-vie sur les coupures. Et ça brûle. Par les dieux, ce que ça brûle ! L'eau-de-vie brûle, petite. C'est du feu liquide dans la gorge, et sur une blessure c'est plus chaud que Dæg lui-même. Ce n'est pas joli. Pas joli du tout. Parfois, ils doivent le faire encore et encore, pour les plus méchants.

Il avait ménagé une pause, le temps de s'humecter les lèvres en observant ma réaction.

– Mais ce n'est pas la raison pour laquelle ils crient. Ils crient à cause de toi. Parce que les pires tortures qu'ils subissent ne sont rien comparées à ce que tu leur feras. Alors, dis-moi, petite, est-ce que tu comprends pourquoi ils crient ?

Je n'ai répété ses paroles à personne. J'avais déjà causé suffisamment de morts. Parfois, je peux me montrer clémente. Comme la reine.

Chapitre 2

Debout dans mon solier, je lave et relave mes mains dans la petite cuvette lorsque j'entends frapper à ma porte.

– Entrez.

J'attrape un torchon pour m'essuyer, même si je n'ai toujours pas l'impression d'avoir les mains propres, et je me retourne pour accueillir mon visiteur.

Dorin se tient devant moi, légèrement penché pour faire la révérence.

– Pardonnez-moi de vous interrompre. Une chasse a été organisée, ma dame.

– Maintenant ?

Je le dévisage. J'ai beau chercher, je ne trouve pas ce qui pourrait me déplaire davantage que poursuivre une créature innocente dans les bois. Je continue à frotter mes mains dans le torchon, en espérant qu'il va m'annoncer ensuite que je ne suis pas tenue d'y aller, qu'il m'informe simplement des projets de la reine pour la journée.

– La reine insiste pour que vous soyez présente.

Je me détourne et ferme les yeux, pour les rouvrir aussitôt lorsque je découvre les hommes exécutés qui me fixent derrière mes paupières closes. Pourquoi une chasse aujourd'hui ? Nous n'en organisons pas souvent, faut-il qu'aujourd'hui précisément… ? Je veux me rendre à mon temple, fermer les portes et ne plus penser à rien. Je veux que mes mains soient propres à nouveau.

– Je vous laisse vous préparer, ma dame, me dit Dorin en se retirant.

Je reste à fixer la porte après son départ. J'ai le ventre noué. Il serait inutile de faire porter un message pour demander à être excusée, pour quémander l'autorisation d'aller au temple. Elle sait que je viendrai. J'aurais envoyé cent hommes au trépas ce matin que j'irais malgré tout, parce qu'elle me l'a ordonné. Ma famille ne peut pas se permettre de perdre l'argent et la nourriture qu'elle lui envoie chaque lune. Si je la contrariais, elle suspendrait les envois, elle l'a déjà fait par le passé. Elle sait que je ne prendrai pas le risque que ma sœur souffre encore plus à cause de moi. Elle sait que je me sens coupable d'avoir laissé Maryl. Elle me connaît, elle sait que je suis une bonne petite marionnette, si facile à manipuler lorsqu'on sait sur quels fils tirer. Et le fil me reliant à ma sœur est celui qui commande l'obéissance. Mais même si ce n'était pas le cas, elle parle avec l'autorité des dieux, et leur volonté est que je prenne des vies. Si c'est ce qu'Ils veulent, je ne peux m'y opposer.

Lorsque je quitte la pièce, drapée dans ma cape, je découvre que seul Dorin m'attend.

– Où est Rivak ?

Dorin fait la moue.

– Il a changé de poste, ma dame.

« Ah, il ne manquait plus que ça. » Mais je ne suis pas surprise. Presque tous mes gardes s'en vont quelques lunes après avoir commencé. Les hommes choisis par la reine ont beau être entraînés à tuer rapidement et sans pitié, je n'en connais qu'un qui soit assez fort pour rester en compagnie d'une fille qui pourrait le tuer au moindre contact. Les autres demandent à changer de poste, et on les y autorise toujours. Personnellement, je crois que la reine préfère qu'ils ne restent pas trop longtemps à mon service. Après tout, un garde qui apprendrait à me connaître pourrait s'attacher à moi et changer d'allégeance, ce qu'elle ne tolérerait pas.

Hormis dans un cas. Elle a laissé cela arriver une fois, mais je doute qu'elle s'en soit rendu compte.

Dorin est à mes côtés depuis le début. Il est plus vieux que le roi, il grisonne aux tempes et sa barbe bien entretenue est semée de poils gris. Il a de longs cheveux retenus par un catogan, des yeux attentifs couleur noisette. Rien ne lui échappe. C'est le garde parfait : bourru, professionnel, et je sais que nous ne sommes pas amis, mais il y a un lien entre nous malgré tout. Je redoute le jour où on me l'enlèvera lui aussi. Nous connaissons mutuellement nos façons de nous mouvoir, il y a peu de risques de le prendre au dépourvu. Comme un vieux couple, nous savons comment l'autre danse, et je n'ai pas à craindre qu'il fasse un faux pas fatal.

– Juste vous et moi, alors ?

– Temporairement, ma dame. Des épreuves de sélection ont eu lieu hier, et je crois que le nouveau garde nous rejoindra plus tard dans la journée. Je dois lui expliquer son rôle pendant que vous serez à la chasse. La garde de la reine vous servira d'escorte en attendant, comme d'habitude.

– Rivak a changé de poste après la Révélation ? je demande en m'efforçant de conserver une voix neutre.

– Il a demandé à être muté il y a quelque temps, ma dame, mais la reine n'avait pas encore trouvé de nouveau garde. Ce doit être le cas, maintenant.

– Combien de temps pensez-vous qu'il tiendra, celui-là ? je l'interroge, piteuse.

– Pas aussi longtemps que ce que vous méritez, ma dame. Allons, nous ne voulons pas faire attendre Leurs Majestés.

Il m'adresse un bref sourire gentil, et le nœud dans mon ventre se resserre.

Il me précède dans l'escalier tandis que je reste un peu en retrait, les bras le long du corps. Je le suis en faisant attention, et je prie les dieux de le garder longtemps.

L'équipage est rassemblé, les femmes en vert et argent, les hommes en livrée de chasse bleu et or. Et moi sous ma cape écarlate. La reine aime que je porte du rouge, elle trouve que cela met mon rôle en avant. La plupart de mes robes et de mes capes sont rouges. Les chiens bondissent autour du roi, claquent des crocs, les yeux rivés sur leur maître, attendant son ordre. Je hais ces animaux, plus que presque tout.

Ils sont différents des chiens du village près duquel j'ai grandi : ils ne baissent pas la tête quand on les gronde, ne montrent pas le ventre pour se faire cajoler. Ils ont de longues pattes très musclées, et une grosse tête plate et large. Un croisement entre alaunt, mastiff et quelque chose de plus sauvage, de plus dangereux. Leur poil est dur, tacheté de brun et d'or. Je ne prendrais aucun plaisir à les caresser si cela était autorisé. Ils ouvrent la gueule en un sourire fourbe, mais ils n'ont rien dans le regard : il me fait la même impression que les yeux des hommes que j'ai exécutés ce matin. Ce sont des yeux vides ; pas de conscience, pas d'âme.

Je connais tout sur les âmes. Avant de devenir Daunen incarnée, j'étais la fille de la Mangeuse de péchés.

L'odeur rance des chiens sature l'atmosphère d'un mélange de musc, de charogne, de mort, et je vois la reine se couvrir le visage d'un châle délicat. Les chiens n'aiment pas la chair morte. Ils préfèrent arracher la vie à leurs victimes en les mettant à terre, et ils sont toujours impatients de partir à la chasse. Ils savent ce que signifie ce rassemblement, et leur excitation, leur piétinement incessant me laissent un goût amer dans la bouche. J'espère qu'ils ne vont pas poursuivre un homme ou une femme aujourd'hui. J'espère qu'il s'agit d'une chasse à l'animal.

La première fois que j'ai vu la reine lancer les chiens aux trousses d'un prisonnier (un voleur qui avait pillé le manoir d'un seigneur), j'ai failli vomir mon petit déjeuner sur le sol de l'entrée. J'étais au courant de cette pratique, tout le royaume savait que les châtiments infligés par la reine étaient particulièrement cruels, mais voir les chiens, les sentir, les entendre alors qu'ils déchiraient cet homme, c'était trop. Même pour quelqu'un comme moi. Dorin m'avait sauvé la mise en disant à la reine que j'étais indisposée depuis le début de la matinée. On m'avait enjoint de garder le lit et le guérisseur était venu me tapoter avec une baguette de verre, puis m'avait donné à boire une tisane nauséabonde. Depuis ce jour, je fais des cauchemars où les chiens pourchassent ma sœur, Tyrek, Dorin ou moi. Je me réveille baignée de sueur, tremblant de tous mes membres, certaine de sentir leur odeur dans la pièce. Nul méfait ne justifie un tel sort, quoi qu'en dise la reine. Mais je suis sûre que les gens disent la même chose à propos de ce que je fais, même si ceux que j'exécute sont des traîtres au royaume.

– Twylla.

La reine m'appelle d'une voix froide et sèche, et aussitôt je m'incline profondément – selon un mécanisme semblable à l'instinct qui pousse la souris à se coller au sol lorsqu'elle entend hululer la chouette.

– Bénie soit la Révélation ! dit-elle, aussitôt reprise par le murmure de la cour. Tu pourras aller au temple après la chasse.

J'incline davantage la tête.

– Merci, Madame.

Deux de ses gardes marchent à mes côtés, ménageant entre eux et moi un tel écart que c'en est gênant. Lorsque les grandes portes en bois s'ouvrent, nous descendons l'escalier menant aux chevaux, déjà sellés, qui nous attendent. La reine, sa garde, moi et la mienne, puis le reste de la cour.

Je monte sur le large dos de ma monture sans aucune aide. Les gardes de la reine me regardent bêtement me débattre, puis guident mon cheval pour rejoindre la reine. L'aubemorte est inoffensive pour les chevaux. Je passe les doigts dans sa crinière qui retombe sur mes jupes. C'est agréable de toucher quelque chose de chaud, de vivant – quand je sais que ce que je touche n'en souffrira pas.

Ces regards vides, le sang qui goutte sur le bois déjà taché...

Je frissonne violemment et mon poing se crispe sur la crinière de la jument, mais ce mouvement attire l'attention de la reine ; alors je lâche les crins et enroule mes doigts autour des rênes.

Elle nous entraîne dans les bois, loin devant le roi et ses chiens. Je pousse un léger soupir de soulagement : je suis contente que nous chevauchions séparément aujourd'hui et de ne pas avoir à suivre les hommes pendant la chasse. Et je crois que je ne suis pas la seule. Les jappements des chiens perturbent les chevaux, plus encore que leurs cavaliers. En certaines occasions, il est arrivé qu'ils se lassent de leur proie et s'attaquent à un cheval et à son cavalier.

Tandis que nous nous éloignons, je lève les yeux vers les montagnes. Elles nous entourent sur trois côtés, protégeant le royaume comme une mère qui berce son enfant. La ville de Lortune et le château de Lormere sont situés à l'extrémité est de Lormere. Et certaines parties du château sont creusées dans le roc, si bien que les dépendances tentaculaires donnent l'impression d'être nées de la montagne, et de tenter d'y échapper.

– Une forteresse naturelle, m'avait dit une fois ma mère. Lormere ne tombera jamais, grâce à ces montagnes.

Nous sommes favorisés par la géographie du royaume, d'après ce qu'on me dit. Les montagnes rendent toute invasion impossible, et nous avons les vastes et denses bois de l'Ouest qui nous protègent aussi. Nous sommes toujours sur les hauteurs, et les bois de l'Ouest poussent sur une pente qui monte jusqu'au plateau où prospère Lormere, donc nous disposons d'un poste d'observation privilégié pour voir l'ennemi arriver.

Au-delà des bois de l'Ouest se trouve le royaume du Tregellan, qui fut un temps notre ennemi juré. Il y a cent moissons de cela, nous étions engagés dans une guerre sanglante, conflit que nos voisins avaient déclenché, mais Lormere en sortit vainqueur et un traité de paix fut signé entre notre famille royale et le Conseil tregellien.

Au-delà de l'extrémité nord des montagnes, là où la roche cède la place aux confins du Tregellan et continue vers le nord et l'ouest jusqu'à la mer, se trouve le royaume perdu de Tallith, pratiquement abandonné depuis un demi-siècle. Tout ce qu'il en reste aujourd'hui, c'est une poignée de hameaux embourbés dans des querelles intestines pour le partage des terres. Tallith était autrefois le royaume le plus prospère, du temps où Lormere se réduisait à quelques villages féodaux dans les montagnes, gouvernés par les ancêtres de la reine. Mais lorsque la lignée royale de Tallith s'est éteinte, le royaume est tombé en ruine et les habitants sont partis, d'abord par petits groupes, puis en masse. Certains se sont installés en Tregellan, tandis que d'autres ont poursuivi leur route, bravant les bois et les hauteurs jusqu'à Lormere. On dit qu'un quart des Lormeriens ont du sang tallithien, et on peut parfois en repérer les caractéristiques, lorsqu'un enfant naît avec l'œil de Dieu ou les cheveux blond cendré pour lesquels les Tallithiens étaient connus.

Nous cheminons en silence. La forêt autour de nous se tait à mesure que notre procession s'enfonce entre les arbres. Lormere est fertile mais, en raison de l'altitude, une grande partie de la terre est plus adaptée à l'élevage. Nous pouvons faire pousser nos pommes de terre, nos navets, nos panais et nos haricots, mais, à part le seigle, les céréales ne donnent pas grand-chose. Nous devons les importer du Nord du Tregellan, où ils ont de riches terres arables près de la rivière qui sépare le Tregellan de Tallith. Nos poissons et autres nourritures de la mer viennent aussi du Tregellan, pêchés dans la rivière ou apportés par les pêcheurs qui bravent la mer Tallithienne. Dès lors, ces denrées se paient au prix fort. Avant de venir au château, je n'avais jamais mangé de pain blanc.

À notre gauche, on entend soudain un bruissement dans les feuillages. Tout le monde se tourne et la garde de la reine dégaine l'épée. Un instant plus tard, une martre surgit d'un buisson en rouspétant bruyamment, puis file en haut d'un vieux conifère. Une des dames laisse échapper un léger éclat de rire et les gardes rengainent leur arme, un peu gênés. La reine est devant moi et les gardes forment un cercle autour de nous. Sa longue chevelure châtaine brille dans les rayons de lumière que laisse filtrer la ramure des chênes, des tilleuls et des conifères.

Elle est belle. Elle se tourne pour vérifier que son équipage est en bon ordre, et je remarque son profil altier. Elle a la peau pâle et sans défaut, les pommettes hautes et les yeux sombres, comme tous les membres de sa famille. La lignée royale donne de beaux visages ténébreux et leur sang n'a pas perdu ses qualités. À la cour, la mode veut que les dames imitent les teintes royales : celles qui ont les cheveux clairs les colorent plus ou moins bien avec des teintures à base d'écorce et de baies, et plus d'une a manqué de se rendre aveugle en se mettant de la belladone dans les yeux pour foncer un iris bleu ou noisette. À côté d'elles, avec mes cheveux roux, mes yeux verts et mes taches de rousseur, je donne l'impression de venir d'un autre monde. Et c'est sans doute le cas.

Dans les profondeurs du bois, au nord du château, une tente dorée nous attend, et des fanions claquent en haut des pointes à chaque coup de vent. Sous la toile, une longue table ploie sous le poids d'un banquet bien plus copieux que ce que notre groupe pourra consommer : sanglier rôti, canard laqué, bouchées au pain d'épice, goulasch épais, pains et entremets. Des tapis de soie importés d'endroits inconnus et exotiques couvrent le sol de la forêt, et des paires de chaussons sont disposées pour nous sur le pourtour. Lorsque la reine met pied à terre, nous l'imitons et troquons nos bottes cavalières contre ces pantoufles avant de prendre place. Tandis que je m'installe à la droite du fauteuil très orné de la reine, écartant le mien aussi loin qu'il est raisonnable, deux servantes m'observent en échangeant des messes basses animées, puis la plus grosse pousse l'autre vers moi. Je détourne les yeux, mais j'ai eu le temps de voir le rictus de satisfaction de celle qui a remporté la joute.

– Du vin, ma dame ?

La fille qui est forcée de me servir se tient à bonne distance, portant la carafe à deux mains, à bout de bras.

– Non, j'aimerais de l'eau.

La jeune fille me fait une jolie révérence puis s'empresse d'aller me chercher de l'eau. Lorsqu'elle s'approche de moi, je me raidis et maintiens mon corps absolument immobile. Elle doit tant se pencher qu'elle en renverse un peu sur la table. Je regarde l'eau imbiber la nappe dorée et ruiner la soie. Elle fait mine de ne pas remarquer la tache sombre et se hâte plutôt de rejoindre sa comparse, avec qui elle reprend les messes basses.

Lorsque je suis arrivée au château et que l'on m'a expliqué ce qui arriverait si quelqu'un me touchait, je me suis sentie singulière, aussi puissante que la reine. Personne ne pourrait plus jamais me frapper, me pincer ou prendre mes affaires. Je suis devenue méchante, aussi. Pour la première fois de ma vie, j'avais du pouvoir, et cela m'a tourné la tête. Lorsque je n'obtenais pas ce que je voulais, j'agitais les doigts en direction des serviteurs, et j'étais ravie lorsqu'ils blêmissaient et se précipitaient pour accéder à mes requêtes. Mais à cette époque, je pensais que le but de l'aubemorte était de prouver mon mérite. Les domestiques, quant à eux, comprenaient que j'étais une arme. Je ne peux pas leur en vouloir de me haïr. Si je n'avais pas été d'une telle naïveté, je n'aurais peut-être pas été si cruelle avec eux. Mais il vaut mieux qu'ils restent loin de moi, à moins que le sort de Tyrek ne leur fasse envie.

La reine agite nonchalamment un éventail, qu'elle ouvre et referme tout en scrutant la forêt à la recherche d'une silhouette bleue, la tête inclinée pour entendre le son des trompes qui annoncera l'arrivée de son mari. Il est inhabituel qu'elle se montre si attentive aux faits et gestes du roi, et cela met notre équipage mal à l'aise. Nous sommes tous assis bien droits, immobiles, la respiration aussi légère que possible. Je jette de discrets coups d'œil ici et là : j'observe la reine qui s'agite nerveusement, puis je guette un mouvement dans la forêt.

Nous ne savons jamais quand les chasseurs vont nous rejoindre. Ils ne s'arrêtent pas tant que les chiens n'ont pas tué, et s'ils chassent des animaux sauvages, il est impossible de savoir quand cela va se produire. Notre tâche consiste à attendre là, en adoptant un air aimable et réjoui pour les accueillir. Lorsque les scribes relateront les heures de cette cour, la reine veut être sûre qu'ils parleront d'élégance, de beauté et de tradition. La reine est bien décidée à avoir son propre âge d'or de Lormere et, par conséquent, tout doit être parfait.

– Twylla, que vas-tu nous chanter aujourd'hui ?

La reine se tourne vers moi et fait signe à un page d'approcher.

– Peut-être *La Ballade de Lormere, La Biche bleue* et *Carac et Cedany*, Madame ?

Je mets l'accent sur la question.

– Très bien, dit-elle.

Bien qu'elle présente la chose comme si j'avais le loisir de choisir les chants, ce n'est qu'une illusion. Si j'avais dit *Charmante et lointaine* ou *Jeune rieuse*, elle m'aurait considérée de ses yeux sombres et froids et demandé, de sa voix dangereusement douce :

– Et qu'est-ce qui te porte à croire que ce sont là des choix judicieux ? Pour une chasse, Twylla ?

Les chants que j'ai nommés sont immanquablement chantés lors des parties de chasse, maintenant je le sais. *La Ballade de Lormere* est traditionnel ; il raconte comment l'arrière-arrière-arrière-arrière-arrière-grand-père de la reine a fondé le royaume. *La Biche bleue* est de composition plus récente ; il rapporte que la mère de la reine vêtue d'un bliaud bleu fut prise pour une biche magique et pourchassée par le roi d'alors, qui finit par la sauver avant que les chiens ne s'en emparent.

Carac et Cedany est un chant de bataille, écrit pour les grands-parents de la reine. C'est leur règne que nous appelons aujourd'hui l'« âge d'or de Lormere », et c'est en ce temps-là que la Daunen incarnée précédente était parmi les hommes. Ce chant est l'un des préférés de la reine. Elle adore entendre raconter comment nous, Lormeriens, avons repoussé les invasions tregelliennes, décimé les envahisseurs même après leur reddition et vidé leurs coffres pour un temps.

Le roi Carac et la reine Cedany voulaient que le Tregellan nous livre ses alchimistes afin que nous fabriquions notre or, comme eux, mais il a refusé et menacé d'exécuter les alchimistes, afin de protéger leurs secrets. Plutôt que de tout perdre, Carac et Cedany se contentèrent d'une énorme quantité du précieux métal alchimique, qui inaugura le bien nommé « âge d'or ». On dit que les alchimistes du Tregellan vivent à présent en réclusion, cachés afin de ne pas être enlevés – au cas où Lormere essaierait de les forcer à travailler pour nous.

Avant de venir au château, je chantais pour mon plaisir, inventant des paroles sur le ciel, la rivière, les martins-pêcheurs. Et la première fois que j'avais chanté pour le roi et la reine en tant que Daunen incarnée, j'avais choisi une chanson de ma composition. La reine n'avait pas été convaincue.

– Qui t'a appris ce chant ?

– Je l'ai inventé, Madame. C'est le mien.

– Alors je te conseille de l'oublier. Je suis sûre que chanter de telles billevesées était acceptable pour la fille de la Mangeuse de péchés, mais ce n'est pas le cas pour Daunen incarnée. Les dieux n'aimeraient pas cela.

J'avais hoché la tête. À l'époque, j'aurais tout fait pour lui donner une bonne image de moi, j'étais prête à tout pour lui prouver que j'étais digne de son estime. C'était avant de savoir de quoi il s'agissait.

*

De la forêt jaillit un cri terrible, qui nous fait tous nous retourner. J'essaie de ne pas me représenter la violence des chiens attaquant leur proie. J'espère que ç'a été rapide.

– Ils arrivent.

La reine se lève et frappe dans ses mains.

– Préparez le banquet.

Son ordre est inutile : les pages se sont assurés que tout était prêt bien avant notre arrivée mais, en entendant ses paroles, ils pressent le pas, remplissent un peu plus les carafes de vin, apportent de nouvelles tourtes et volailles sur la table qui déborde déjà de victuailles. Nous prenons une pose plus détendue, adoptons des sourires forcés, les sourcils haussés, en nous tournant vers la reine d'un air attentif, comme si elle avait lancé une plaisanterie.

La trompe sonne encore, et les hommes sont là, suants et jubilants. Ils descendent de monture tandis que les chiens traînent les restes d'une carcasse. Les quatre plus gros se la disputent à grand renfort de claquements de dents. La paisible clairière s'emplit de grondements sourds. Je me détourne. Il n'y aura pas de dépouille, pas de trophée à l'issue de cette chasse. Les chiens vont tout dévorer, même les os. Pour les hommes, l'excitation consiste à traquer la bête, et ils semblent satisfaits du travail accompli.

Nous nous levons à l'approche du roi, et soudain j'ai les jambes qui flageolent. Le prince est avec lui.

Chapitre 3

J'en reste bouche bée : je suis stupéfaite de le voir là, et si grand ! Il ressemble à un vrai prince, ce n'est plus le garçon dégingandé à l'air maussade que je voyais parfois de loin en allant au temple. Il a les épaules larges et ses boucles brunes effleurent sa tunique lorsqu'il incline la tête en direction de sa mère. Je réalise avec stupeur qu'il est vraiment beau. Mon fiancé est beau, malgré une certaine cruauté dans les traits, qui lui vient de sa mère. Il a les mêmes yeux marron attentifs.

Alors, la colère m'envahit ; personne ne m'a avertie de son retour, ni même qu'il avait prévu de rentrer au royaume.

Lors de mon arrivée au château, la reine m'a expliqué que Næht lui était apparue en rêve, lui offrant l'incarnation de sa propre fille – moi – pour remplacer la princesse défunte et devenir l'épouse de son fils. Seul mon mariage avec le prince permettra de mettre fin à mon rôle de Daunen incarnée et uniquement parce que Næht a voulu qu'il en soit ainsi. Une fois mariée, je ne serai plus assez pure pour être Daunen. Mais un jour, je serai reine de Lormere, sur le trône où siège pour l'instant la reine actuelle.

La cour salue comme un seul homme, d'abord le roi, puis le prince Merek. Deux moissons durant, il n'a cessé de voyager dans les cantons, pour rendre visite à des seigneurs mineurs, apprendre l'histoire et le fonctionnement du royaume, et former des amitiés et des alliances. Je sais qu'il a passé un moment en Tregellan en tant qu'invité d'honneur, et une fois, j'ai cru entendre deux servantes dire qu'il était à Tallith. Personne ne m'a directement tenue au courant de ses allées et venues, ni de la date de son retour, et j'étais trop fière pour poser ces questions.

Le prince Merek s'assied en face de moi et j'attends un signe indiquant qu'il a remarqué ma présence. Sous ma robe mon cœur bat à tout rompre. Mais il ne laisse rien paraître et mon ventre se noue. Blessée, je baisse la tête vers la table, mais en vérité, je ne suis pas surprise. Lors d'une cérémonie, quatre moissons plus tôt, le prince a placé sa main au-dessus de la mienne et un ruban rouge a été posé par-dessus : nous étions fiancés. C'est la dernière fois que quelqu'un m'a touchée. J'avais espéré que nous passerions du temps ensemble par la suite, pour devenir amis avant notre mariage, mais cela ne s'est jamais produit. Il ne m'a pas adressé la parole ce jour-là, ensuite il est parti et n'a jamais envoyé ne serait-ce qu'un message pour prendre de mes nouvelles. Mais je ne peux pas vraiment l'en blâmer. Si certains aspects de mon rôle me dégoûtent, imaginez comment le prince doit voir cela. Imaginez-vous mettre dans votre lit une épouse qui, sans la grâce des dieux, pourrait vous tuer d'une simple caresse.

– Bonne chasse ? demande la reine au roi alors que nous prenons place.

Le roi et la reine président la longue table ; je suis à la droite de la souveraine, et le prince, en face de moi, à la gauche du roi. Puis les autres convives sont placés en fonction de la quantité de terre qu'ils possèdent et de leur popularité du moment.

– Tout à fait, tout à fait, répond le roi. Nous avons été menés à fond de train par une bête diabolique. Ses bois devaient faire deux fois la taille de Merek. (Il montre son beau-fils du menton.) Mais nous l'avons abattu et les chiens ont gagné leur journée.

Alors qu'il prononce ces mots, un craquement résonne bien distinctement à l'endroit où les chiens se repaissent de la carcasse. Je grimace.

La reine hoche la tête.

– Je suis heureuse d'entendre cela. (Elle se tourne ensuite vers son fils, et son expression s'adoucit.) Merek, as-tu apprécié la chasse ?

– Tout à fait, mère, répond-il, mais son ton n'est pas aussi chaleureux que le sien.

Sa voix est profonde et douce, plaisante à entendre. Je le regarde à la dérobée. Je remarque sa lèvre qui se recourbe lorsqu'il répond à sa mère, la façon dont il est alangui sur son siège.

– Ce fut une plaisante distraction, je m'y livrerai de nouveau. Lorsque nous étions en Tregellan, nous chassions parfois le sanglier. Ils n'ont pas de cour, mais ils s'adonnent encore à certains sports et passe-temps courtois.

– Je suis surprise qu'ils trouvent le temps pour cela, lâche la reine d'un ton aigre. J'avais l'impression qu'il leur fallait presque une lunaison pour tomber d'accord sur une seule décision.

Merek hausse un sourcil.

– C'est juste. Mais c'est le prix de la démocratie, je crois. Chaque voix doit être entendue. Cela pourrait être plus efficace, mais je dois dire que le système fonctionne. Pour eux, du moins.

– Pour eux, répète la reine avec une note finale qui pousse Merek à plonger le regard dans son assiette, et cela me rappelle le garçon maladroit à qui j'ai promis ma main.

La reine se penche vers lui et pose une main sur la sienne.

– La galerie des Glaces sera bientôt terminée, lui dit-elle d'une voix apaisante, apparemment sans remarquer son rictus irrité. Nous l'avons conçue sur le modèle de l'original de Tallith. Il y a suffisamment de passe-temps ici.

– J'ai vu ce qu'il en reste quand j'étais là-bas. Je suis sûr que c'était quelque chose d'impressionnant. À l'époque.

– Je pense que tu découvriras que la nôtre la surpasse. Nous avons imité le modèle tallithien, mais j'ai procédé moi-même à quelques modifications. Il ne s'agit pas de vestiges.

– Ce ne sera pas la même chose qu'un tournoi ou une compétition sportive, cependant, fait remarquer Merek.

– C'est une forme d'amusement plus raffinée, lui répond la reine d'une voix mielleuse. Nous ne sommes pas des sauvages comme les Tregelliens. Nous pouvons trouver du plaisir dans des occupations plus calmes.

Comme Merek ne répond pas, elle se tourne vers l'assemblée.

– Mon fils, le grand voyageur. J'espère seulement que Lormere suffira à l'occuper, maintenant.

Elle sourit tendrement à son fils et lui tapote la main. Mais il la dérobe brusquement et hausse les sourcils avant de plonger son couteau dans un blanc de faisan. Tout en la regardant, il porte la viande à sa bouche et en arrache un morceau. La reine se détourne, et je m'efforce de ne pas montrer que j'ai vu ce petit acte de rébellion. Mais je suis contente d'y avoir assisté.

La reine promène un regard furieux sur la cour, et tout le monde s'intéresse soudain de très près à sa nourriture. Au bout d'un moment, elle sort de son corsage un petit disque métallique retenu par une chaîne et se met à jouer avec. Merek pose son couteau et la regarde.

– Vous en avez fait un collier, dit-il calmement en désignant le bijou que la reine tient entre deux doigts.

– Je n'allais quand même pas l'ajouter au trésor royal.

Elle lui montre le pendentif en souriant. Il fronce les sourcils.

– Qu'est-il arrivé au dessin ? Le joueur de flûte et les étoiles gravés dessus ? (Il examine le médaillon en plissant les yeux.) Est-ce que vous les avez fait limer ?

– Bien sûr. Pour quelle raison aurais-je voulu porter une vieille pièce décorée d'un musicien tallithien ? Elle est bien mieux ainsi. Maintenant, le centre est lisse et ressemble à la lune de Næht. Et l'or tout autour est le soleil de Dæg. Je l'ai transformée en objet lormerien.

Merek secoue la tête.

– C'était peut-être la dernière pièce alchimique tallithienne au monde. Vieille de cinq cents moissons. Un objet historique sans prix.

– Mais il ne s'agit pas de notre histoire, Merek. Je ne m'intéresse qu'à notre histoire. Et puis elle n'allait pas nous révéler les secrets de l'alchimie, n'est-ce pas ? Ce n'est qu'une pièce inutile d'une monnaie qui n'existe plus.

Alors qu'elle replace le pendentif contre sa poitrine, le seigneur Bennel pose une question de l'autre extrémité de la table :

– Son Altesse a-t-elle retrouvé le Prince Endormi ?

Certains courtisans rient sous cape, mais il me faut un moment pour comprendre de quoi il s'agit. Je me souviens vaguement d'une légende à propos d'un prince prisonnier d'un sommeil surnaturel. C'est alors que je me rends compte du silence de mort qui s'est emparé de la compagnie. Merek est figé, la bouche comiquement entrouverte pour répondre à la reine. Mais cette dernière vrille du regard le seigneur Bennel. Il flotte autour d'elle une aura de courroux, comme si le courtisan avait gravement insulté Merek en posant une question sur un vieux conte pour enfants. À présent, elle se raidit pour prendre la défense de son fils. Le reste de la tablée est immobile et blême. Même le roi semble nerveux. Nous attendons désespérément que quelque chose dissipe la tension dans l'air.

– Que Vos Majestés et Son Altesse me pardonnent, s'empresse d'ajouter le seigneur Bennel. Je ne voulais pas les interrompre.

La reine ne dit toujours rien, et je sens sa colère. Elle est figée, prête à bondir. Au bout d'un moment, elle s'appuie contre son dossier et les courtisans se détendent enfin. Les verres se lèvent, les couteaux raclent les assiettes et les serviteurs s'approchent de la table pour débarrasser certains plats ou les remplacer. Mais je remarque du coin de l'œil que les gestes de la reine sont contraints et étudiés. Elle repousse son assiette, et dans son regard l'orage menace.

– Twylla, tu vas chanter à présent, ordonne-t-elle.

Flanquée de mes gardes temporaires, je me lève aussitôt, me retenant de courir pour gagner l'autre extrémité de la table, là où les souverains me verront le mieux. L'instinct qui m'exhorte à fuir la reine est si puissant que je peine à ne pas y succomber.

– Tu as reçu un don, petite Twylla, m'avait dit la reine après ma première Révélation. Tu as été choisie pour représenter Daunen ici-bas et, aujourd'hui, nous lui avons dédié ta vie. Lormere a longtemps attendu ton retour. À présent, tu es consacrée, tu es un réceptacle sacré, tout comme moi. C'est ta destinée. Tu es ma fille aux yeux des dieux.

Apparemment, ma destinée m'a donné une seconde mère que je ne peux aimer. Parfois, je regrette d'avoir une destinée.

J'entonne *Carac et Cedany* et ma voix s'élève, chantant la guerre, le massacre, la gloire bien méritée. C'est alors que j'entends un autre son, un sifflement doux, un chuchotement. Je remarque qu'il s'agit du seigneur Bennel qui murmure à l'oreille de dame Lorelle. Blême, raide comme un piquet, elle essaie désespérément de faire la sourde oreille, tandis que son mari, le seigneur Lammos, s'écarte d'eux autant qu'il peut. Je détourne aussitôt les yeux, faisant comme si de rien n'était. Mais je sens la sueur perler entre mes omoplates. Lorsque j'arrive au refrain, je chante plus fort pour tenter de couvrir le bruit, j'incline la tête en arrière, de manière que mes cheveux soient en pleine lumière.

Le seigneur Bennel se penche encore plus vers sa voisine en continuant à marmonner. Elle secoue vivement la tête et me désigne du menton. Il a les joues rouges, le regard flottant. Je comprends avec atterrement qu'il est ivre, trop aviné pour se montrer prudent. Évidemment. Sinon comment aurait-il été assez imbécile pour oser interrompre une conversation entre la reine et le prince ? J'élève encore la voix, j'ouvre les bras et tourne le visage vers le ciel, dans un effort désespéré pour attirer toute l'attention des convives.

Un bruit de verre brisé nous réduit tous au silence, ma voix s'éteint d'un coup dans ma gorge, étranglée par la peur. Au bout de la table, la reine tient un pied de verre à la main : c'est tout ce qui reste de la coupe qu'elle a brisée sur la nappe dorée.

– Est-ce que Twylla vous ennuie, seigneur Bennel ?

La nausée me prend aux tripes, mon cœur s'accélère. Tous les regards convergent vers lui.

– Est-ce que Daunen incarnée vous ennuie, cher seigneur ?

Je vois le large cou du seigneur Bennel se marbrer, et il répond d'une voix épaisse, en bégayant :

– Que Sa Majesté me pardonne, je disais simplement à dame Lorelle que nous avions beaucoup de chance de vivre à cette époque et d'avoir de nouveau Daunen incarnée parmi nous. C'était un compliment.

Il tend la main pour me désigner et renverse malencontreusement son verre. Le vin rouge se diffuse sur la soie.

– C'est curieux. Une meilleure façon de la complimenter aurait été de vous contenter de l'écouter, d'apprécier son chant, comme nous tous. Lorelle ne semblait pas avoir de difficulté à le faire sans parler en même temps, n'est-ce pas ?

De là où je me tiens, je vois les mains de dame Lorelle si crispées sur les plis de sa robe que ses phalanges sont blanches. Et je me rends compte que je fais la même chose : mes mains moites laissent des taches sombres sur la soie de ma robe.

– Non, Madame.

– Peut-être le moment était-il mal choisi pour vos « compliments », comme vous les appelez ?

– Oui, Madame.

– Peut-être vaudrait-il mieux que vous nous laissiez goûter les dons des dieux sans vous ?

– Helewys...

Le roi tente de l'interrompre, mais elle lui intime le silence d'un geste de la main. Le roi la regarde d'un air furieux et une ombre passe sur son visage tandis qu'il serre la mâchoire. Mais il n'ajoute rien et se tourne vers les arbres.

– Je... Votre Majesté ? dit le seigneur Bennel.

– Partez. Vous interrompez Daunen incarnée par votre bavardage après avoir déjà interrompu une conversation privée entre mon fils et moi avec vos âneries. Ne comptez pas être en ma compagnie avant d'avoir appris les bonnes manières.

La reine laisse tomber le pied de verre par terre et se tourne pour en demander un autre.

Je me détends un peu. L'espace d'un instant terrible, j'ai cru qu'elle allait l'accuser de trahison et me demander de le toucher. Je lève les yeux, attendant le signal m'ordonnant de reprendre mon chant, et je vois le seigneur Bennel qui fait signe à un page de lui amener son cheval.

– Je ne crois pas, non, seigneur Bennel. Vous pouvez marcher, cela vous donnera le temps de réfléchir à votre ignorance.

Mon cœur cogne violemment dans ma poitrine. Nous le regardons tous se lever avec raideur, retirer difficilement ses pantoufles et enfiler ses bottes de cheval. Ses joues prennent une teinte violacée lorsqu'un de ses pieds se retrouve coincé.

– Continue, m'enjoint-elle.

– « Dans les bois de l'Ouest en Lormere, belle Cedany se tenait. Elle criait… »

Ma voix faiblit lorsque la reine fait signe au maître de meute.

– Continue, Twylla, me reproche-t-elle.

Que puis-je faire d'autre qu'essayer de chanter, d'une voix tremblante, devant un public qui donnerait n'importe quoi pour être ailleurs ?

– « Dans les bois de l'Ouest en Lormere, belle Cedany se tenait. Elle criait "Vive Lormere ! Les païens tomberont"… »

Je ne peux pas supporter de regarder le maître de meute écarter deux des plus petits chiens des maigres reliefs de leur festin, les mener au fauteuil de Bennel… Lorelle se recroqueville lorsqu'ils passent près d'elle ; leur pelage rêche frotte contre sa robe tandis qu'ils mémorisent l'odeur de l'homme qui a occupé ce siège. Puis ils s'en vont et le monde retient son souffle.

– « Carac partit au combat, l'épée avide de sang. Et le Tregellan tomba comme son amour l'avait prédit. »

Il ne s'écoule qu'un instant avant que les airs s'emplissent de cris et de grondements.

– Recommence depuis le début, Twylla, m'enjoint la reine en souriant. Je t'entendais à peine à cause du bruit des bêtes. Mais moins de spectacle cette fois, je te prie. Tu es Daunen incarnée, pas le ménestrel du village.

Le seigneur Bennel n'était pas un traître. Moi, je ne tue que les traîtres. Mais puisqu'il est mort pour m'avoir insultée, c'est tout comme. Un simple coup d'œil à l'assemblée me confirme qu'elle le pense aussi.

À la fin de mes chants, les applaudissements sont d'un enthousiasme pénible. On croirait que tous les membres de la cour redoublent d'ardeur pour prouver qu'ils m'apprécient, de crainte que la reine ne prenne ombrage de leur manque de zèle. J'en suis malade.

– Tu peux t'asseoir, Twylla, me dit la reine d'un ton aimable.

Je la regarde lorsque je fais ma révérence, et c'est alors que je remarque l'attitude du prince.

Il est penché vers moi, la tête inclinée comme s'il me voyait pour la première fois. Son visage auparavant indéchiffrable est plein de vie, et il me regarde. Mes jambes flageolent comme s'il volait mes forces pour alimenter la tempête dans son regard. Un instant plus tôt, je désirais son attention, maintenant que je l'ai, cela me paralyse.

Les joues en feu, je regagne ma place et je sens son regard qui me suit. Personne d'autre n'ose me regarder trop longtemps, au cas où la reine déciderait qu'il s'agit d'une offense. Mais le prince n'a pas à craindre pour sa vie. Il est la seule personne au monde que la reine ne sacrifiera pas pour obtenir ce qu'elle veut, et il doit le savoir.

Le dessert nous est servi, mais je ne peux pas avaler l'entremets à la rose posé devant moi. Les pétales décorant le dessus sont rouges. J'étale le dessert pour les recouvrir. L'atmosphère est devenue lugubre et ce festin ressemble à une Dévoration, comme si nous devions consommer les péchés de Bennel en espérant que cela suffira à calmer la reine.

Lorsque je repose ma cuillère, le prince m'observe toujours et j'ai l'impression qu'il n'a pas détourné les yeux depuis que j'ai chanté. Pis encore, la reine le regarde me regarder, la bouche pincée, l'air maussade, en tripotant le pendentif à son cou. Le soleil disparaît derrière un nuage et les tons vert vif de la forêt se ternissent, prenant des teintes grises. Lorsque la reine se lève, nous l'imitons.

– Préparez les montures, ordonne-t-elle. Nous allons rentrer à présent.

Quelques instants plus tard, nous troquons nos pantoufles contre des bottes, et les chevaux sont approchés si rapidement que les palefreniers avaient dû anticiper ce départ précipité. Nous nous mettons en selle en silence et notre procession prend le chemin du retour. Je suis contente de me trouver derrière la famille royale, de ne pas avoir à m'inquiéter de leur regard tandis que je chevauche, les doigts emmêlés dans la crinière de ma jument. Je me colle contre elle et fais durer ce contact le plus longtemps possible.

La reine et l'équipage royal vont bon train pendant une grande partie du trajet. Je ne sais pas comment elle y arrive alors qu'elle chevauche en amazone, et je lui suis reconnaissante de ne pas m'obliger à rester à sa hauteur. Lorsque j'arrive dans la cour et que ma jument s'arrête parmi les flancs écumants de sueur des autres chevaux, la reine a déjà mis pied à terre et monte d'un pas pressé les marches du château, tandis que son mari et son fils sautent de leur monture pour lui emboîter le pas.

Au dernier moment, avant de franchir le seuil, le prince se retourne et m'observe. À nouveau, son regard me fige sur place. Pendant trois battements de cœur violents, nous nous dévisageons, puis il se détourne et pénètre dans le château, me laissant toute tremblante.

Dorin s'avance pour m'escorter, accompagné d'un homme que je ne connais pas. Je recouvre mes esprits en serrant les poings, imprimant des croissants de lune dans les paumes de mes mains.

– Bonjour, ma dame, me salue Dorin. Si vous me permettez, voici Lief, qui intègre votre garde personnelle à partir d'aujourd'hui.

Je jette un coup d'œil au nouveau garde.

– Bonjour, Lief.

– Ma dame, dit-il.

Son timbre est profond et mélodieux, avec un léger accent étranger ; sa voix monte à la fin des mots. La curiosité me pousse à l'examiner de plus près. Il a les yeux verts, plus foncés que les miens, et ses cheveux châtain clair sont tirés en arrière et retenus par un ruban, contrairement à la coiffure en vogue parmi ses pairs. S'ils étaient lâchés, ils lui arriveraient aux épaules. Il n'a pas l'air beaucoup plus âgé que moi. Je peine à contenir une envie irrépressible de lui dire de partir sur-le-champ, tant qu'il en a encore la possibilité. Mais je lui adresse un signe de tête avant de me tourner vers Dorin.

Ce dernier regarde derrière moi et je me retourne pour voir ce qu'il observe. On a reconduit au château le cheval du seigneur Bennel, sans cavalier. Dorin se tourne vers moi, la bouche crispée.

– Au temple, ma dame ? demande-t-il en chassant une abeille qui bourdonne autour de nos têtes.

J'acquiesce.

– Oui. Puis-je vous parler en privé d'abord ?

– Attends là-bas, dit-il au nouveau garde, qui s'incline avant de m'adresser un grand sourire qui laisse entrevoir le bout d'une langue bien rose, posée entre ses dents, espiègle.

C'est à la fois désarmant et contagieux, et je me surprends à sourire à mon tour. Puis Dorin toussote et Lief nous laisse.

Lorsque je suis certaine qu'il ne peut nous entendre, je me tourne vers mon compagnon de toujours.

– Il n'est pas lormerien, lui fais-je remarquer à voix basse.

Dorin secoue la tête en me regardant avec ce qui ressemble peut-être à de la fierté paternelle.

– Bien vu, ma dame. Il est tregellien.

– La reine a engagé un Tregellien ? Pour assurer ma protection ?

Je ne tente même pas de dissimuler ma stupéfaction. Lormere a gagné la guerre et est à présent en paix avec le royaume du Tregellan, mais la reine n'a jamais caché son inimitié pour ce peuple. Et je l'ai personnellement entendue les qualifier de paresseux, sournois et faibles.

– En effet. Il est…

Il chasse de nouveau l'abeille, et soudain l'insecte fonce sur lui. Dorin laisse échapper un cri lorsqu'il se fait piquer l'avant-bras, et se mord la lèvre pour s'empêcher de jurer.

– Est-ce que ça va ?

Il hausse les épaules et jette un coup d'œil à son bras.

– Ne vous en faites pas, ma dame.

– Est-ce qu'il y a le dard ? Il faut le retirer au plus vite !

Il examine la piqûre : un cercle rouge s'est formé autour. Il retire le dard avec les ongles et le laisse tomber d'un air dégoûté.

– Il vous faudrait un emplâtre.

– Tout ira bien, ma dame. Je garde ça à l'œil.

Je m'apprête à protester, mais il enchaîne sur un autre sujet :

– Comme je le disais, il est doué, me dit-il d'un ton ferme. Malgré ses origines. Il l'a emporté sur tous les gardes de la reine et… (Il s'interrompt un instant.)… et moi-même, ma dame. Il est rapide. Et il dit qu'il n'aime pas le Tregellan. La reine dit qu'il est capable de vous protéger et qu'elle dormira mieux en le sachant à vos côtés, bien qu'il soit tregellien.

– Je dors déjà très bien avec seulement vous à ma porte, je rétorque avec humeur.

Dorin se permet un bref sourire avant de reprendre son air professionnel et soucieux.

– Merci, ma dame. (Il s'incline en se frottant machinalement le bras.) Viens, Lief, appelle-t-il.

Et le dénommé Lief arrive au trot comme un chiot enthousiaste. Cela me rend triste, car il me fait penser à moi lorsque je suis arrivée ici.

Chapitre 4

Arrivée à mon temple, je ferme les portes, mais au lieu de m'agenouiller devant l'autel, je me mets à faire anxieusement les cent pas. « Seigneur Bennel, insouciant seigneur Bennel ! Pourquoi s'est-il enivré à ce point ? Pourquoi n'a-t-il pas su tenir sa langue ? Comment a-t-il pu faire un tel faux pas alors qu'il avait déjà agacé la reine en posant cette stupide question à propos d'un conte de fées ? Et puis le prince, pourquoi me remarque-t-il, maintenant ? Pourquoi me fixe-t-il du regard ? »

Alors que les ombres se déplacent sur les murs, j'allume de l'encens et m'agenouille devant l'autel pour demander leur aide à Næht et Dæg, pour qu'ils m'éclairent sur ce que cela signifie.

Je leur assure que je ne veux pas me montrer ingrate. Sincèrement. Je sais qu'ils m'ont choisie. Et ne m'ont-ils pas accordé ce que je voulais ? Je désirais venir au château, et je vis ici. Je voulais faire un beau mariage, je vais épouser le prince. Ils accèdent à mes prières, je vis l'existence de mes rêves. J'ai de la chance. Je suis privilégiée.

Je suis un instrument. Un couteau.

Je lève les yeux vers le totem des dieux, une grande sculpture métallique représentant le soleil éclipsant la lune, ou la lune éclipsant le soleil, selon la façon dont la lumière éclaire la pièce. Pendant la moitié de la journée, l'or effraie l'argent, puis peu à peu l'argent prend le pas sur l'or. Moi, en tant que Daunen, je me trouve quelque part entre les deux.

– Est-ce que je vais aider les villageois ? avais-je demandé à la reine lors de ma consécration.

Je me voyais déjà sur une estrade, chantant devant le royaume tout entier... On me jetterait des pétales de fleurs tandis que je bénirais les foules. Ma sœur lèverait sur moi des yeux brillants de fierté.

– Irai-je leur rendre visite et chanter pour eux ?

– Pourquoi ferais-tu cela ? avait-elle répliqué.

– Pour qu'ils sachent qu'ils sont bénis.

– Twylla, tu es Daunen incarnée et, de la même façon, le roi et moi-même sommes les représentants terrestres de Dæg et Næht. Voilà comment les villageois savent qu'ils sont bénis. Parce que nous existons. Ton don n'est destiné à être apprécié que par quelques privilégiés. Seule une minorité peut le comprendre. D'autre part... (Elle s'était interrompue pour m'adresser un regard de pitié.)... nous devons te protéger. Ils seront jaloux de ta bonne fortune, ils t'en voudront d'avoir été choisie par les dieux pour représenter Daunen et devenir un jour notre fille. Il vaut mieux que tu restes dans le château, où tes gardes peuvent te protéger.

Le temps passe. Je me relève, les jambes ankylosées d'avoir prié si longtemps. J'allume les cierges, et me remets en mouvement, pour me réchauffer cette fois. La lumière au-dehors baisse. Ici, il fait plus froid que dans le château lui-même. Le long des murs, qui sont blanchis à la chaux, propres, il y a des bancs pour s'asseoir, même si personne ne vient ici, à part moi. Les murs sont décorés de panneaux. Je suis très mauvaise couturière, mais de temps en temps je m'y attelle quand même, et la pierre est couverte de soleils et de lunes. J'aimerais broder des fleurs, des fleurs sauvages, mais la reine ne serait pas d'accord. Elle tolérerait peut-être des espèces cultivées, coûteuses, mais je ne les ai jamais trouvées aussi belles que celles qui poussaient toutes seules près de mon ancienne maison. Et elle n'acceptera jamais celles-ci.

Il y a deux ans de cela, nous étions partis pique-niquer lors des célébrations en l'honneur de la dix-septième moisson du prince – c'était la dernière fois que je l'avais vu. C'était une belle journée de fin de printemps, assez douce pour laisser les capes au placard et revêtir nos tenues estivales. Alors que nous traversions les jardins des cuisines, nous avons soudain été pris dans un nuage de duvet blanc : des aigrettes de pissenlit, par milliers, soulevées par le passage des chevaux et tourbillonnant autour de nous. C'était magique. Comme une neige à contre-saison, une tempête sous le soleil. J'avais ri tout haut pour ce qui m'avait semblé être la première fois depuis très, très longtemps. Sentir leur caresse sur ma peau, ne plus rien voir que du blanc tout autour de moi… Lorsque les graines s'étaient éparpillées, j'avais remarqué le visage du prince, radieux, tourné vers le soleil. Nos regards s'étaient croisés et nous nous étions souri, heureux de nous être trouvés là au bon moment et d'avoir assisté à cet événement.

Pour avoir laissé cette espèce adventice envahir les jardins des cuisines, chaque jardinier a perdu ce jour-là l'index de sa main dominante, et la cuisinière a perdu ses deux petits orteils pour avoir suggéré à la reine de manger les feuilles et les racines de ces mauvaises herbes en salade, ou de les boire en tisane. La reine voulait lui trancher les pouces, mais cela aurait empêché la cuisinière de remplir son office. La reine a affirmé qu'elle s'était montrée clémente. Encore une fois.

Des murmures du dehors me parviennent par la porte ouverte. Dorin interroge le nouveau garde sur son rôle.

– Qui est ma dame ?

– Elle est Daunen incarnée, la fille des dieux sur terre.

– Quand a lieu la Révélation ? demande Dorin en toussant.

– Est-ce que vous allez bien ?

– Réponds à la question, Lief. Quand a lieu la Révélation ?

– Le jour de la nouvelle lune.

– Qu'est-ce que la Révélation ?

– Une cérémonie ancienne destinée à tester la volonté de ma dame à travailler pour les dieux, et à prouver qu'elle est le réceptacle élu. Ma dame donne une goutte de sang qui est mêlée à de l'aubemorte, puis elle boit le mélange en signe d'acte de foi pour montrer qu'elle a la faveur des dieux.

– Quand peux-tu toucher ma dame ?

– Jamais. Cela me tuerait.

– Qui a le droit de toucher ma dame ?

– La reine, le roi, le prince. Par droit divin.

– Qui d'autre ?

– Personne. Seuls les consacrés peuvent être touchés par ma dame sans connaître la mort.

– Ça ira pour l'instant, admet Dorin à contrecœur.

Je souris, puis fronce le nez. Les volutes d'encens autour de moi empestent le jasmin. Je me lève et renverse l'encens, que j'écrase sous mes pieds. Quelqu'un a dû se tromper. Je mets toujours du frangipanier ici, pas du jasmin. Jamais de jasmin.

– Twylla.

Je lève brusquement les yeux, stupéfaite de découvrir le prince sur le seuil de mon temple, qui me regarde piétiner méchamment l'encens. Je m'empresse de faire la révérence. La tête me tourne tandis qu'il s'avance vers moi.

– Je te dérange ?

Au début, je suis trop choquée par sa présence dans mon temple, et par le fait qu'il m'adresse la parole, pour répondre tout de suite.

– Non, Votre Altesse, pas du tout, je parviens à dire au bout d'un moment.

– Je ne t'ai pas interrompue en pleine prière, alors ?

– Non, Votre Altesse. Je ne priais pas vraiment. Je faisais juste…

Je n'arrive pas à achever ma phrase.

Il hoche la tête, les lèvres serrées pour réprimer un sourire. Puis il fait le tour de la pièce du regard.

– Tu as fait tout ça ? me demande-t-il en désignant les panneaux.

– Oui, Votre Altesse.

– Tu ne te lasses pas de faire toujours les mêmes images ?

Mon regard va des panneaux au prince et il m'observe de ses yeux noirs et perspicaces. Avant que j'arrive à formuler une réponse, il reprend la parole :

– J'ai apprécié ta représentation, hier.

– Merci, Votre Altesse.

– J'ai particulièrement aimé le… « spectacle ». (Il met l'accent sur le dernier mot, et ma poitrine se serre.) Ça ne s'est pas terminé comme je l'espérais, mais il est rassurant de constater que certaines choses ont changé en mon absence. Il n'y en a pas beaucoup ici qui sont enclins au… « spectacle », quand les circonstances s'y prêtent. Je suis heureux de voir que tu en fais partie.

Encore une fois, je ne trouve pas mes mots. Il utilise « spectacle », le même mot que la reine m'a jeté au visage, mais il lui donne un sens positif. Pourquoi ? Il n'a rien fait pour sauver le seigneur Bennel, pourquoi se réjouirait-il que j'aie tenté quelque chose ? Lorsque je lève les yeux vers lui, je vois qu'il a les sourcils levés, comme s'il attendait une réponse de ma part, mais je ne trouve rien à dire qui ne soit une accusation ou un acte de trahison.

– Quand chanteras-tu de nouveau ? me demande-t-il enfin.

– Demain, Votre Altesse. C'est mon audience bimensuelle avec le roi.

– Et ensuite ?

– Quand on me le demandera, Votre Altesse.

Je ne me rends compte que trop tard que ma réponse peut sembler revêche. Sans me laisser le temps d'ajouter quelque chose de plus courtois, il reprend la parole :

– Ainsi donc Daunen incarnée ne chante que selon le bon vouloir du roi ?

Je ne comprends pas.

– Je chante selon le bon vouloir du roi et de la reine.

Il hoche la tête puis regarde de nouveau les murs en fronçant les sourcils.

– Tu devrais broder des fleurs. J'ai toujours aimé les pissenlits, déclare-t-il, réussissant encore à me surprendre, avant de tourner brusquement les talons.

Je n'ai même pas le temps de faire une révérence qu'il quitte déjà le temple.

Je reste bouche bée à le regarder qui s'éloigne. Il est venu à moi. Il s'est déplacé jusqu'à mon temple et il m'a adressé la parole. Mais pour quelle raison ? À cause de ce qui est arrivé au seigneur Bennel ? Pour me dire de broder des pissenlits ? S'en souvient-il ? Je regarde le totem comme si je m'attendais à y trouver la réponse, mais il n'y en a pas.

Mécontente et troublée, je m'assieds sur un banc, essayant de remettre de l'ordre dans mes pensées. Lorsque je relève les yeux, la nuit est tombée. J'abandonne, j'offre un murmure de remerciement à l'intention des dieux puis appelle mes gardes pour regagner ma tour.

Au moment où j'en franchis le seuil, je sais que je n'y trouverai pas la paix non plus.

Je marque une pause en inspirant brusquement. C'est un sursaut imperceptible, mais qui n'échappe pas à Dorin.

– Reculez, ma dame. Lief, surveille la porte de la tour.

Lief descend l'escalier tandis que Dorin dégaine son épée et fait le tour de la pièce, regarde derrière les longs rideaux dorés, sous le lit, derrière le paravent de mon bain et de mes toilettes. Mon armoire minuscule ne dissimule aucune menace. Il ne trouve pas trace de ce qui a pu me perturber.

C'est parce que l'intrus est parti depuis longtemps, et a laissé sa carte de visite sur mon bureau.

L'air interrogateur, Dorin me regarde entrer. J'arbore un sourire calme.

– Pardonnez-moi, j'ai cru... J'ai cru voir une ombre à la fenêtre. Un oiseau peut-être. Une chouette ?

Il n'est pas dupe et son expression est pensive lorsqu'il regarde la vitre. Mon solier occupe le second et dernier étage d'une petite tour de l'aile ouest. Il est tout à moi, et il n'est pas possible d'en escalader les murs jusqu'à ma fenêtre, car ils sont lisses et glissants à l'extérieur.

– Ma dame, me dit Dorin en se tournant vers moi, est-ce que tout va bien ?

Je remarque que son front est luisant de sueur.

Je hoche la tête en faisant de mon mieux pour sourire. Une ombre passe sur son visage. Il sait que je mens, mais il n'oserait jamais me forcer à dire la vérité. Il acquiesce.

– Si vous avez besoin de quelque chose, ma dame, de quoi que ce soit, je serai à votre porte.

– Merci, dis-je doucement.

Je compte cinq battements de cœur après que la porte s'est refermée avant de gagner mon bureau. Je prends le porte-documents et l'ouvre, le cœur battant. Il n'y a pas de mot, rien n'indique qui est mon mystérieux visiteur. Et pourtant je n'ai aucun doute sur son identité.

« Tu devrais broder des fleurs », m'a-t-il dit.

Le porte-documents est rempli de reproductions de fleurs, celles que sa mère préfère : des roses, des pavots, des iris, toutes ces fleurs qui poussent dans les jardins tirés au cordeau du château. Mais, tout à la fin, il y a une petite esquisse très pâle : des pissenlits en graine, dessinés sur un morceau de papier grand comme ma main. J'examine les traits délicats en lissant la feuille froissée. On dirait qu'elle a été pliée et dépliée de nombreuses fois. J'ignorais qu'il dessinait aussi bien. Mais après tout, je ne sais pas grand-chose de mon futur mari. Je me demande s'il s'agit d'un ordre ou d'un test. Je ne sais pas ce que je dois faire.

Je dispose les esquisses sur mon lit et m'émerveille devant tant de détails. Veut-il que je les garde, ou est-ce seulement un prêt ? Je les replace sur le bureau, pose un parchemin très fin par-dessus et entreprends d'en reproduire le contour du mieux que je peux. Je m'applique tout particulièrement pour les pissenlits. Je laisserai le porte-documents sur le bureau. Il pourra venir le reprendre quand il voudra.

Plus tard dans la soirée, après mon dîner, je sors mes fils de soie et commence à les trier. Pour les roses je vais utiliser un rose doux, de la couleur des ongles de ma sœur quand elle avait un jour. Un violet vif pour les iris. Un rouge sombre pour les pavots. Pas rouge sang, pas rouge terreur. Et du blanc – blanc comme la neige – pour les aigrettes de pissenlit. Une teinte si pâle qu'il faudra la lumière du soleil ou d'une bougie pour remarquer les fleurs.

Je dispose les couleurs côte à côte et les caresse. Je vais composer un panneau avec ces fleurs, comme si elles avaient poussé ensemble dans la nature, entrelacées et sans entraves, les unes contre les autres, comme les fleurs de cette sorte ont rarement l'autorisation de le faire. Et entre les tiges, je cacherai des aigrettes de pissenlit. La reine détesterait cela. Même si elle ne verra sans doute jamais cette réalisation, je me délecte à cette idée. Par je ne sais quel miracle, je dors bien cette nuit-là. Je rêve de fleurs et de regards ténébreux.

Le lendemain matin, je me prépare pour ma visite au roi. La Révélation a lieu à la nouvelle lune, à un moment naturellement propice à la fin et à la mort. Le jour suivant, quand la lune commence à croître, la reine part pour un court pèlerinage avec ses courtisans les plus proches, jusqu'au bassin sacré au pied des montagnes de l'Est. Elle y passe toute la journée, du lever du soleil au lever de la lune. Des sources chaudes sourdent des montagnes et donnent naissance à une mare – c'est d'une forme ancienne de ce mot que Lormere tient son nom. Et cette petite étendue d'eau a la réputation d'aider les femmes à concevoir. Mais on ne présente jamais les choses aussi crûment. La lune croissante est un temps propice à la vie nouvelle. Aux nouveaux départs.

L'après-midi où elle s'absente, je rends visite au roi et chante pour lui, comme lors de notre première rencontre. La reine fait bien comprendre que c'est une faveur, et elle refuse d'y être mêlée. Elle dit que c'est faire un usage frivole de mes dons. Mais le roi lui demande peu de choses, et elle a décidé de lui accorder ce caprice. D'après ce que j'en sais, c'est la seule faveur qu'elle ait jamais concédée à son deuxième mari.

Son premier mari, le défunt roi, était le frère de la reine, ainsi que le veut la tradition. Lormere est dirigé conjointement par un roi et une reine, personne ne doit régner seul, c'est une règle à laquelle nul souverain n'a dérogé. Et pendant des générations, afin de préserver la pureté de la lignée, ce sont des frère et sœur, mariés l'un à l'autre, qui ont régné. Aucune loi n'indique qu'il est obligatoire que les souverains fassent partie d'une même fratrie, mais tacitement il en va ainsi. En raison de cette volonté exacerbée de préserver la pureté de la lignée royale, chaque couple royal doit donner naissance à au moins un fils et une fille.

Dans les villages, nous connaissons les dangers de cette pratique. Nous voyons les chatons ou les porcelets qui naissent de ce genre d'union. Certains sont difformes, aveugles, certains sont ratés, dérangés. Si préserver une lignée renforce sa légitimité, on en paie le prix, et il est élevé. Il est utile de mêler les sangs pour éviter la mort et la folie.

Lorsque la princesse Alianor est morte avant sa troisième moisson, la reine et le premier roi ont perdu à la fois leur fille et la future épouse du prince. Et comme toujours en cas de décès, qu'il s'agisse d'un personnage de haute naissance ou d'un manant, on a fait venir ma mère, la Mangeuse de péchés de Lormere, pour Dévorer les péchés de la princesse morte.

Ma mère est grosse, engraissée par tous les péchés des morts qu'elle consomme lors de la Dévoration, le repas préparé et servi pour elle comme si elle était la reine ce jour-là. Lors d'une Dévoration, les personnes endeuillées couvrent le cercueil de pain, de viande, de bière et d'autres mets. Chacun représente un péché connu ou que l'on soupçonne le défunt d'avoir commis. Elle Dévore tout. Il le faut. C'est la seule façon de laver l'âme afin qu'elle puisse monter au royaume éternel. Ne pas finir le repas, c'est condamner l'âme à errer sur terre pour toujours. Nous avons tous entendu les histoires de spectres qui hantent les bois de l'Ouest, à cause de Mangeuses de péchés moins consciencieuses que ma mère et qui n'ont pas réussi à venir à bout d'une Dévoration.

Elle s'est assise devant le cercueil minuscule de la princesse et a dévoré ses péchés. Des péchés sucrés, parfumés à la grenade, à la muscade, des péchés trop riches et extravagants pour une si petite fille. Elle les a tous dévorés. La reine et le premier roi ont pleuré leur enfant, tout en cherchant à la remplacer, car le prince, âgé de huit ans, avait besoin d'une épouse afin de pouvoir accéder au trône. Mais moins de deux lunes après la mort d'Alianor, le roi est tombé malade et a succombé lui aussi.

Une reine veuve, un prince sans future épouse et trop jeune pour accéder au trône : le royaume a sombré dans le chaos et l'incertitude. Je me souviens qu'à l'époque ma mère a engagé, pour nous escorter aux Dévorations, deux hommes du coin, armés de faux et d'épées courtes. Même elle avait peur de l'anarchie qui s'était si rapidement emparée du pays. Et que ma mère se sente menacée, ce n'était pas rien. Mais un semblant de solution a été trouvé : la reine s'est mariée à son cousin germain, qui est devenu le nouveau roi. Cela n'était pas conventionnel, mais ils sont du même sang, leurs parents appartenaient à la même fratrie. La lignée est préservée. Malgré tout, leur union n'est pas considérée comme totalement pure. Ils ont beau avoir grandi dans la même nursery, ils n'ont pas partagé le même ventre maternel, et leur sang n'est pas parfaitement semblable. On dit que c'est la raison pour laquelle la reine n'a pas été capable de donner une fille à son fils malgré ses très nombreux pèlerinages à la mare sacrée.

J'avais rencontré le futur nouveau roi à la Dévoration du roi défunt, et il m'avait fait bonne impression. En tant qu'apprentie de ma mère, mon rôle consistait à l'observer se livrer à la Dévoration, à apprendre l'ordre dans lequel les péchés doivent être consommés, le temps à consacrer à chacun selon leur gravité. Il ne m'avait pas fallu longtemps pour me lasser de la regarder avaler ce repas qui semblait sans fin. Ainsi, alors qu'elle était entrée dans la transe qui accompagne une grande Dévoration, j'étais partie me promener dans le château en chantonnant. Je ne savais pas que le futur roi m'avait suivie et écoutée. Lorsqu'il s'était mis à applaudir, j'avais voulu fuir pour rejoindre ma mère, mais il m'avait retenue et demandé de chanter une autre chanson. Et j'avais savouré l'attention qu'il me portait. J'avais chanté pour lui de tout mon cœur, ravie par ses applaudissements. Puis il m'avait reconduite à la Dévoration par la main.

Ensuite, nous avions quitté le château et j'avais demandé à ma mère s'il était mon père. Je ne connaissais pas mon père, ni celui de mes frères et sœurs – car je doutais qu'il s'agisse d'un seul et même homme. À partir du moment où j'avais su comment on fait les enfants, je ne pouvais m'empêcher de me demander, lorsque j'assistais aux funérailles d'un homme, si l'un de nous était la conséquence d'un péché qu'elle Dévorait. Je scrutais les membres de la famille pour retrouver la trace de mes yeux, de mes cheveux, mais jamais je ne trouvais de ressemblance. Je ne reconnaissais pas mes traits dans le visage du roi non plus, mais j'espérais quand même qu'il était mon père. Je l'imaginais reconnaître en moi sa fille qu'il n'avait jamais connue… Il m'invitait à vivre au château, je prenais la place de la princesse morte, et je faisais renaître le sourire dans les yeux de la reine.

Ma mère m'avait frappée, avec assez de violence pour faire tomber une de mes dents de lait, et m'avait ordonné de ne plus jamais dire « mon père ».

Il y a quatre moissons de cela, un grand carrosse est apparu à la porte de notre chaumière, entouré de grands gardes montés sur des chevaux noir de jais. C'était la reine en personne, la reine de Lormere, tout habillée de bleu, à notre porte, et qui demandait à me voir, *moi*.

J'avais cru que tous mes rêves se réalisaient. Car je ne voulais pas être la prochaine Mangeuse de péchés, je voulais grandir, me marier, être heureuse. Je ne voulais pas être distante et secrète, ne penser qu'à mon rôle. Je ne voulais pas vivre seule, isolée de tous à cause de ce que j'étais. Je voulais une vie normale.

Des années durant, après la Dévoration du premier roi, je n'avais cessé de rêver du château. Tant de clarté, de beauté. Rien de sombre comme la morne chaumière où j'avais grandi. Je me disais que chacun avait sa propre chambre et son lit, au château. Pas quatre enfants tassés dans une seule pièce et leur mère recluse dans l'autre. Au château, assurément, on devait passer toutes ses journées à rire ensemble avant de s'attabler devant un somptueux festin, vêtus d'habits ornés de joyaux. Être appelée là-bas, par la reine elle-même, pour devenir une dame de la cour… tout cela semblait impossible. Et pourtant, elle était là, déclarant que je pouvais devenir sa fille adoptive.

– Et son rôle de Mangeuse de péchés ? avait dit ma mère, tandis que je regardais, très impressionnée, les gardes apprêtés, l'armure rutilante au point que j'y voyais mon reflet. (Mes doigts brûlaient de caresser les riches capes de velours qui leur tombaient depuis les épaules.) Et ses responsabilités envers le royaume ?

– Elle est appelée à de plus grandes responsabilités encore envers le royaume, avait rétorqué la reine en posant une main sur mes cheveux.

– On a besoin d'elle ici, avait protesté ma mère. Elle doit apprendre son rôle, elle doit surveiller les autres. Elle sera la prochaine Mangeuse de péchés. Elle est née pour ça.

– Et moi je dis qu'elle est née dans un autre but, avait dit la reine d'une voix égale. Sa reine et son pays ont besoin qu'elle accomplisse un autre devoir. Vous serez dédommagée. Mais pourquoi ne pas demander à Twylla ce qu'elle veut ?

J'avais regardé la reine, le carrosse doré et ma mère. Derrière elle, j'avais vu le visage de ma petite Maryl, ses yeux écarquillés, et j'avais deviné que je devais faire la même tête. J'avais considéré ma jeune sœur et ses habits rapiécés, puis le beau châle en dentelle de la reine.

Celle-ci avait dû remarquer mon regard, car elle avait retiré son châle, comme si elle venait de s'en souvenir, et l'avait tendu à Maryl. Elle n'avait même pas cillé lorsque ma sœur s'était jetée dessus comme un animal. L'image de ma sœur, la tignasse tout emmêlée, enveloppée de cette fine dentelle arachnéenne qui avait fait naître le ravissement sur son visage… Il n'avait pas fallu davantage pour me convaincre.

– Mon premier devoir est de servir la reine et mon pays, avais-je déclaré.

La reine avait souri, et ma mère m'avait claqué la porte au nez. J'étais restée figée à regarder le panneau de bois jusqu'à ce qu'elle me prenne par la main pour me conduire au carrosse.

– Nous allons faire faire de nouvelles robes pour toi, avait promis la reine en examinant mon sarrau noir et austère avec un rictus aux lèvres. Tu auras besoin de quelque chose qui convienne mieux à ce que tu vas devenir. Tu aimes le rouge, Twylla ?

À cette époque j'aimais le rouge. Maintenant, je ne supporte plus cette couleur. Depuis que je vis au château, la liste de ce que je n'aime pas ne cesse de s'allonger. À présent, il y a des choses que je n'aime pas et dont je ne connaissais même pas l'existence il y a quatre moissons.

Mais ce que je déteste vraiment, c'est la reine.

Chapitre 5

Je m'habille et arrange mes cheveux avant que Dorin et Lief ne viennent m'escorter pour mon audience avec le roi. La reine et lui occupent seuls toute la tour Sud, de la même manière que celle de l'ouest est à moi. Mais on ne peut accéder à ma tour que par le couloir qui y mène. Le solier Sud est accessible par les portes royales du Grand Salon, ou par là où nous sommes passés à pied aujourd'hui, par le long couloir et le chemin de promenade, où les courtisans passent le temps entre manœuvres politiques et ragots. À mon passage, ils se taisent. Chacun sait qu'en ce jour Daunen incarnée doit honorer son rendez-vous royal, et ils me saluent avec plus d'enthousiasme que d'habitude. Personne ne veut être le prochain Bennel.

Je suis annoncée par les hommes du roi qui ouvrent les portes du solier royal, et le roi quitte sa causeuse damassée pour m'accueillir.

– Twylla.

Il me sourit alors que mes gardes s'évanouissent pour profiter de ces quelques heures de répit qui leur sont accordées, me laissant seule avec le roi dans la salle dorée. Elle est arrondie comme la tour dans laquelle elle se trouve, et joliment arrangée, avec des causeuses garnies de coussins, de larges bancs en chêne, des repose-pieds à pampilles et des tables basses chargées de carafes en cristal et de verres à pied. Il y a une grande table et quatre sièges sculptés comme ceux que nous prenons lors des parties de chasse. Il y a des étagères remplies de coffrets ornés de pierreries et de livres reliés de cuirs teints de toutes les couleurs imaginables. C'est un lieu qui sent le privilège, le luxe et, par-dessus tout, l'intimité. Dans un château qui jamais n'a ressemblé à un foyer, cette pièce me donne plus que tout le sentiment d'être une étrangère. Une pièce regorgeant de babioles qui n'ont guère d'autre but que de faire joli ou d'être ignorées… C'est le sanctuaire de la reine à l'intérieur du château, et des portraits d'elle et du roi défunt montent sévèrement la garde. Je m'enfonce jusqu'aux chevilles dans les épais tapis qui couvrent le sol, et je m'approche du roi.

– Votre Majesté.

Je fais la révérence et lui souris. J'aime bien le roi. Je l'ai toujours apprécié et, en mon for intérieur, je trouve qu'il semble aussi déplacé que moi dans cet endroit.

– Et comment vas-tu aujourd'hui ? Tu as bonne mine.

– Je vais bien, sire, merci. Puis-je me permettre de m'enquérir de votre santé ?

– Je suis de bonne humeur, Twylla. J'ai grand-hâte d'entendre les merveilles du jour. T'écouter chanter est le meilleur moment de ma journée.

Cet échange est écrit à l'avance. Nous jouons notre rôle par cœur, à chacune de ces visites. Pour quelqu'un qui est en partie vénéré pour sa voix, je n'ai guère d'occasions d'utiliser ce talent, aussi venir là est-il un plaisir. Et en plus de chanter, je peux parler à quelqu'un. Le roi est de compagnie aimable et joyeuse lorsque nous sommes seuls.

Je prends place près de la fenêtre, dos au vitrail, encadrée par les lourds rideaux en brocart. J'entonne *La Ballade de Lormere*. Ma voix enfle, emplit l'espace, et je ne suis plus l'incarnation humaine de Daunen. Je suis Twylla. La reine, le château, l'horreur... tout s'évanouit. C'est l'unique aspect de ma vie que j'aime : ces moments où je chante et où j'oublie. Lorsque je chante, je peux être n'importe qui, n'importe où. Lorsque je chante, je suis libre.

Je m'apprête à enchaîner sur *Charmante et lointaine* quand la porte s'ouvre en grand, et le prince entre, sans avoir été annoncé. Les gardes s'empressent de refermer la porte tandis que mon cœur bondit jusque dans ma bouche. Voilà donc pourquoi il voulait savoir à quel moment je chanterais à nouveau. Il voulait y assister.

– Merek, mon garçon ! Je suis heureux que tu aies pu te joindre à nous. Twylla allait commencer *Charmante et lointaine.*

Merek glisse un regard dans ma direction, les sourcils froncés.

– Je ne la connais pas.

– Un de mes précepteurs me l'a apprise lorsque j'étais plus jeune que toi, et à mon tour je l'ai enseignée à notre Twylla.

– Je vois, dit Merek en me regardant encore. Peux-tu t'écarter de la fenêtre, Twylla ? Tu es à contre-jour.

Je regarde le roi. Il hoche la tête. Je me déplace pour me tenir entre les fenêtres, le dos contre le petit pan de mur qui sépare les vitres.

– Beaucoup mieux, approuve Merek en se mettant à l'aise dans une causeuse, ses longues jambes allongées devant lui et croisées aux chevilles, les bras nonchalamment croisés. Continue, je te prie.

J'ai peur que son regard me fasse flancher. Mais ma voix ne me trahit pas. Je ne regarde aucun de mes deux auditeurs, je fixe le mur au-dessus de leur tête, et je chante comme si ma vie en dépendait. Quand j'achève un chant, le roi lance le titre d'un autre, sans laisser à Merek le temps de faire des commentaires ou d'applaudir.

Lorsque l'heure du déjeuner arrive, je suis épuisée, et quand Merek se lève et quitte les lieux sans un mot, j'ai l'impression que l'air revient dans la pièce. Je ne m'étais pas rendu compte que je retenais mon souffle jusqu'à ce que la porte se referme sur lui.

– Sa présence ne t'a pas dérangée ? me demande le roi d'une voix douce. Je ne pensais pas qu'il se joindrait à nous.

– Je suis contente qu'il soit là, sire.

– Je suppose que nous devons nous sentir flattés qu'il juge notre compagnie digne de lui, n'est-ce pas ? (Il s'esclaffe, mais son rire sonne creux.) C'est un bon garçon – un homme, même, maintenant. Si je peux te faire une confidence, j'ai peur que ce château ne ressemble à une cage pour lui qui a voyagé dans tout le royaume. Ce serait peut-être différent s'il avait des gens de son âge avec qui passer du temps. Les enfants ont besoin d'une fratrie, non ? Tu avais des frères et sœurs ?

– Oui, sire. Trois frères et une sœur.

Évoquer Maryl me serre le cœur. Je donnerais tout pour savoir comment elle va, si elle se souvient de moi. Je la revois enveloppée dans ce châle délicat qui a sûrement dû tomber en lambeaux depuis. Pour devenir Daunen incarnée, j'ai dû renoncer entièrement à mon ancienne vie, y compris à ma famille. Sur le moment, je n'avais pas pleinement compris le choix que je faisais. J'avais déduit de la porte claquée au nez que ma mère était contente de se débarrasser de moi, et que notre relation s'arrêtait là ; mais Maryl… je croyais que je pourrais la garder. Je pensais que, d'une manière ou d'une autre, elle ferait toujours partie de ma vie et moi de la sienne : quelques heures ensemble de temps en temps, quelques visites, même rares. Mais la reine m'avait fait comprendre qu'il serait inconvenant de rester en contact avec mon ancienne famille, que les dieux seraient fâchés que je méprise ma nouvelle vie et m'accroche à l'ancienne. Et puis la reine méprise ma mère, comme le reste du royaume, mais puisque les femmes de mon ancienne famille se transmettent le rôle de Mangeuse de péchés depuis plus longtemps que la famille royale n'a été au pouvoir, elle la tolère. Après tout, ma mère détient les clés du royaume éternel entre ses mains charnues. Pour l'instant. Car un jour, Maryl sera la Mangeuse de péchés, et moi je serai la reine, et personne ne pourra nous empêcher d'être sœurs.

Mes pensées vont et viennent dans le temps, sans prendre garde au présent, jusqu'au moment où je me rends compte que le roi m'a posé une question et attend une réponse. Je rougis, gênée de me montrer si impolie avec une des rares personnes qui me témoignent de la gentillesse.

– Que Sa Majesté me pardonne, je me suis oubliée un instant.

Il me regarde, inquiet.

– Est-ce que tout va bien ? Je peux te faire porter quelque chose ?

– Non merci, sire, je me sens bien, j'étais simplement perdue dans mes pensées. Pardonnez-moi, je n'aurais pas dû me laisser déconcentrer, c'était discourtois.

– Cela arrive aux meilleurs d'entre nous, m'excuse-t-il avec un sourire. Je te demandais si tu te souvenais bien du prince Merek avant qu'il ne parte en voyage.

– Pas vraiment, sire.

– J'en ai fait la remarque à Helewys, tu sais. Que toi et lui devriez vous fréquenter un peu plus. Elle oublie qu'elle et moi, ainsi que Rohese, nous avons été élevés ensemble, alors que ce n'est pas le cas pour Merek et toi. Je… (Il s'interrompt et se ravise.) Enfin, il s'occupe, il fera un bon roi.

– Si les dieux le veulent, la reine et vous continuerez longtemps à servir le royaume, je réponds aussitôt.

– Si les dieux le veulent, me dit-il avec un sourire que je lui rends sans effort.

Merek revient alors que nous sommes sur le point de reprendre les chants. Son expression est toujours aussi impénétrable et je dois détourner les yeux, car je crains de ne pas aussi bien maîtriser la mienne. Je ne comprends pas ce prince qui use si peu des mots, mais dont les yeux parlent un langage qui m'est inconnu. Je ne sais pas ce qu'il attend de moi.

– Twylla va chanter trois autres chants.

La voix du roi est ferme, et je me demande s'il a remarqué à quel point le regard de son beau-fils me met mal à l'aise...

– Quel dommage ! dit Merek. J'espérais lui apprendre quelques chansons que j'ai entendues pendant mon voyage.

– Une autre fois, décide le roi. Elle a travaillé assez dur pour l'instant.

Merek nous regarde tour à tour.

– Peut-être Twylla aimerait-elle décider par elle-même ?

Le roi m'interroge du regard. J'hésite. Comment choisir entre mon promis et mon souverain ?

– Il faut du temps pour apprendre de nouveaux airs, je réponds doucement. Je n'arriverai pas à les maîtriser dans le temps qu'il nous reste. Mais une autre fois, je serai contente d'y consacrer toute mon attention. J'en serai ravie.

– Une solution idéale, approuve le roi.

Merek ne dit rien, comme si son beau-père n'existait pas. Il ne regarde que moi. Enfin, il hoche la tête.

– Une autre fois, dit-il.

Je vois alors, mais trop tard, que ses mots comme ma proposition sont calqués sur la décision du roi.

Je prends une grande inspiration et chante les derniers airs en fixant le mur au-dessus de la tête de mes auditeurs. Le concert achevé, Merek se lève et m'adresse un bref signe de tête.

– Très bien, Twylla. Très agréable. Comme il est plaisant de passer un après-midi sans qu'il soit nécessaire de se donner en spectacle, tu ne trouves pas ?

Puis il quitte les lieux aussi brusquement qu'il s'y est présenté, laissant le roi me regarder d'un air dérouté. J'ai les mains moites et dans mon dos la sueur commence à refroidir. Je ne peux me défaire du sentiment d'avoir été soumise à un test, et d'avoir échoué.

Le lendemain, je suis tentée de rester dans ma chambre. J'ai honte d'avouer que j'ai peur de retourner à mon temple, de crainte que le prince m'y rejoigne et me pose encore d'étranges questions. Mais je suis sa fiancée, alors je prends mon courage à deux mains et je m'y rends. Je chantonne à l'intention du totem, j'époussette la soierie au-dessus du puits de Næht, je réarrange les panneaux.

Lorsqu'il est l'heure de regagner ma tour pour le déjeuner, je dis à Dorin et Lief que je souhaite rentrer par les jardins. Quand les rayons du soleil parviennent à percer les nuages, le jardin brille de mille feux, mais on sent comme une tension, les doigts délicats de l'automne caressent la lisière des ombres. Dans peu de temps, tout le monde ira aux champs pour la récolte. Et je me surprends à m'interroger encore sur ce qui se passe dans mon ancien foyer. Je me demande comment vont mes frères, et même ma mère mais, comme toujours, c'est surtout Maryl qui occupe mes pensées. Quatre ans que je ne l'ai pas vue ! Elle a onze ans maintenant, ses cheveux blond très pâle ont peut-être foncé, pris la couleur du maïs. Je l'imagine sans ses rondeurs de bébé, devenue grande. Elle pourrait bien m'avoir dépassée. Mince comme un roseau, gracieuse, elle est obligée de suivre notre mère aux quatre coins du royaume, comme j'avais l'habitude de le faire, pour apprendre à devenir Mangeuse de péchés.

À Lormere, seules les femmes deviennent Mangeuses de péchés, car c'est une femelle qui a commis le premier péché. Næht a tenté Dæg et volé le ciel, mais elle a aussi fait venir la mort sur terre. Pour expier la faute de Næht, Dæg a décrété qu'une mortelle devait porter le fardeau des péchés commis par les morts durant leur vie. Des filles de plus en plus lourdement chargées. Dans notre famille, nous recevons le péché en héritage, il est aussi héréditaire que les maladies dans la lignée royale. Ainsi, c'est maintenant Maryl qui reprendra le flambeau lorsque notre mère partira, et sa première tâche consistera à consommer les péchés de notre mère.

On est au calme dans le jardin, et je suis perdue dans mes pensées lorsqu'un bruit sourd sur le sol poussiéreux me fait me retourner. Dorin est tombé et se tient le bras. Lorsqu'il retire son gantelet, je vois que sa peau est d'un vilain rouge vif. Une grosse cloque s'est formée au milieu de son avant-bras.

– Pourquoi ne m'avez-vous rien dit ? Pourquoi avez-vous caché votre douleur ?

– Ce n'est rien, ma dame, affirme-t-il, alors qu'il est évident que ce n'est pas le cas.

Tout autour de la piqûre, il y a des petits points rouge sang sous la peau, et son visage a pris une teinte livide.

– Allez vous faire appliquer un emplâtre, lui dis-je, mais il secoue la tête. Il le faut : de la lavande et de l'oxymel. Venez, je vous y conduis. Je vous en prie.

Un jour au village, un enfant a mal réagi à une piqûre d'abeille, et il a fini par en mourir.

– Dorin, nous devons y aller. Vous avez déjà trop attendu. Je vous ordonne d'aller voir les guérisseurs. Maintenant. (Je jette un regard à Lief.) Aide-moi.

Alors que Lief s'avance pour prendre le bras valide de Dorin, ce dernier lève la main.

– Non, j'y vais, ma dame. Lief restera avec vous. Toi, dit-il en se tournant vers lui, abats quiconque tente de lui faire du mal. Ne t'éloigne pas et assure sa sécurité.

Lief hoche solennellement la tête.

– Ma dame, je serai de retour aussi vite que possible.

– Je n'en doute pas, fais-je en essayant de sourire. Allez-y. Et prenez du repos s'ils vous le conseillent. Nous nous reverrons bientôt.

Il s'incline en grimaçant puis s'en va, me laissant seule avec le nouveau garde. Nous suivons Dorin des yeux jusqu'à ce qu'il franchisse les portes du château. Pendant un instant, je dois me retenir de lui courir après, de l'aider, de le garder à mon côté. Je suis rongée par la culpabilité : j'aurais dû me rendre compte de son état plus tôt. J'aurais dû l'inciter à aller consulter les guérisseurs immédiatement. Est-ce la manière dont les dieux me font savoir que je ne dois pas broder de fleurs ? Est-ce une sorte de mise en garde ?

Je vais pour rentrer, mais Lief ne me suit pas. Je vois alors qu'il observe une colonne de fumée noire opaque qui s'élève derrière le mur des écuries. Je frissonne. Je sais ce que cela signifie.

Il m'interroge du regard avant de s'incliner légèrement.

– Pardonnez mon impertinence, ma dame. Est-ce qu'il y a le feu ?

– Non, c'est un bûcher funéraire. Le seigneur Bennel... est décédé récemment.

– Ah, pardonnez-moi, ma dame, je ne savais pas qu'on brûlait les morts à Lormere.

Je hoche la tête.

– Nous les enterrions auparavant, mais il y a eu... Ici les hivers sont rudes, cela rend le sol dur et il est cruel d'attendre le printemps pour que les gens disent adieu à leurs défunts.

Lief acquiesce. J'attends pour voir s'il va poser d'autres questions. Je n'ai pas menti. En hiver il est impossible de creuser le sol, qui gèle complètement, si bien qu'on dirait que les montagnes essaient de gagner sur les terres en rampant sous nos pieds pendant notre sommeil. La mère de la reine est morte en hiver, du temps où nous enterrions nos morts. Après la

Dévoration, son cercueil a été déplacé jusqu'à une dépendance pour que la puanteur du cadavre ne se répande pas trop en attendant que le sol soit assez meuble pour qu'on l'enterre.

Mais les chiens l'ont trouvée bien avant la venue du printemps. Bien qu'ils préfèrent les proies vivantes, ils ont fait une exception pour leur maîtresse. Ce n'est que lorsque le roi Kryas a trouvé l'alliance de sa femme dans la cour, toujours sur son annulaire, qu'on a compris ce qui s'était passé. On a brûlé les restes et, depuis lors, tous les morts sont incinérés, quelle que soit la saison.

– J'espère qu'il n'a pas souffert, ma dame.

Je ne réponds pas tout de suite, prise d'une vague de nausée.

– Il a eu un accident. Ç'a été rapide.

– Je suis désolée, ma dame.

Je hoche la tête et reprends mon chemin vers ma tour en pensant à Dorin. « Il va s'en sortir, il va s'en sortir. J'irai au temple pour implorer les dieux. Je demanderai pardon pour mes péchés. Je serai reconnaissante, je montrerai ma foi en eux. » Je me répète inlassablement ce mantra lorsque Lief m'adresse encore la parole :

– Pardonnez-moi, ma dame. De quel genre d'accident s'agissait-il ?

Je m'arrête pour le regarder. Il m'observe, la tête penchée dans une attitude sarcastique.

– Il a désobéi à la reine, finis-je par répondre après un long moment.

Il me regarde, les sourcils haussés, et j'attends la question suivante. Mais elle ne vient pas. Il regarde pensivement la fumée, puis baisse la tête et se remet en marche.

Plus tard, je suis assise devant mon panneau, essayant de dessiner le contour des fleurs. Je ne sais toujours pas comment va Dorin, et lorsque la porte s'ouvre à la volée, je m'attends à ce que Lief m'apporte de ses nouvelles. C'est bien lui, blême, mais il est rapidement dans l'ombre de la robe vert forêt de la reine au visage grave. Le fusain avec lequel je dessinais tombe par terre et roule tandis que je m'empresse de faire la révérence.

– Tu peux te relever, Twylla, me dit-elle en refermant la porte elle-même, reléguant Lief dans le couloir, et me laissant seule avec elle.

Je fais ce qu'elle dit, et je sens la force quitter mes jambes, si bien que je dois garder les genoux pliés sous ma robe pour ne pas tomber. Elle ne m'a jamais rendu visite jusque-là. Quand elle veut me voir, je suis convoquée, ce n'est jamais elle qui se déplace. D'abord le prince, et maintenant elle...

Je garde le cou ployé tandis qu'elle examine mes appartements. Elle fait glisser ses doigts blancs comme l'ivoire sur la courtepointe et le long des colonnettes qui soutiennent le ciel de lit. Elle va au bureau et observe les esquisses éparpillées là. Elle pince les lèvres.

– Qu'est-ce que c'est que ça ?

– J'ai le projet de broder un panneau, Madame.

– Avec des fleurs ? Pas de soleil ni de lune ? demande-t-elle, la tête penchée mais les yeux durs.

– C'est... une idée du prince, Madame.

Elle me jette un regard acéré.

– Et quand as-tu parlé au prince ?

– Il y a deux jours, Madame. Il est venu au temple.

Je ne parle pas de sa présence lors de mon audience avec le roi.

– Vraiment ? Ce sont ses dessins, n'est-ce pas ?

– Oui, Madame. Il me les a prêtés pour m'aider.

La reine me regarde.

– Bien. Il est grand temps que vous deux commenciez à vous fréquenter. Cela rendra votre mariage plus facile si vous n'êtes pas de parfaits étrangers l'un pour l'autre. (Elle a un sourire en coin.) Asseyons-nous, Twylla. Je suis venue au sujet de ton garde.

J'attends qu'elle s'installe dans mon fauteuil. Mon cœur s'accélère. Je m'agenouille devant elle et j'attends.

– J'ai été bonne avec toi, non ? dit-elle.

Je sens toutes mes forces m'abandonner.

– Votre Majesté ?

– N'ai-je pas toujours fait ce qui est le mieux pour toi ? Ne t'ai-je pas menée ici, aidée à accomplir ton rôle au service des dieux ? Est-ce que je ne prends pas soin de ton ancienne famille ? Ne t'ai-je pas accueillie dans ma famille, offerte à mon propre fils ?

– Si, Madame. Sa Majesté est trop bonne avec moi.

Je m'efforce de ne pas frissonner, alors que chacun de ses mots me donne l'impression que quelqu'un marche sur ma tombe. C'est toujours dangereux quand elle me rappelle à quel point elle s'occupe bien de moi.

– Je ne peux pas te laisser aller et venir dans le château avec un seul garde, Twylla. Ce ne serait pas prudent.

– Je comprends, Madame. Je n'irai pas dans le château, seulement à mon temple, je lui promets docilement.

– Non, Twylla, tu ne m'as pas bien comprise. Je ne veux plus que tu quittes cette pièce tant que l'autre garde n'est pas prêt à revenir.

– Mais, Madame, les dieux… le temple… mes devoirs…

– Les dieux comprendront. Il n'est pas nécessaire que tu leur rendes grâce là-bas pour recevoir leur bénédiction. Tu es Daunen incarnée. Tu peux prier n'importe où. Le roi et moi ne passons pas toutes nos journées au temple, n'est-ce pas ? Je te l'ai déjà dit, tu leur rends grâce en me faisant plaisir, de la même façon que leur fille leur fait plaisir.

– Que Sa Majesté me pardonne, mais n'y a-t-il personne d'autre qui puisse remplacer Dorin le temps qu'il se remette ? Un garde affecté à ma protection ?

La reine pose sur moi un regard plein de pitié.

– Allons, Twylla, tu n'es pas si naïve. Tu uses les gardes si rapidement qu'il devient de plus en plus difficile de trouver des hommes aptes à remplir ce rôle. Pourquoi crois-tu que j'aie accepté un Tregellien ? Il était le seul volontaire pour ce poste, et tu as bien de la chance qu'il se soit révélé assez doué pour me convaincre qu'il est capable de te protéger. Mais je ne peux confier ce rôle à un seul homme. Tu sais combien tu comptes pour moi et que je suis prête à tout pour assurer ta sécurité. N'en parlons plus.

Elle dit cela si directement qu'un frisson me parcourt l'échine. Parfois, elle me fait tant penser à ma mère. Toutes deux affectionnent de manipuler autrui, pour mieux le contrôler. La reine n'oublie jamais de me rappeler qu'elle fait beaucoup pour moi, et à quel point je serais ingrate si je rejetais ses demandes. Ma mère agissait de même, faisant jouer les forces de la culpabilité et de la gratitude pour parvenir à ses fins. Elle n'avait pas le pouvoir absolu de la reine, mais elle détenait une certaine autorité, qu'elle n'hésitait pas à manier comme un couteau s'il le fallait.

Il est bien connu que l'âme reste près du corps pendant trois jours et trois nuits tout au plus après la mort. Il faut que la Dévoration ait lieu dans ce laps de temps, afin que l'âme puisse faire son ascension, sinon elle flotte jusqu'aux bois de l'Ouest pour rejoindre ses frères et sœurs damnés dans les arbres. À Lormere, aucun endroit n'est distant de plus d'une journée de voyage à cheval, de l'aube à l'aube. Et pourtant, ma mère repoussait parfois délibérément son départ, pour se venger d'un affront qu'elle estimait avoir subi. Une fois, une femme avait donné naissance à un enfant endormi, et ma mère avait été contrariée qu'on ne lui présente qu'une tasse de bière lors de la Dévoration.

– Il n'a jamais fait partie de ce monde, s'était défendu le père. Il n'a jamais connu ni le péché ni le mal.

Ma mère avait accepté la pièce d'argent symbolique avec un mépris glacial, puis était partie. Le lendemain, l'homme nous avait demandé de revenir : sa pauvre femme, incapable de rester sur terre sans son enfant, était morte dans la nuit. Ma mère avait pris connaissance du message et remercié le messager.

Puis elle s'était retirée dans sa chambre et avait fermé sa porte.

Pendant deux nuits et deux jours, elle était restée là, ignorant les coups que je frappais à sa porte, de plus en plus anxieuse. À la toute dernière minute, nous avions quitté la chaumière et cheminé jusqu'à la ferme.

Cette fois, le festin était bien plus garni.

Chapitre 6

Donc, oui, je sais que la reine est prête à tout. Ma mère et elle jouent pour gagner. Mais avec le temps j'ai appris à les supporter, c'est devenu ma spécialité.

– Je comprends, Madame. Vous avez raison. Je vous suis reconnaissante de votre sollicitude.

– Tu es ma fille, ou tout comme, Twylla. Comment pourrait-il en aller autrement ?

Ses paroles, trop semblables à mes pensées, me mettent mal à l'aise.

– Merci, Madame.

Elle hoche la tête et se lève, ayant d'un même geste accepté et méprisé mes remerciements. Je m'incline profondément pour dissimuler la colère lisible sur mon visage, et je reste ainsi jusqu'à ce que la porte se referme.

Je me précipite alors vers mon lit pour lisser la courtepointe et faire disparaître l'empreinte laissée par ses doigts. Le coup frappé à la porte me fait paniquer et je m'empresse de refaire une marque similaire pour qu'elle ne voie pas que j'ai effacé la sienne.

– Entrez.

Je pousse un soupir de soulagement en voyant que c'est seulement Lief. Son visage, pourtant, reflète parfaitement mes émotions : la peur et l'inquiétude assombrissent ses traits harmonieux.

– La reine dit que Dorin sera absent un moment, et que toute la charge de votre protection repose maintenant sur moi.

– C'est exact.

Il me regarde puis hoche lentement la tête. Il ouvre la bouche, puis ravale ce qu'il allait dire. Finalement :

– Très bien, ma dame. Est-ce que j'allume vos bougies maintenant ? Dois-je aller chercher votre dîner aux cuisines ?

– Non, une des servantes viendra l'apporter à la porte de la tour. Elle apportera le mien et le tien, tu l'entendras frapper. Mais tu peux allumer les bougies.

Il hoche encore la tête, s'incline, et je fais un bond lorsqu'il passe à côté de moi sans attendre que je m'écarte.

– Ma dame ?

– Tu dois… Il ne faut pas passer aussi près de moi.

Il me sourit.

– Je ne suis pas si près que ça, ma dame.

– Si. Tu dois toujours conserver l'équivalent de la longueur d'un bras entre nous. À tout moment.

Lorsque je recule encore d'un pas, il hoche la tête.

– Bien sûr, pardonnez-moi.

Il se détourne, et je perçois alors son odeur. Légèrement âpre et citronnée, avec des notes de cuir et de fumée de bois. Bizarrement, je la trouve apaisante et j'inspire profondément, gardant cette odeur dans mes narines tandis que je le regarde se déplacer dans la pièce. Il prend un cierge sur le manteau de la cheminée et l'allume, puis fait le tour des chandelles jusqu'à ce que la pièce soit brillamment éclairée, bien plus que ce que je fais d'habitude. Le cierge se consume rapidement et il est obligé de secouer la main pour que la flamme ne lui brûle pas la peau. Il regagne la porte et se poste devant moi, reculant ostensiblement de deux pas avant de tendre un bras entre nous. Voyant que je frémis, il fronce les sourcils et le baisse.

– J'apporterai votre dîner lorsqu'il sera prêt. Ce sera tout ?

Je hoche la tête et, encore une fois, il me sourit, de ce sourire qui montre toutes ses dents, avec la langue qui pointe à peine. Puis il s'incline. Dès qu'il a refermé la porte, je fonce vers mon miroir et essaie cette mimique. J'ai l'air ridicule.

Je ne touche pas à mon dîner. Le gras qui se fige sur la viande du ragoût ne m'incite pas à changer d'avis. Dans mon ancienne vie avec ma mère, certaines nourritures étaient chargées de sens, et même si je fais la différence entre manger et Dévorer, je ne peux m'empêcher de compter les bouchées lorsqu'il s'agit de plats que je connais bien par le biais des Dévorations. Ici, je mange surtout de la nourriture de château. La reine n'accepterait jamais de manger la même chose que la populace. Mais de temps en temps, on me sert quelque chose que j'ai connu dans ma vie d'avant. Un quignon de pain aux graines pour un mensonge, une tranche de fromage dur pour une dette impayée. La viande bouillie, c'est pour l'obstination, et je me demande si c'est la reine qui a choisi de me faire porter ça. Lorsqu'il revient prendre mon bol, Lief me réprimande.

– Vous n'avez pas mangé, ma dame.

– Non.

– Puis-je vous apporter autre chose ?

– Je n'ai pas faim.

– Mais... c'est un tel gâchis.

Je lève la tête, surprise.

– Ils donneront les restes aux porcs, ce ne sera pas perdu.

Il s'arrête net, et lorsqu'il m'adresse une révérence raide, je remarque que ses yeux sont durs comme la pierre. Sans rien dire, il prend le plateau et s'en va, affichant un mépris qui impressionnerait la reine. Il attrape la porte avec le pied et la ferme ainsi. Le mouvement crée un courant d'air qui souffle quelques bougies. Bouche bée, je fixe la porte. Et moi qui pensais être immunisée contre la désapprobation.

Soudain, je suis à l'étroit dans ma peau, les souvenirs liés à ma mère affluent. L'ombre sous ses yeux, qui la faisait ressembler aux cadavres pour lesquels elle devait expier. Le son de sa voix quand elle me convoquait dans sa chambre toujours plongée dans le noir, les fenêtres couvertes d'épaisses couvertures en laine, si bien que l'atmosphère était lourde et entêtante, saturée de sa puanteur. Ma mère avait une hygiène méticuleuse, elle passait des heures à se laver (c'était comme un rituel qui frôlait l'obsession), avant de se tartiner d'huile au jasmin sous les bras, entre les cuisses et sur le cou. Elle alimentait un feu dans sa pièce, nuit et jour, en toutes saisons. Je m'asseyais sur un petit tabouret et transpirais tandis qu'elle, allongée sur son lit, m'enseignait les rites et les paroles que nous devions connaître et mettre en œuvre. L'odeur du jasmin m'étouffait. Elle suait dans son enfer privé et me disait qu'un jour je serais comme elle. Elle me regardait avec mépris, de ses yeux froids, comme si elle prédisait à quel point j'allais la décevoir.

Je gagne ma fenêtre et me penche un peu, avalant à grandes goulées l'air frais et propre, les mains crispées sur la pierre froide. Je suis Daunen, maintenant. Daunen incarnée.

Je laisse les volets ouverts toute la nuit.

Le sommeil vient par à-coups, léger lorsque mon corps se repose et que je contemple les feux d'artifice derrière mes paupières, plus profond parfois, et dont je me réveille en haletant, emmêlée dans mes draps. L'aube est longue à venir. J'ai hâte de laisser la nuit derrière moi. Je me lave et m'habille, puis j'attends mon petit déjeuner. J'envisage de le faire renvoyer aux cuisines tout de suite, pour montrer à mon garde qu'il ne peut pas m'intimider, lorsqu'on frappe à ma porte.

L'idée de le chasser me sort de l'esprit dès qu'il entre en portant périlleusement le plateau d'un seul bras. Au lieu de la bouillie, du pain et du fromage que l'on me sert d'habitude, il y a des pâtisseries feuilletées au cœur débordant de confiture rouge vif, un petit bol de miel doré et crémeux, de la confiture de figues et du pain blanc moelleux, si différent des miches aux graines que je mangeais à la maison. Ces mets sont mes préférés. Il pose le tout sans ménagement sur les dessins de Merek, se tourne vers moi avec un timide sourire et sort un bouquet de fleurs un peu écrasé de sous sa tunique.

– Je suis désolé, ma dame. Je me suis mal conduit hier soir.

Il s'incline et me tend ses fleurs.

Je suis tellement surprise que je n'arrive qu'à cligner des yeux en silence. Puis je reprends mes esprits.

– Ce sont donc des excuses ?

Il hoche la tête et me montre le plateau, où je finis par remarquer un papier posé à côté du couteau.

– Ma mère m'a toujours dit qu'un homme s'excuse par écrit, explique-t-il. Afin que la dame sache qu'il ne va pas revenir sur ses paroles.

J'attrape le mot et l'examine, honteuse de ne pas savoir lire, mais déterminée à ce qu'il ne s'en aperçoive pas. Je fais semblant de déchiffrer les marques tandis que mes yeux se troublent à force de fixer les longues hampes et les courbes arrondies. Pour moi, cela n'a aucun sens. Vu son expression suffisante et impatiente, j'en déduis que ce que j'ai entre les mains est un discours éloquent sur les méfaits du gaspillage déguisé en mot d'excuse. Le genre d'excuses qui ne reconnaît aucun tort. Mon visage commence à s'échauffer et je laisse retomber le papier sur le plateau. Je ne perds même pas mon calme lorsqu'il atterrit dans la confiture.

– Joli. Je suis sûre que ta mère serait fière de toi. (Mon agacement contre moi-même s'entend dans ma voix ; je passe mes nerfs sur lui.) Mais je n'ai pas besoin de tes excuses, garde. Tu as parfaitement le droit d'avoir un avis sur le gâchis que je fais. Mais je n'ai pas besoin que tu m'en fasses tout un rapport, par écrit ou par oral. Je rends des comptes aux dieux, pas à toi.

Il ouvre la bouche, prêt à protester, puis une lueur s'allume dans ses yeux. Il regarde le mot, puis moi, et finit par dire doucement :

– Peut-être m'autoriseriez-vous à vous le lire ? Parfois, il est difficile de se faire comprendre uniquement par écrit, le ton de la voix est nécessaire… ma dame, ajoute-t-il.

Je suis mortifiée. Je me suis trompée sur la teneur du message, et il sait que je ne l'ai pas lu. Que je ne peux pas le lire. J'hésite. Il s'avance et tend la main pour prendre le message tandis que je me plaque contre le mur. Comme moi, il s'arrête, la main en suspens. Puis, très lentement, il vient vers moi. Je reste figée, je retiens mon souffle, incapable de le quitter des yeux. Il n'est qu'à trente centimètres de moi, puis dix, et mon cœur s'arrête. Et il prend le papier derrière moi, sans me toucher, et recule. Délibérément, il fait un pas en arrière, et me regarde en dépliant le message.

– « Dame Twylla, j'implore votre pardon. Je n'ai pas le droit de vous mettre en doute, et je vous présente mes plus sincères excuses pour l'affront que je vous ai fait. Je sais que ceci ne sera pas suffisant pour réparer mes actions, mais acceptez ce premier gage de ma loyauté, qui sera suivi de bien d'autres. Votre loyal serviteur, Lief. »

Il replie le papier et le pose sur le bureau avant de reculer. Il m'observe attentivement, et je dois détourner la tête pour échapper un instant à son examen. Le sang me bat aux oreilles, je ne suis pas encore remise de sa proximité. Il n'y avait pas de sermon dans son message, finalement.

– Pourquoi ? je demande enfin, consciente qu'il m'observe toujours.

– Pourquoi quoi, ma dame ?

– Pourquoi cela t'a-t-il tant gêné que je ne veuille pas de mon dîner ? Tu es mon garde, pas mon ange gardien, qu'est-ce que ça te fait si je ne mange pas ?

Une rougeur envahit ses joues.

– Je...

– Oui ?

– Pardonnez-moi, ma dame. Ce n'était pas votre appétit, c'était le gâchis.

Le même mot qu'hier soir. Je le regarde d'un air perplexe et il poursuit son explication :

– Cela m'a mis en colère. Non, ce n'était pas de la colère, plutôt de la tristesse. Cela m'a rendu triste de voir de la bonne nourriture aller aux cochons. Je n'aurais pas dû me comporter ainsi, ce n'était pas approprié. Mais... ma sœur... Nous n'avons pas grand-chose à la maison. C'est pour cela que je suis venu travailler ici. Alors quand vous avez dit...

L'air piteux, il ne finit pas sa phrase, et je comprends.

Autrefois, j'avais une sœur qui n'avait pas grand-chose à la maison, et même si je sais qu'elle mange correctement maintenant, grâce à moi, elle passe toujours des heures et des heures devant des festins auxquels elle ne peut goûter. Et malgré tout, je n'ai pas pensé à elle en renvoyant la nourriture, assurée d'en avoir toujours en abondance. J'ai oublié ce que c'est que de redouter la faim. Je l'ai oubliée. Je murmure :

– Je suis désolée.

Il secoue la tête, croyant que c'est à lui que je présente des excuses.

– Non, non, je vous en prie. C'est à moi d'être désolé. Ce n'est pas votre faute. Voilà pourquoi il fallait que je vous présente mes excuses, ma dame. (Il tend le bras.) Acceptez ces fleurs, je vous prie.

Je lève les mains pour arrêter son geste.

– Tu peux les laisser sur le bureau.

– Vous ne voulez pas que je vous les donne, ma dame ?

– Lief, tu sais que je ne peux pas…

– Je ne vous laisserai pas me toucher, ma dame.

– Tu ne comprends pas…

– Tendez les paumes et je les laisserai tomber dedans.

Je secoue la tête.

– Ne joue pas à ça, s'il te plaît. Pose-les sur le bureau.

Il a l'air si déconfit que je cède, je veux lui offrir quelque chose en échange de sa confession.

– J'ai une sœur, moi aussi. Maryl. Elle s'appelle Maryl.

– Quel âge a-t-elle ? demande-t-il au bout d'un moment.

– Onze moissons. Je ne l'ai pas vue depuis ses sept ans. Pas depuis que je suis ici.

– Pas du tout ?

– Je ne peux pas. Cela mettrait les dieux en colère. Pour devenir Daunen incarnée, j'ai dû tout abandonner.

– Mais elle vous manque ? demande-t-il à voix basse, et j'acquiesce. Je suis sûr que vous lui manquez aussi.

– Si elle se souvient encore de moi, je réponds sur le même ton. Sept moissons, c'est encore très jeune. Et j'imagine qu'on ne parle pas souvent de moi, à la maison. Je crois qu'il n'y a pas grand-chose pour me rappeler à ses souvenirs.

Lief me scrute un moment.

– Les gens n'oublient pas la sensation d'être aimés, dit-il enfin. Qu'importe l'âge, jeune ou vieux, qu'importe le temps que cela dure, une fois que l'on a connu ça, on n'oublie jamais cette sensation. Elle se souviendra de vous.

Il s'incline, prêt à prendre congé. Quelque chose enfle dans ma poitrine.

– Attends.

Je déglutis et mets mes mains en coupe, essayant de les tenir immobiles malgré le tremblement qui les agite. Il me regarde droit dans les yeux et laisse tomber les fleurs dans mes paumes. Des roses trémières, des anémones et des brins de lavande tombent en pluie jusqu'à ce qu'il ne lui reste plus entre les doigts qu'un épi de lavande sur sa tige ligneuse. Ses yeux verts me jettent un regard vif et il me tend cette fleur en pinçant la base de la tige entre son pouce et son index.

Je prends toutes les autres fleurs dans ma main gauche et attrape la lavande de la droite, je m'y accroche comme si ma vie en dépendait. C'est stupide et dangereux, et mon cœur palpite comme un oiseau pris au piège dans un poing. Et même si je sais qu'il ne faudrait pas faire ça, je sens la justesse du geste. Il a voulu se racheter pour son mouvement d'humeur, et j'accepte ses fleurs pour expier mon arrogance et mon ingratitude. Il faut que l'équilibre soit atteint. Chaque péché doit être racheté. Maintenant, nous sommes quittes.

Lorsqu'il lâche enfin la fleur, je la contemple, émerveillée.

– Vous ne me ferez aucun mal, dit-il d'une voix douce en ouvrant la porte. Je le sais.

Je pense à Tyrek en le regardant sortir.

Chapitre 7

Je supporte sans trop de mal la première semaine de confinement. J'ai l'habitude de m'occuper seule : entre le chant, les dessins pour mon panneau brodé et les prières, je remplis mes journées. Du moment que je suis dos à la fenêtre, tête baissée, concentrée sur mes ouvrages, je peux prétendre que tout va bien.

Mais au bout d'une semaine, l'ennui s'infiltre dans mon solier et je pense de plus en plus à l'extérieur de ma tour, je spécule sur ce qui se passe dehors. Les promenades dans les jardins me manquent, je regrette même les couloirs du château. Mon temple me manque. Sa tranquillité, sa simplicité, et surtout l'impression d'être à l'écart du château qu'il me procure. J'ai demandé qu'on m'apporte le totem, qui est maintenant installé sur le mur devant mon lit. Mais ici la lumière ne parcourt pas le mur de la même façon qu'au temple et le soleil couvre constamment la lune. J'aimerais croire que c'est un signe, un bon signe, mais je sais que c'est un simple effet d'optique. Je ne peux pas prier correctement ici, je ne peux pas me concentrer et j'ai peur que, malgré ce qu'en dit la reine, les dieux soient en colère contre moi parce que je les néglige.

Nous avons conclu une sorte de trêve, Lief et moi. Trêve n'est pas le terme exact. Depuis que j'ai accepté le brin de lavande de sa main, il y a un lien tacite entre nous. Ce n'est pas tout à fait de l'amitié, plutôt de la camaraderie, comme les relations entre soldats telles que je me les imagine. Nous savons tous les deux que nous avons pris un risque inconsidéré, et nous y avons survécu, ce qui nous rapproche.

Chaque jour, je lui demande des nouvelles de Dorin, et invariablement il me répond que son état est stationnaire. Les guérisseurs semblent penser que la piqûre a complètement bouleversé ses humeurs, c'est ainsi qu'ils expliquent le fait qu'il reste faible alors que la piqûre elle-même se résorbe bien. Je veux aller lui rendre visite, mais c'est impossible évidemment, alors je demande à Lief de lui dire que je prie pour sa guérison. Et je prie pour qu'il guérisse rapidement, notamment parce que son retour marquera la fin de ma captivité. Mais cette pensée me donne l'impression que je suis égoïste, alors je dois ensuite prier pour expier.

Je l'ai soupçonné pour la première fois le soir où Lief m'a reproché de gaspiller la nourriture, mais c'est maintenant devenu évident : il n'a jamais été garde royal auparavant, et sans Dorin pour lui montrer l'exemple, il n'a pas la moindre idée de la façon dont il doit se comporter. Il n'a aucune notion de protocole ou d'étiquette. Il oublie de dire « ma dame » la moitié du temps, et il est beaucoup trop enclin à me parler avec une familiarité que Dorin ne se serait jamais permise, bien qu'il me connaisse depuis quatre moissons.

– Comment produit-on cette couleur ? Elle est si vive.

Depuis le seuil, il montre les fils de soie indigo que je démêle. J'ai finalement décidé de broder librement, sans copier de modèle sur la toile.

– Je ne sais pas, je n'ai jamais posé la question, je réponds d'une voix pincée.

Mais il ne semble pas remarquer ma froideur et continue à me regarder séparer les brins. Je m'applique à l'ignorer, mais savoir qu'il m'observe me rend maladroite avec l'aiguille et mes fils s'emmêlent... Je dois finalement exprimer mon agacement par un bruit désapprobateur pour qu'il se rappelle sa place et me laisse.

Plus tard, lorsqu'il m'apporte mon dîner, il m'annonce :

– C'est fait avec des escargots de mer, ma dame.

– Quoi ?

Je fais tomber ma cuillère dans mon bol de bouillon et il éclate de rire.

– Vos fils violets, ma dame. La teinture est tirée de la coquille d'un escargot marin.

– Comment sais-tu cela ?

Il a piqué ma curiosité.

– J'ai posé la question, répond-il en souriant effrontément.

Puis il s'incline et repart d'un pas guilleret.

Et ainsi de suite. Au cours de ma deuxième semaine d'enfermement, il passe de plus en plus de temps sur le pas de ma porte. Il prend mes questions sur la santé de Dorin comme une invitation à en poser lui aussi, au sujet des fleurs que je brode. Lesquelles sont mes préférées, si je les ai vues de mes propres yeux ou seulement en images. Il m'apprend comment sont obtenues les autres couleurs, et s'interroge tout haut sur ce qui se produirait si on les mélangeait. Il me parle des fleurs et des plantes tregelliennes avec force détails, si bien que je finis par lui demander s'il a une formation d'herboriste. Contre toute attente, cette question le réduit au silence, et un pli se forme entre ses sourcils. Sur un prétexte, il quitte la pièce. Je ne refais plus l'erreur de l'interroger sur son ancienne vie, trop perturbée par le silence retentissant qu'il a laissé dans ma chambre après son départ précipité.

– Dorin dit que je dois envoyer les épées de rechange chez le forgeron pour les faire aiguiser, ma dame, m'annonce-t-il un matin, tandis qu'il s'attarde après avoir remplacé les bouts de bougie par des cierges neufs.

– Très bien.

Je ne prête qu'une attention flottante à ses paroles, attirée par les jardins en contrebas.

– Non, ce n'est pas bien du tout, ma dame. Le forgeron est parti.

Cette fois, il retient mon entière attention.

– Parti ?

– Apparemment, la reine a trouvé qu'il avait mal ferré son cheval.

En silence, j'adresse une prière pour le pauvre diable.

– Est-ce que mon bavardage vous importune, ma dame ? me demande-t-il du seuil de la porte, tandis qu'il se nettoie les ongles avec une petite dague.

– Non, pas du tout.

– Il faut me le dire, sinon. Je ne me vexerai pas.

– Tu ne m'importunes pas, Lief.

Il me sourit.

– Tant mieux. Alors, qu'est-ce que je fais des épées de rechange ?

Mes journées se déroulent désormais de manière très prévisible : petit déjeuner, bavarder avec Lief – ou plutôt l'écouter –, chanter, déjeuner, prier, dîner, puis travailler à ma broderie jusqu'à une heure de coucher raisonnable. Mais cette sorte de routine ne me suffit pas. Lorsque je demande à Lief de me laisser pendant l'après-midi pour que je puisse prier, je ne ressens pas la paix que j'en retire habituellement. Le soir, je prends l'aiguille, puis la repose. Je jette des coups d'œil à Lief qui est assis dans l'embrasure de la porte et qui lit le même livre défraîchi tous les soirs. Au bout de deux semaines, je réclame qu'il m'en fasse la lecture. Il s'exécute, il me lit ce que je découvre être un vieil almanach, m'informant des prévisions météorologiques d'il y a vingt moissons. Le pire, c'est que cela devient vite le moment de la journée que je préfère. L'aiguille me glisse entre les doigts tandis que j'écoute sa voix chantante.

Je me demande s'il en serait allé ainsi si Tyrek était devenu mon garde. Cette pensée me fait mal. Lief me rappelle Tyrek. Sa façon d'oublier qui je suis – ou de s'en moquer. Il est aussi intrépide que Tyrek, aussi impulsif, et je sais que je ne devrais pas encourager ce comportement, je n'aurais pas dû lui parler de Maryl, je n'aurais pas dû accepter les fleurs. Je ne veux pas me retrouver à poser les mains sur la nuque de Lief parce que, malgré moi, j'en aurais trop dit, surtout à un Tregellien, qu'il soit loyal ou non à son pays.

Je me répète que ces conversations banales ne peuvent pas faire de mal. Tant que nous évitons les sujets concernant le royaume ou le château, je ne peux pas trahir la reine ou le pays, et il ne nous arrivera rien. Malgré tout, je ne suis pas à l'aise, sans savoir exactement pourquoi. C'est comme si quelque chose m'irritait à l'intérieur, une démangeaison impossible à atteindre, et je vois l'amusement de Lief lorsqu'il me trouve à faire les cent pas.

– Vous allez creuser un trou dans le plancher, ma dame.

Il sourit à pleines dents et fait semblant d'examiner la pierre froide tandis que je lève les yeux au ciel. Il a le sourire facile, comme si c'était l'expression la plus naturelle pour son visage.

Un jour, trois semaines après l'interdiction de sortie prononcée par la reine, lorsque Lief entre dans ma chambre avec mon petit déjeuner, je suis encore au lit, appuyée contre les oreillers que j'ai empilés derrière mon dos. Cela fait un moment que j'essaie de lire son message, mais les seules lettres que je parviens à déchiffrer sont celles composant mon prénom. Lentement j'ai cherché et retrouvé les mêmes lettres dans d'autres mots, mais je ne comprends pas ce que sont les autres formes, et c'est vraiment frustrant. Lorsque Lief frappe pour entrer avec mon plateau, je fourre le parchemin sous mon oreiller.

– Petit déjeuner au lit aujourd'hui, ma dame ?

– J'ai dû dormir trop longtemps. Donne-moi un instant et je vais m'habiller.

– Pardonnez-moi, ma dame, mais je crois que vous avez le temps de manger au lit si vous en avez envie. Vous ne devez aller nulle part jusqu'à nouvel ordre.

– Les dieux n'apprécieraient pas mon oisiveté.

– Même les dieux ont parfois besoin de prendre un peu de repos, m'assure-t-il en souriant.

Et je me surprends à lui sourire en retour. Il penche la tête de côté.

– Votre visage est fait pour sourire, ma dame. Ça vous va bien. Vous devriez sourire plus souvent.

Mon estomac fait un saut périlleux. Je détourne les yeux.

– Pardonnez-moi, c'était trop direct. Je me tais, maintenant.

Il pose le plateau devant moi, avec des gestes lents, et je reste immobile le temps qu'il le place soigneusement en équilibre sur mes genoux. Il me regarde, et je le remercie d'un signe de tête. Je tartine de fromage frais un petit pain blanc, puis, dès qu'il est parti, je fouille sous mes oreillers pour retrouver le message, que j'essaie de déchiffrer tout en mangeant.

La porte s'ouvre à nouveau – Lief qui vient reprendre le plateau – et je cache le papier, les bras croisés sur la poitrine.

Mais le visage qui apparaît entre les rideaux du baldaquin n'est pas celui de Lief. C'est le prince !

Je bondis hors du lit pour faire la révérence, renversant le plateau dans ma précipitation et, pour couronner le tout, je me prends les jambes dans les couvertures et tombe tête la première.

Le prince Merek se retient de sourire en se mordant la lèvre.

– Twylla, me dit-il, soudain sérieux, dois-je appeler ton garde ?

– Non, m'empressé-je de répondre en me remettant debout. (J'ajuste tant bien que mal une cape autour de mes épaules.) Que Son Altesse veuille bien m'excuser, je ne m'attendais pas à sa visite.

J'ai le visage brûlant de honte.

Le prince me regarde de haut en bas, les yeux pétillants d'amusement.

– Il n'est pas nécessaire de s'incliner si bas, tu sais. Un signe de tête suffit. Tu ne t'es pas fait mal ?

– Non, Votre Altesse, j'affirme alors que mon visage dément mes paroles. Je vais très bien.

« Est-ce qu'il vient de plaisanter ? » Il se tourne, réprimant à grand-peine un sourire.

– Je suis venu voir comment avance ta broderie. Ma mère m'a informé que tu avais commencé à réaliser un nouveau panneau.

Je rajuste étroitement ma cape autour de moi, regrettant d'avoir les cheveux lâchés dans le dos, regrettant de ne pas m'être levée plus tôt, et d'être tombée par terre. Il examine l'ébauche de broderie sur le panneau, puis me regarde, un sourcil levé.

J'avance une maigre excuse :

– Je n'ai pas eu le temps d'y travailler dernièrement, Votre Altesse.

Ses lèvres frémissent de nouveau, trahissant un sourire moqueur réprimé.

– Je vois. Quel dommage ! Tu n'as pas eu besoin de mes dessins, alors ?

– Si. Bien sûr que si, merci.

J'hésite avant de gagner le bureau pour prendre le porte-documents. Lorsque je le lui tends, il fronce les sourcils.

– Ils sont pour toi, Twylla. C'est un cadeau.

De nouveau ma peau devient écarlate et je recule, maudissant mon corps de ne pas savoir mieux se contrôler.

– Son Altesse est trop bonne.

– Viens dîner avec moi, tout à l'heure, dit-il soudain.

Il a parlé si vite que je ne suis pas sûre d'avoir bien entendu.

– Votre Altesse ?

– Ce soir. Dîne avec moi. Ou plutôt, je viendrai prendre le repas avec toi. Je sais que ma mère t'a ordonné de rester ici jusqu'à ce que ta garde soit de nouveau au complet.

J'en ai la mâchoire qui tombe, ce qui me donne l'air encore plus idiot. Je cherche en vain mes mots pour le remercier et accepter son invitation. Mon cœur bat trop vite, et le lobe de mes oreilles palpite au même rythme.

– Je reviendrai à la tombée du jour, alors, dit-il, comme si j'avais répondu.

Lorsqu'il fait un signe de tête et recule, je m'incline par automatisme, trop contente d'avoir une excuse pour cacher mon visage défait. Arrivé à la porte, il se tourne vers moi d'un air amusé.

– Pas besoin de t'habiller pour le dîner, si tu n'en as pas envie, me dit-il.

Il tourne aussitôt les talons, me laissant juste le temps de voir le sourire qu'il esquisse.

Je reste à fixer la porte, bouche bée. Quelques secondes plus tard, Lief est là, l'air soucieux. Il me jette un coup d'œil avant de se tourner vers la porte.

– Tout va bien, ma dame ?

– Très bien. Tout va très bien.

– Vous semblez un peu…

Il achève sa phrase par un mouvement des mains.

– Je ne m'attendais pas à sa visite.

– Je pense qu'il l'a remarqué, dit-il en indiquant d'un signe de la tête le désordre de ma tenue.

– Lief ! je proteste, avant de me rendre compte que c'est le deuxième homme qui me voit en tenue de nuit ce matin. Retourne-toi ! Non, sors. Si tu veux bien faire venir les servantes, j'ai besoin d'eau chaude. En quantité. Et peux-tu trouver ma robe rouge, celle en brocart épais ? Et mes peignes en argent, que j'avais donnés à polir.

– Nous sortons ? demande Lief.

– Non, ce soir je dîne avec le prince. Ici.

– Vous allez vous marier, d'après Dorin.

– C'est juste.

– Alors il dîne souvent ici, ma dame ?

– Non, je réponds avec lenteur.

« Le prince savait que j'étais enfermée ici et cela lui a pris près d'une lune pour se décider à venir. Pourquoi maintenant ? »

Lief me lance un drôle de regard, comme s'il se posait la même question.

– Le prince est très occupé, je lui explique, même si je ne sais absolument pas si c'est vrai, ni pourquoi je prends sa défense.

Tout à coup, je sens un creux bizarre dans mon ventre lorsque l'idée me vient que Merek est peut-être en train de me courtiser.

Lief continue à m'observer en faisant la moue, puis il désigne du menton le lit couvert de nourriture.

– Je peux vous apporter autre chose ? Si ce n'était pas à votre goût, vous auriez simplement pu me le dire, pas besoin d'en jeter partout.

Il sourit à sa propre blague et je lève les yeux au ciel.

– J'ai été surprise par le prince. Mais, non, merci, j'ai réussi à avaler du pain et du fromage avant qu'il n'entre. Tu peux reprendre le plateau et demander aux servantes de venir changer mes draps pendant que je me baigne.

– Comme vous voulez.

Même s'il me sourit en reprenant le plateau, ses yeux sont froids et je lui jette un regard décontenancé.

Le bain me procure la tranquillité dont j'avais besoin pour penser, l'eau parfumée calme mes nerfs et je laisse mes cheveux flotter autour de moi. Ce sera la première fois que nous dînerons seuls. Nous n'avons jamais été seuls auparavant. Mais il reste un peu moins de six lunes avant ses vingt moissons, donc je suppose qu'il doit se préparer pour notre mariage. Cette pensée me donne une sensation de vertige. Pourtant, je savais que cela finirait par arriver. Notre mariage. Je vais devenir épouse. Je n'arrive pas à m'imaginer la femme de quelqu'un. Et non seulement épouse, mais reine, un jour. La reine de Merek. Mère des héritiers du trône. Y penser me soulève le cœur et je me redresse brusquement en m'agrippant aux bords du baquet, j'éclabousse copieusement le sol. Le sanctuaire du bain est gâché.

Tout l'après-midi, je reste agenouillée devant mon totem, le fixant sans le voir, et lorsque le soleil descend, je revêts la robe rouge et dispose les peignes dans mes cheveux. Comme je n'ai pas grand-chose à faire avant l'arrivée du prince, je reprends mon aiguille et découvre que, contre toute attente, j'arrive à me concentrer.

Lorsqu'enfin le prince se fait annoncer, je suis presque calme.

– Twylla. (Je me prosterne aussitôt.) J'espère que tu vas bien. J'ai obtenu une permission spéciale de la reine pour t'escorter jusqu'à la galerie des Portraits pendant que les serviteurs installent la table. Ton garde restera ici pour superviser les préparatifs.

J'ouvre la bouche et le prince se mord la lèvre inférieure pour refréner un nouveau sourire. Je le regarde en clignant des yeux, doutant de ce que j'ai cru entendre.

– Twylla ? me dit-il alors que je reste à le fixer avec respect. Es-tu prête ?

– Oui.

J'acquiesce mais d'une voix mal assurée. J'essaie de recouvrer mes esprits. Il ne me propose pas de prendre son bras, mais me fait signe de sortir devant lui. J'hésite, car je rechigne à lui tourner le dos. Il m'encourage d'un signe.

– C'est bon, Twylla, vas-y, je t'en prie.

Lui seul est capable de convaincre la reine de me laisser sortir sans garde.

La tête me tourne quand je m'avance devant lui, sachant qu'il est derrière moi. Le regard de Lief rencontre le mien et, l'espace d'un instant, je suis sûre qu'il m'a fait un clin d'œil, mais aussitôt il regarde droit devant lui, les épaules raides. Lorsque j'atteins la porte au pied de la tour, j'ai soudain peur de sortir. Je jette un coup d'œil au prince, qui de nouveau m'encourage :

– Vas-y, Twylla, la reine a donné son accord.

J'ouvre la porte et pénètre dans l'aile ouest du château, avec le prince pour seule escorte.

Il marche à ma droite, la place de Dorin, et ma gauche me semble exposée, comme si j'étais habillée seulement d'un côté. Même en temps normal, je me rends rarement jusqu'au cœur du donjon, et la nouveauté du trajet ajoute au sentiment d'irréel, comme si ce que nous faisions n'arrivait pas vraiment. Je fouille du regard les couloirs, à la recherche de ce qui pourrait avoir changé depuis que je vis recluse. Mais rien, et je pourrais presque croire que les bouquets de roses blanches qui s'alignent le long des murs sont les mêmes que ceux devant lesquels je suis passée le jour où Dorin s'est fait piquer. On dirait que le temps s'est arrêté, que le château est plongé dans un sommeil enchanté. Et cela me fait penser au Prince Endormi, à l'intérêt que Merek m'a porté après la chasse, et qui a diminué après qu'il m'a vue chanter pour son beau-père. Est-ce par déception qu'il a mis tant de temps à venir me voir ?

Lorsque je glisse un regard vers le prince, je vois que ses yeux sont fixés sur les portes devant nous. Son profil est aussi fier que celui de sa mère. Il ne parle pas sur le chemin qui nous mène à la galerie des Portraits, et je suis son exemple, l'œil rivé sur notre destination. Je me demande ce qui l'a poussé à m'inviter ce soir et s'il agit de sa propre initiative, ou sur celle de la reine.

Il me faut un moment pour me rendre compte que ce n'est pas seulement moi qui me déplace sans escorte. La sécurité de l'unique héritier d'un trône menacé est essentielle. Comme moi, Merek dispose en permanence d'une garde pour le protéger. Par deux fois je me retourne, essayant de découvrir des gardes dissimulés qui nous surveilleraient à distance, mais je n'en vois pas. Je brûle de lui demander où ils sont, quelles pressions il a dû exercer pour obtenir que nous nous déplacions sans chaperon visible.

Nous nous engageons dans la galerie, et aussitôt les deux sentinelles en faction à l'autre bout s'éclipsent. Je ne peux m'empêcher de me tourner vers le prince en haussant les sourcils.

– J'ai demandé un peu de tranquillité, m'explique-t-il en s'écartant pour regarder les tableaux au mur.

Il a demandé un peu de tranquillité. Et elle lui a simplement été accordée. Je l'envie, jusqu'au moment où je regarde vraiment les portraits.

Ce doit être étrange pour lui de contempler ces ancêtres auxquels il ressemble tant. Et les femmes auxquelles sa sœur aurait ressemblé si elle avait survécu. Je suis déjà venue ici une fois, au début, lorsque le roi en personne m'a fait visiter la galerie, portrait après portrait, en m'indiquant de qui il s'agissait. Je reconnais les Carac et Cedany de la chanson. Tous les deux arborent un air sévère, le menton fièrement levé.

Sur le mur du fond se trouve le plus grand tableau, qui représente le père du prince, Rohese. Merek s'avance vers lui, me laissant en arrière tandis que je contemple toute sa famille. S'ils portaient de leur vivant des traces de difformité, l'artiste les a sagement gommées dans son œuvre. Chaque portrait est un modèle d'élégance et d'attitude altière. Je rejoins le prince devant celui de son père.

– Te souviens-tu de mon père ? me demande-t-il.

– Non, Votre Altesse. Je n'ai jamais eu le plaisir de le rencontrer.

Je me souviens de bière épicée, d'oranges piquées de clous de girofle, de maniguette et de truite. Je me souviens de ce que ma mère a mangé lors de sa Dévoration (fierté, vanité, colère, jalousie) mais je n'ai pas rencontré l'homme de son vivant.

– Pourtant, j'étais là. Avec ma mère. Pour sa Dévoration.

Il hoche la tête.

– Je m'en souviens. Tu as chanté. (Il s'interrompt pour me regarder.) Tu chantais alors que mon père gisait mort.

– Votre Altesse… Je suis vraiment navrée, je murmure, mortifiée.

– Tu étais très petite. Je me souviens de m'être demandé si Alianor aurait été aussi petite si elle avait été bien portante, ou grande comme nous. Tes cheveux ressemblaient à un incendie. Je n'avais jamais rien vu de tel. En dehors de ma petite sœur, je n'avais jamais vu d'autre enfant.

Je cligne des yeux, comprenant qu'il a suivi son futur beau-père, qu'il m'a écoutée chanter lui aussi. Je n'en savais rien.

– Ma mère n'avait pas remarqué mon absence. Je ne pense pas qu'elle t'ait entendue. Mais moi si. Je t'ai entendue chanter.

Je t'ai vue. Tu étais très différente de moi. Tu avais le droit de chanter, de sourire, de te promener à ta guise, alors que je devais pleurer et adopter un comportement de souverain. J'avais huit ans et avais déjà passé deux lunes à faire le deuil de ma sœur. Je voulais jouer et courir, peut-être même chanter, mais certainement pas pleurer encore. J'ai à peine connu mon père. Les affaires du royaume le tenaient bien éloigné de la nursery. Il n'est pas aisé de pleurer une idée.

Après quatre ans de silence, son désir de se confier à moi si ouvertement est déstabilisant, je ne sais pas comment répondre – à supposer que cela soit ce qu'il attend. J'ai envie de lui dire que je n'étais pas libre, que mon escapade ce jour-là m'avait coûté cher une fois rentrée à la maison. Mais il ne m'en laisse pas l'occasion, il se tourne vers le tableau.

– Je lui ressemble, n'est-ce pas ? Évidemment, nous nous ressemblons tous – et tu sais pourquoi. Ma sœur, Alianor, poursuit-il en montrant un tableau qui représente une petite enfant au regard vide, aurait été le portrait craché de ma mère si elle avait survécu.

Il se tait, regardant tour à tour le portrait de son père et de sa sœur, et je recouvre enfin ma voix.

– Elle doit manquer à Votre Altesse.

– En fait, je l'ai à peine connue. Elle était chétive et, la plupart du temps, elle était tenue à l'écart de tout ce qui risquait de lui nuire. J'ai eu une enfance plutôt solitaire. Quel âge avais-tu à l'époque, Twylla ?

– Six moissons, Votre Altesse. C'était l'année de ma sixième moisson.

– Et maintenant, tu as eu ta dix-septième moisson ?

– Oui, Votre Altesse.

– Twylla… (Il se tourne vers moi.)… tu veux bien faire quelque chose pour moi ?

– Bien sûr, Votre Altesse.

– Cesse de m'appeler « Votre Altesse » lorsque nous sommes seuls. Nous sommes fiancés. (Il me fait un demi-sourire et mon cœur tressaute à ces mots.) Je m'appelle Merek. Parfois, je crains d'oublier mon propre nom, je l'entends si peu souvent. Je t'en prie, appelle-moi Merek.

Je hoche la tête, et il hausse les sourcils, comme pour m'encourager.

– Merek.

Je m'exerce à prononcer son nom, qui a la saveur des pêches que je chapardais quand j'étais enfant, le goût de la crème léchée dans le bol quand personne ne me regardait. Un goût d'interdit.

– C'est mieux, fait-il en hochant la tête avant de poursuivre. L'an prochain marquera ma vingtième moisson, comme tu sais. Enfin, la mesure en moisson ne veut rien dire au château. Je n'ai pas aidé à moissonner lors de ma dix-huitième année. Je suppose que par conséquent je ne suis pas vraiment un homme.

Il se détourne à nouveau, parcourant la galerie en sens inverse, et je finis par le suivre. Il s'arrête devant un petit portrait. La jeune femme qu'il représente offre une ressemblance troublante avec Alianor.

– C'est ma grand-mère, la fille des fameux Carac et Cedany. Elle a eu de la chance de vivre au-delà de l'enfance, personne n'aurait parié là-dessus.

– Votre… Merek, l'avez-vous bien connue ?

Je n'arrive pas à m'y faire.

– Pas du tout. Elle est morte avant ma naissance. Dans ma famille, nous avons la vie courte malgré nos grands titres. Je ne vois vraiment pas pourquoi, ajoute-t-il d'un ton amer. C'est elle qui a instauré la tradition des chiens courants à Lormere, tu sais. Elle en a entendu parler quelque part et a exigé d'en voir en pleine action. Elle a glissé l'idée de pourchasser nos ennemis. Ma grand-mère. Une personne pleine de douceur.

Je pense au doigt que son mari a trouvé après sa mort, et je me demande si à ce moment-là il a regretté la venue des chiens.

Merek a l'air pensif, un rictus d'amertume figé sur les lèvres.

– Nous devrions y aller, maintenant. Les préparatifs doivent être finis et cette galerie n'est pas mon endroit préféré.

Sans un mot de plus, il quitte les lieux, me laissant trébucher à sa suite pour le rattraper. Derrière moi, j'entends les gardes reprendre place dès qu'il a franchi le seuil.

Sur le chemin du retour, il ne parle pas, il avance à grands pas rapides, si bien que je dois retrousser mes jupes pour ne pas me faire distancer. À présent, les couloirs sont plus fréquentés – on dirait que la rumeur de notre présence s'est répandue et que tout le monde veut nous voir. Mais le prince progresse à grandes enjambées sans répondre aux salutations. Ils me saluent aussi, mais en se collant au mur. Je ne leur prête guère attention. Je suis trop occupée à réfléchir à la raison qui a poussé le prince à m'emmener à la galerie des Portraits alors qu'il ne l'apprécie clairement pas. Cela semble étrange de demander une autorisation spéciale pour aller dans un endroit que vous détestez. Pourquoi ce choix ?

Chapitre 8

Lief se tient devant ma porte, raide et cérémonieux, le visage impassible comme un masque. Il ouvre la porte, et Merek entre sans lui prêter la moindre attention. Lorsque je passe devant lui, cette fois j'en suis sûre, il me fait un clin d'œil, et je dois serrer les lèvres pour m'empêcher de sourire.

Une table a été installée devant la fenêtre, tandis que mon bureau a été poussé contre le lit. Des chandelles coulent doucement dans le courant d'air, leur flamme se reflète dans les assiettes et les couverts en argent. La lumière vacille sur le totem. Il y a des coupes et des verres droits, un bouquet de tubéreuses et de tanaisies au milieu de la table. C'est une attention délicate et je suis touchée que Merek ait désiré créer un environnement plus chaleureux. Il traverse la pièce avec assurance et tire une chaise pour moi. Lorsque nous sommes face à face, il fait un signe de tête à Lief, qui nous sert du vin, comme s'il avait fait ça toute sa vie. Une fois le vin servi, mon garde s'éclipse, me laissant seule avec Merek.

Ce dernier m'observe, la tête inclinée. Il prend une gorgée de vin tandis que j'examine les fleurs pour me donner une contenance.

– Si je puis me permettre de dire les choses franchement, cette couleur ne te met pas en valeur. On dirait une des toilettes que porte ma mère.

– C'est la reine qui l'a choisie, admets-je. Les couleurs vives lui plaisent, surtout le rouge. Elle dit que c'est la couleur qui convient à Daunen. Et que cela plaît au roi.

– Ma mère ne se soucie pas de ce qui plaît au roi.

Je détourne les yeux et porte le verre à mes lèvres.

– Est-ce que je te mets mal à l'aise ? me demande-t-il. J'imagine que oui. Si quiconque d'autre disait une chose pareille, ce serait un acte de trahison, après tout.

– Vous pouvez parler à votre guise.

– Votre Altesse. Même si tu ne le dis pas tout haut, je l'entends. (Son sourire est si tordu que c'est à peine un sourire.) Pardonne-moi, Twylla. Je n'ai guère d'occasions de parler librement à des gens à qui je choisis de parler. Mais tu dois comprendre cela, ta situation n'est pas très différente de la mienne. Nous n'avons ni pairs ni amis. Nous n'avons pas notre égal dans tout le royaume de Lormere. Cela force à voir le monde d'un autre œil, je crois. (Il reprend une gorgée de vin.) Tu ne trouves pas cela lassant, Twylla ? De vivre la plupart du temps dans sa tête ? Je sais que tu as tes dieux, mais est-ce suffisant ? Te donnent-ils les réponses dont tu as besoin ?

Je ne sais pas lui parler. Je ne sais pas si je suis censée lui répondre ou non. Il dit des choses que je ne peux pas approuver, même si j'en ai très envie. Il parle comme si nous étions des amis de toujours, des confidents, et c'est trop pour moi, trop rapide. J'aimerais que Lief apporte les plats, ou qu'une bougie tombe et mette le feu à la nappe. N'importe quoi pour l'interrompre.

– Je n'aime pas ça, poursuit-il. Je crois que personne n'apprécierait cette situation. Être si seul, alors que la cour fourmille de gens. J'étais le seul enfant de haut rang jusqu'à ton arrivée.

Personne de mon âge, aucun compagnon de jeu, personne hormis un cortège interminable de précepteurs et de nourrices. Entouré en permanence, et pourtant si seul… Nous sommes si semblables, toi et moi.

Je ne dis toujours rien. Mes yeux me brûlent à force de regarder fixement la nappe.

– Tu refuses de répondre. À ta guise. Mais c'est vrai. Même pendant mon voyage, les gens restaient distants à mon égard. On aurait pu croire que voyager ensemble pendant deux moissons aurait créé une certaine camaraderie dans notre groupe, mais malheureusement ce ne fut pas le cas. Et tu connais le même problème : personne n'ose t'approcher.

– Avez-vous apprécié votre voyage ? je demande, sautant sur un sujet qui permette de nous écarter de cette analyse de nos vies.

Il me regarde d'un air indéchiffrable.

– C'est une expérience qui m'a ouvert les yeux.

Il lève la main et claque des doigts. Lief se matérialise sur le seuil.

– Nous sommes prêts, lui lance Merek avant de reporter son attention sur moi. Et maintenant, il est clair que je comprends mieux le fonctionnement d'un royaume.

Il s'interrompt le temps que Lief pose nos plats et remplisse nos verres. Le prince ignore mon garde, attendant seulement qu'il quitte la pièce et referme la porte pour reprendre la parole :

– C'est un système simple à Lormere : le pays est gouverné par les seigneurs qui siègent au Conseil privé. Ma mère et mon beau-père consultent les membres du Conseil, qui les informent des problèmes de leurs cantons respectifs, des risques de menaces, des doléances des métayers… ce genre de choses. Puis les décisions sont prises pour résoudre ces questions. Ma mère rend un décret, le scelle, et les seigneurs s'occupent de le faire appliquer.

– C'est tout ?

– D'une certaine façon. Chaque seigneur gouverne une partie du pays : Lortune, Monkham, Chargate, Haga, etc. Ils nomment les prêtres, les argousins et les soldats de la paix sur cette partie du territoire, ils supervisent l'exercice de la justice et les jugements de délits mineurs, accordent des audiences à leurs métayers... En échange, ils sont rétribués par une dîme constituée de taxes et de biens prélevés dans la communauté qu'ils gouvernent, et ils nous en reversent une partie afin de conserver leur position et leur titre.

Je jette un coup d'œil à mon assiette : des huîtres nageant dans le beurre, accompagnées de ciboulette. Aux Dévorations, les huîtres sont consommées pour la jalousie excessive. Tous les fruits de mer ont un rapport avec la jalousie sous une forme ou une autre. Je décide de faire abstraction de la nourriture, pour l'instant.

– Cela semble être un système simple.

Il hoche la tête puis porte une huître à ses lèvres et laisse la chair lui glisser dans la bouche.

– C'est plus simple qu'en Tregellan, c'est sûr.

– En quel sens ?

– Ils n'ont pas de monarchie. Elle n'a jamais été réinstituée après la guerre. Maintenant, le peuple est gouverné par un conseil formé des représentants de chaque canton. Pour faire passer un décret ou une loi, ils votent. Ce n'est jamais une seule personne qui a le dernier mot, donc les prises de décision peuvent s'étendre sur plusieurs jours. En certaines occasions, le problème n'est pas résolu du tout, parce que la majorité n'a pas été clairement atteinte. Ce n'est pas un système efficace, dit-il avec un sourire désabusé, et je me souviens du commentaire de la reine à ce sujet lors de la chasse. Cependant, ils ont des années d'avance sur nous dans le domaine de la médecine, et ils ont l'alchimie, c'est d'ailleurs l'une des raisons pour lesquelles j'ai cherché à établir de bonnes relations là-bas. Ils ne révèlent pas facilement leurs secrets, mais s'il y a un point sur lequel je suis d'accord avec ma mère, c'est que nous avons besoin d'introduire ces choses à Lormere. J'espère que le Tregellan sera un peu plus enclin à partager ses connaissances lorsque nous régnerons.

Ses mots me donnent la chair de poule. « Lorsque nous régnerons. » Il m'est difficile d'imaginer qu'il puisse arriver quelque chose à la reine, et que je prenne sa place.

– Avez-vous rencontré des alchimistes ?

Son regard s'illumine et il se penche en avant, manquant de mettre les coudes dans son assiette.

– Oui, un homme protégé de près, mais ils m'ont laissé observer une partie du processus. Rien qui puisse servir à ma mère cependant, ce qu'elle regrette amèrement, car le gros du travail était achevé lorsque j'ai pu entrer, mais j'ai assisté aux transmutations finales. Je les ai vus faire de l'or. Le trésor du Tregellan ne s'épuisera jamais. Je regrette que nous ne disposions pas de cette faculté.

Il prend une nouvelle huître et se la verse dans le gosier, puis laisse tomber la coquille dans un saladier.

– Nous sommes le seul royaume qui ne possède pas les secrets de l'alchimie. Le Tregellan est prospère grâce à cette connaissance. Même Tallith l'utilisait et était plus riche que nous ne le serons jamais. À Tallith, être alchimiste était une vocation royale. Seuls ceux de sang royal pouvaient pratiquer l'alchimie.

– Est-ce cela que vous voulez ? Un royaume riche ?

– Est-ce mal ? Est-ce mal de vouloir que mon peuple prospère ? Mal de vouloir de la nourriture et une bonne médecine pour tous mes sujets ?

– Non, c'est bien, j'approuve d'un ton hésitant.

– Tu me trouves avide ?

– Je n'ai pas dit…

– On peut dire beaucoup de choses sans prononcer un mot, rétorque-t-il en buvant longuement.

– La richesse n'a pas empêché Tallith de s'écrouler, dis-je doucement.

Merek a un air lointain. Il prend une huître puis la repose dans son assiette, intacte.

– Non, en effet. Je l'ai vu, tu sais. Le vieux château. J'y ai trouvé la pièce que j'ai donnée à ma mère.

– Comment était-ce ? je demande, pressée de chasser la tension entre nous.

Il reprend la même huître et la regarde avant de se raviser encore une fois.

– Un endroit désolé. Impossible d'imaginer que cinq cents moissons plus tôt c'était le centre du monde. Le château est une ruine, il ne reste qu'une tour debout, et les murs du Grand Salon. Excepté les vestiges de la galerie des Glaces, tout le reste a sombré dans la mer ou sous la végétation.

– Il ne reste rien ?

Je ne sais pas pourquoi, mais cette idée me donne des frissons. Comment un royaume tout entier peut-il mourir ? Comment leurs dieux ont-ils pu les abandonner ainsi ? Puis je me souviens des mots malheureux du seigneur Bennel au banquet de chasse, et je me surprends à demander :

– Il n'y avait pas de traces du Prince Endormi ?

Merek lève les yeux au ciel.

– Pas toi aussi ! Ce n'est qu'un conte, Twylla.

Je repousse mon assiette avec plus de force que je n'en avais l'intention, et renverse du beurre fondu sur la nappe.

– Je ne parlais pas de la légende, mais de l'histoire de Tallith. Elle est véridique, non ?

Mes souvenirs sont vagues, mais je sais que la légende prend sa source dans des faits réels : l'héritier est tombé malade et le royaume a fini par s'effondrer.

– Excuse-moi, dit-il aussitôt en se penchant vers moi par-dessus la table. C'était impoli de ma part. Tu as raison, bien sûr, l'histoire dit que l'héritier de Tallith a succombé à une maladie du sommeil. Et bien sûr, sans monarque pour régner et alimenter le trésor royal, la guerre et le chaos se sont installés et ont détruit le royaume. C'est ce que rapportent les historiens. Mais il ne s'agit pas d'un récit édifiant dont nous devons tenir compte, ajoute-t-il en prenant une gorgée de vin. Nous n'aurons jamais le destin de Tallith, Twylla. Surtout en termes de richesses, j'en ai peur. Mais nous avons survécu si longtemps sans l'alchimie, que nous nous en sortirions très bien, à mon avis, en continuant comme ça. Cependant, je veux le meilleur pour Lormere. Je me battrai pour ça. (Il me scrute.) Maintenant que je t'ai raconté ce que j'ai appris, tu dois me dire ce que tu as fait au cours de ces deux dernières moissons.

Je ne réponds pas tout de suite.

– J'ai chanté et rempli mes devoirs de Daunen.

– Et c'est tout ? As-tu appris des talents de cour, la danse ou la harpe, peut-être ? As-tu appris à lire ?

– Je n'ai pas beaucoup de temps libre.

Il fronce les sourcils.

– Non, bien sûr. J'imagine que s'occuper des traîtres prend beaucoup de temps. Heureusement qu'il n'y a personne à exécuter cette lune. Du moins pour l'instant.

La mâchoire crispée, il fronce les sourcils d'un air fâché ou dégoûté, et je rougis.

Puis il soupire et repousse son assiette.

– Pardonne-moi. (Il soulève la carafe pour remplir son verre.) Qu'est-il advenu de ces deux enfants qui riaient au milieu du duvet de pissenlit ? me demande-t-il doucement. Crois-tu qu'ils aient disparu à jamais ?

Je n'arrive pas à soutenir son regard. Au bout d'un moment, il claque de nouveau des doigts pour appeler Lief, qui reprend nos assiettes. Je me demande si mon garde me sermonnera plus tard pour ne pas avoir mangé mes huîtres. Il revient presque aussitôt avec un autre plat : du pigeonneau, avec du fenouil, des échalotes et des navets en sauce.

Merek ne parle pas, ne me regarde pas, se contentant de couper et manger méthodiquement son repas, en prenant de temps en temps une gorgée de vin. Je suis son exemple, reconnaissante d'avoir quelque chose à faire. Lorsqu'il repose son couteau, je l'imite, même s'il reste de la nourriture dans l'assiette.

– Souhaites-tu que je m'en aille ?

– Votre Altesse ?

– Merek ! Je t'ai demandé de m'appeler Merek. Si tu dois rationner tes paroles avec moi, utilise au moins mon nom lorsque tu daignes parler. Tu vas être ma femme. Appelle-moi Merek.

Pendant qu'il s'emporte, j'entends Lief entrer puis repartir en refermant la porte. Je jette un coup d'œil, ne sachant pas ce qu'il a entendu avant de quitter la pièce.

– Je suis désolée. Je ne sais pas comment…

– Comment quoi ? Me parler ? Parle, simplement. Sois à l'aise avec moi, je t'en prie. Nous sommes fiancés, n'est-ce pas ? Nous devrions échanger, nous confier l'un à l'autre. Dieux, nous devrions nous soutenir ! Je sais en quoi consiste le rôle de Daunen, Twylla, je l'ai étudié et je sais ce que tu fais.

Je hoche la tête, regrettant de ne pas lui avoir demandé de partir. Je n'ai pas envie de parler de ça. Ni avec lui, ni avec personne d'autre.

– Tu détestes ça, lâche-t-il, me faisant enfin lever les yeux. Les exécutions. Je ne t'en blâme pas. Ma mère m'a dit que tu le fais, mais que tu n'aimes pas cela. Elle est au courant.

Je suis surprise. Depuis Tyrek, je n'ai rien dit, rien laissé paraître à ce propos.

– Je lui ai demandé d'y mettre un terme, ajoute-t-il.

Je suis abasourdie, je le regarde les yeux écarquillés.

– Elle refuse, poursuit-il. Pas d'ici notre mariage. Cela fait partie des devoirs de Daunen, mais…

Il s'interrompt, la bouche ouverte, et se penche en avant. J'attends. Puis il secoue la tête et renonce à ce qu'il allait dire. À la place, il reprend son verre.

– Tu ne dois pas te sentir coupable. Ce sont des traîtres. Nous devrons aussi prononcer des condamnations à mort lorsque nous régnerons.

– Je sais. Mais ce n'est pas cela. Pas seulement.

– Alors c'est quoi ?

– Est-ce un péché ? je demande prudemment. N'est-ce pas un péché de prendre la vie, quelle qu'en soit la raison ?

– Je ne comprends pas.

– Lorsque ma mère a Dévoré les péchés du bourreau précédent, elle a dû manger du corbeau. Le péché de meurtre. Je ne veux pas que ma sœur…

Je m'interromps et prends mon verre de vin.

– Tu ne veux pas que ta sœur Dévore du corbeau pour toi, complète-t-il.

J'acquiesce.

– Je ne veux pas qu'elle ait à faire ça.

Je ne sais pas trop si je parle seulement du corbeau, ou de la Dévoration en général.

Parler de Maryl, ou même penser à elle, me fait mal. Elle était plus liée à moi qu'à ma mère. Chaque fois qu'une tempête faisait rage, c'était contre moi qu'elle venait se blottir, tremblante de peur, et moi, je la serrais dans mes bras. Je lui soignais ses égratignures, ôtais ses échardes aux pieds. Quand ses dents sont sorties, je lui ai frotté les gencives avec des clous de girofle. J'enroulais ses cheveux sur mes doigts pour qu'ils dansent autour de son visage. Elle était belle, ma petite sœur, avec ses boucles d'un blond presque blanc et son sourire adorable, ses incisives écartées. Elle était le soleil, la joie, le bonheur. Pendant ma première année au château, j'ai pleuré tous les jours tant elle me manquait. C'est seulement pour elle que je supporte de continuer à faire ce que la reine m'ordonne.

– Ta sœur te manque ? me demande Merek.

J'acquiesce.

– Et ta mère ?

Je cherche mes mots.

– Dévorer les péchés était sa priorité. Nous étions dans l'ensemble livrés à nous-mêmes. Lorsqu'elle ne travaillait pas, elle se retirait dans sa chambre pour prendre du repos, en méditant sur tous les péchés qu'elle portait.

Je repense aux villageois qui mettaient deux doigts en croix lorsqu'ils nous voyaient, pour se protéger du mauvais sort. Je me souviens du regard des autres enfants quand leurs parents les éloignaient de nous. Je songe à la nuit où ma mère a mis ma petite sœur au monde : la matrone avait refusé de venir, et c'est moi qui ai dû l'aider. Je me souviens du sang, de la puanteur des excréments, et des cris que poussait ma mère, comme un cerf en rut. Je la revois encore accroupie, avec la chair des cuisses qui tremblait. Et j'ai tendu les mains pour attraper Maryl lorsqu'elle a glissé hors du ventre de ma mère. Mon visage est la première chose qu'elle a vue, j'ai nettoyé ses yeux, essuyé la coiffe sur sa tête. Et à présent, je ne serais pas sûre de la reconnaître si je la voyais dans une foule. À cause de mon départ, elle sera la prochaine Mangeuse de péchés, et cela, ni l'argent ni la nourriture qu'envoie la reine n'y changeront rien. Cela aurait dû être moi, mais je suis partie. Au moins, ma mère est restée auprès d'elle.

– Elle a une tâche à accomplir, j'ajoute enfin. Son rôle est toute sa vie.

Il me regarde en hochant lentement la tête.

– Je t'ai dit que nous étions semblables, non ?

– La reine tient à vous comme à la prunelle de ses yeux, je proteste. Elle vous adore, vous devez bien le savoir. Elle ne vit que pour vous.

– En effet, elle vit pour moi, dit-il en dévoyant mes paroles.

– Je ne voulais pas dire…

– Je sais ce que tu voulais dire. (Il lève son verre, puis fronce les sourcils en constatant qu'il est vide.) Comment s'appelle ton garde ?

– Lief.

– Lief, appelle-t-il.

Mon garde ouvre la porte, les sourcils haussés pour indiquer une interrogation polie.

– Nous avons fini de manger. Débarrasse. Twylla, souhaites-tu un dessert ?

Je secoue la tête, gênée par sa manière de s'adresser à Lief.

– Très bien. Retire les assiettes. Et apporte plus de vin.

Je sens que Lief se hérisse, bien qu'il obtempère. Mais Merek semble ne rien remarquer. Lorsque nos verres sont remplis et les assiettes débarrassées, le prince lève son verre.

– Quels sont tes rêves, Twylla ?

– Je… je n'en ai pas. J'ai déjà tout ce que je veux.

– Je n'en crois pas un mot. Tu dois avoir quelques rêves. Tout le monde en a.

– Je veux… je veux être heureuse.

Et je me rends compte aussitôt que c'est vraiment la réponse la plus stupide qui soit. Mais, à ma grande surprise, il hoche la tête, un sourire accroché au coin des lèvres.

– Moi aussi je veux être heureux.

Il ne reste pas très longtemps après cela, et nous ne parlons ni de la mort ni de rêves. Il m'entretient de ses dessins et des leçons qu'il a reçues enfant. Je lui fais part de mon inquiétude au sujet de Dorin et de sa piqûre au bras ; il promet de s'en occuper, qu'il s'assurera que mon garde reçoit les meilleurs traitements. La conversation est plus aisée lorsqu'il parle ainsi, et si notre vie de couple marié ressemble à cela, je la supporterai sans mal. Lorsqu'il a fini son vin, il appelle Lief et lui demande d'aller quérir ses gardes et les serviteurs, pour qu'ils viennent enlever la table et les chaises.

Debout côte à côte, nous regardons en silence les servantes se presser d'emporter les verres, les chandeliers et le vase. Deux des gardes de Merek sortent la table et les chaises, puis reviennent et, avec l'aide de Lief, replacent mon bureau près de la fenêtre. Lorsqu'ils ont fini, ils se tournent vers Merek.

– Attendez-moi dehors, leur ordonne-t-il, et Lief leur emboîte le pas.

– As-tu apprécié la soirée, Twylla ? me demande-t-il.

– Oui, Merek.

– Menteuse, m'accuse-t-il d'une voix douce. Avec le temps, cela deviendra plus facile.

Il s'incline devant moi puis s'en va. Je le regarde passer la porte, en espérant qu'il a raison.

Lief reparaît et entre dans ma chambre, tire les rideaux du baldaquin, rabat les draps et allume la bougie sur le tabouret à côté du lit. Mais ses mouvements sont brusques, agressifs.

– Merci, soufflé-je.

Lief grogne.

– Ma dame.

– Est-ce que… tout va bien ?

– Parfaitement, ma dame, répond-il d'un ton guindé.

Je le regarde secouer le couvre-lit comme s'il l'avait mortellement insulté.

– Je suis désolée, lui dis-je, s'il t'a semblé impoli. Il a eu des serviteurs toute sa vie, ils sont invisibles pour lui.

Ce n'était pas la chose à dire ; Lief secoue la tête avec humeur.

– Invisible ? Je sais qu'il est prince et que je suis garde, mais je suis un être humain, tout comme lui. Nous ne sommes pas si différents, si on retire le titre.

Je soupire.

– Lief, tu ne peux pas dire ce genre de choses.

– C'est ce que je peux dire de plus poli, marmonne-t-il. Pardonnez-moi, je sais que c'est votre fiancé.

– Ce n'est pas la raison pour laquelle tu ne dois pas dire ça, Lief. C'est un prince consacré, et un jour il sera roi. La reine serait furieuse si elle savait que tu parles ainsi de lui.

– Ce n'est pas un crime de lèse-majesté de dire que quelqu'un est un porc malpoli, dit-il.

Je le dévisage. Il va se faire tuer s'il n'apprend pas à tenir sa langue. Celle qui Dévorera ses péchés aura mal au ventre après avoir absorbé tant de maniguette pour expier sa colère. À supposer qu'il ait droit à une Dévoration.

– Il faut que tu apprennes à maîtriser tes émotions, Lief.

– Je me contrôle.

– Non, absolument pas. Tu as traité le prince de porc !

– Eh bien, c'est ce qu'il est.

– Lief, si la reine...

– Oh, *elle*..., dit-il avec mépris.

Encore une fois, j'en reste bouche bée.

– Attention, Lief, dis-je lentement. Fais très attention. Je t'ai dit qu'un seigneur était mort pour lui avoir désobéi. Je ne t'ai pas raconté comment il est mort. Elle a lâché les chiens sur lui. Elle lui a ordonné de partir en courant dans la forêt, puis elle les a lancés à sa poursuite. Son crime : avoir chuchoté pendant que je chantais. Et nous les avons entendus le déchirer en mille morceaux. Nous entendions tout : les cris, le craquement des os, le bruit mouillé de leur mastication. Et tu sais ce qu'elle m'a demandé ? De chanter plus fort. Pour couvrir ces sons.

Il ouvre la bouche, la referme, et je vois sa bravoure le quitter à mesure qu'il prend pleinement conscience de mes paroles.

– Et tu sais qui je suis, ce que je fais. Veux-tu que je pose les mains sur toi alors que tu es ligoté à un siège ? Veux-tu que je t'enlève la vie sur ses ordres, pour trahison ? J'ai exécuté le seul véritable ami que j'ai jamais eu parce qu'il avait trahi la couronne de Lormere. Si tu ne fais pas plus attention, tu pourrais très bien être le prochain. Ta désinvolture doit cesser. Je suis des leurs, Lief. Je vais épouser le prince.

Quand j'en ai fini, je respire avec difficulté, hors d'haleine, et j'ai la peau brûlante des pieds à la tête. Lief me regarde comme si j'étais un monstre. Et je le suis peut-être. S'il faut ça pour qu'il comprenne, tant mieux. Sans ajouter un mot, il s'incline, fait volte-face et sort de la pièce.

Chapitre 9

Il semblerait qu'enfin j'aie réussi à me faire entendre de Lief. Il est devenu le garde qu'il aurait dû être dès le début. Et à ma plus grande surprise, c'est exactement ce que je ne veux pas qu'il soit.

– As-tu des nouvelles de Dorin ?

Je tente de retrouver notre relation presque amicale en posant la question rituelle. Mais Lief continue à entasser des bûches près de ma petite cheminée en me tournant le dos.

– Son état est stationnaire. Ils font ce qu'ils peuvent, ma dame.

– A-t-il donné un message ?

– Non, ma dame.

– Dis aux femmes de chambre de lui transmettre mes vœux de prompt rétablissement. Dis-leur de l'informer que j'ai demandé de ses nouvelles.

– Entendu, ma dame. Ce sera tout ?

Il se retourne et me regarde d'un air absent. Je hoche la tête. Le bruit de la porte qui se referme sur lui me fait sursauter.

J'ai mal. Pis encore, j'ai l'impression d'être une hypocrite en lui demandant de contrôler sa colère. Je suis en colère contre ma mère, contre la reine, contre Dorin, contre Tyrek. Et surtout, je suis en colère contre moi. Et parfois, je suis même en colère contre les dieux parce que, enfermée ici, dans cette chambre, je ne les sens pas, alors que j'ai besoin d'eux. Que veulent-ils que je fasse ? Je ne vois pas ce que je suis censée apprendre de cette situation.

– Ce n'est pas à nous de douter, m'avait un jour dit ma mère. Dæg donne la vie quand il juge que le moment est bien choisi, et Næht, en sa jalousie infinie, la reprend quand elle estime qu'il est temps. Eux seuls connaissent les secrets de l'équilibre dans lequel nous vivons. C'est un cercle parfait. Ce n'est pas à nous de comprendre leurs décisions, nous devons seulement accepter la volonté des dieux.

J'ai demandé mille fois leur pardon pour ma colère, mais je pense que Lief ne sera pas le seul de nous deux à se voir recouvert de maniguette au moment de passer dans l'autre monde. Et même si cela me fait de la peine, il faut qu'il comprenne comment fonctionne notre cour. Je ne veux pas tuer un autre ami. Je n'y survivrais pas.

Je chantonne *La Ballade de Lormere* en m'habillant. Ma voix semble tendue et les volutes de fumée noire que je vois s'élever par la fenêtre ne font rien pour me détendre. Un autre bûcher funéraire. Je ne sais pas de qui il s'agit, ni la cause de ce décès, mais je prie pour que cette personne soit plus en paix que moi en ce moment.

En entendant frapper à ma porte, je m'attends à trouver Lief ; mais non, c'est un garde inconnu qui se tient devant moi. Il est pâle et m'informe, avec une expression de dégoût, que la reine lui a ordonné de m'escorter jusqu'à elle. Une lueur d'espoir naît en moi : elle m'a peut-être affecté ce nouveau garde dans le but de me redonner bientôt ma liberté. Mais d'après son expression, je devine que je me trompe, et que la reine ne mentait pas en me disant que personne ne voulait se voir confier ce rôle. Je me demande ce que celui-ci a fait pour mériter ça, ou de quoi il a été menacé pour accepter cette mauvaise fortune. Puis je m'étonne de le voir seul, et la panique me gagne. Voilà pourquoi elle me fait venir : Lief a dû démissionner à son tour. Il m'a abandonnée, je l'ai poussé à bout. Je l'ai perdu.

– Où se trouve mon autre garde ? je demande d'une voix tremblante.

– Ici, répond-il en gravissant les dernières marches au pas de course. Pardonnez-moi, j'aiguisais ma lame.

Le vif soulagement que j'éprouve à le voir me surprend.

Nous traversons les salons, en silence, mais nous ne sommes pas sereins. Les couloirs sont imprégnés d'une puanteur de chair brûlée qui vient du bûcher funéraire. Cette odeur est horriblement semblable à celle du cochon rôti à la broche. Cependant, on sent distinctement dans l'air quelque chose de plus fort que l'odeur de la crémation. Le soleil brille, éclairant les particules de poussière que ma robe soulève des tapis, et le ciel est clair, mais on a l'impression que le château retient son souffle.

Je tourne, par habitude, en direction de la longue galerie, mais le garde de la reine n'imite pas mon mouvement. Cela arrive si vite que je n'ai pas le temps de me raviser, mais Lief est vif, plus rapide que nous deux : il repousse le garde, lequel échappe d'un cheveu à mon contact mortel. Je me plaque contre le mur, sous le choc, le souffle coupé, mais l'autre garde dégaine son épée et la pointe sur Lief d'un air mécontent. Le visage de celui-ci s'empourpre de rage.

– Tu oses…

Il n'a pas le temps de poursuivre, car Lief le remet à sa place.

– Espèce d'imbécile ! rugit-il. Tu veux mourir ?

L'air terrorisé, le garde rengaine son épée, mais Lief n'en a pas fini. Il serre les poings et ses bras tremblent sous l'effort qu'il fait pour ne pas lui sauter dessus.

– Quel idiot es-tu pour ne pas savoir escorter une dame, et surtout cette dame ? Pour aller à la tour Sud, où se trouve le solier royal, nous tournons vers le sud. Ta négligence aurait pu te coûter la vie si je n'avais pas été là. Tu serais par terre, agité de spasmes, saignant du nez, agonisant comme un rat empoisonné.

Le regard du garde va de Lief à moi. J'ai les poings serrés, les bras raides le long du corps. Je suis emplie d'horreur. Je n'arrive plus à respirer. Tout est allé si vite que je n'ai rien vu venir.

– Pardonnez-moi, me dit le garde d'une voix mal assurée.

– Pourquoi n'as-tu pas tourné ? le questionne Lief.

Le garde secoue la tête.

– Je... nous n'allons pas au solier royal aujourd'hui. Nous allons au Grand Salon.

– Pourquoi ? (J'ai retrouvé ma voix mais ma gorge est encore serrée.) Tu m'as dit que la reine voulait me voir.

– C'est vrai. Dans le Grand Salon. Toute la cour est là.

– Pourquoi ? demande Lief à son tour. Et pourquoi n'as-tu rien dit avant ?

– Je pensais que vous étiez au courant, se défend le garde. Il y a un jugement. Une dame de la cour est accusée de trahison.

Mon ventre se serre et je regarde Lief. Lorsqu'il tourne la tête vers moi, la froideur de ces derniers jours a disparu. Nous nous regardons trop longtemps, à la fois confus et effrayés. Puis il hoche la tête, reprend contenance et se place à ma gauche.

– Nous ferions mieux d'y aller, dit-il d'un air sombre.

L'autre garde reprend sa place à ma droite, mais à une grande distance, ce qui manifeste son malaise d'autant mieux que Lief, lui, est tout près de moi.

Je suis frappée de noter que même si Merek peut me toucher sans en pâtir, il prend soin de ne jamais trop s'approcher de moi, pour ne pas risquer le contact. Alors que Lief se tient souvent dangereusement près, ne laissant que quelques centimètres entre nous.

Et je me rends compte avec stupeur que cela me plaît.

Dans le Grand Salon, les longues tables ont été poussées sur les côtés, et dans l'âtre le feu ne brûle pas. La cour est installée sur des bancs, formant des alignements de visages pâles et cireux tournés vers l'estrade où le roi, la reine et le prince sont assis dans des fauteuils richement sculptés. Ils parlent entre eux. Je les observe tout en cherchant où m'asseoir. Le roi semble en colère. Il parle à la reine qui secoue fermement la tête. En désespoir de cause, le roi lui tourne résolument le dos. Elle le regarde un moment avant de chercher à attirer l'attention de Merek, qui détourne lui aussi les yeux.

Lief et l'autre garde vont se placer au fond de la salle. Le long du mur de droite se tiennent les femmes de chambre, les pages, les tourneurs de broche et les servantes de cuisine. Je repère Rulf, et ma peau me picote, aiguillonnée par la culpabilité. Tout le château est réuni pour assister au procès.

Les sourcils froncés, Merek me regarde gagner ma place. Il se penche vers la reine et lui glisse quelques mots. Elle secoue la tête. À sa gauche, le roi se penche de nouveau et parle avec animation. Mais la reine secoue encore la tête, et les deux hommes se calent dans leur siège. Le roi se mordille la lèvre, plus fâché que jamais. Merek me regarde de nouveau et hausse légèrement les épaules, puis détourne la tête. Enfin, c'est au tour de la reine de chercher mon regard, et je m'empresse de m'asseoir, vers le fond, sur le même banc que dame Shasta.

Elle blêmit en me voyant et glisse sur le côté pour s'écarter le plus possible, alors qu'il reste suffisamment de place pour cinq ou six personnes entre nous. Je ferme les yeux lorsqu'elle agrippe le coude de son mari, et qu'il passe un bras protecteur autour de sa taille. La personne qui va être jugée est accusée de trahison. Et dans un tel cas, c'est à moi d'exécuter la sentence. Après la prochaine Révélation, qui aura lieu dans deux semaines, je tuerai l'une des nôtres.

Je rouvre les yeux. La reine s'est levée et parcourt l'assemblée du regard. Je sais que je ne suis pas la seule à courber l'échine, à baisser la tête. Lorsqu'elle a fini son examen, elle se tourne sur le côté et fait un signe de tête. La porte s'ouvre largement sur une femme qui tremble et pleure sans bruit et que l'on traîne dans le Grand Salon. Les deux gardes à ses côtés retiennent à grand-peine des chiens attachés par de grosses chaînes.

Un grand frisson nous parcourt collectivement. Dame Shasta étouffe une exclamation et je vois les phalanges de son mari blanchir lorsqu'il resserre son étreinte.

Il s'agit de dame Lorelle.

La pauvre, ses yeux sont comme deux trous noirs dans son visage, elle a les mains jointes, comme pour supplier la reine. Elle n'est pas entravée ; la présence des chiens suffit. Je cherche des yeux son mari, le seigneur Lammos, mais ne le vois pas. Il doit pourtant être là, avec toute la cour, mais il est à croire que même l'amour qu'il porte à sa femme ne sera pas suffisant pour qu'il prenne le risque de s'attirer les foudres de la reine. L'accusée est amenée devant celle-ci, qui pose sur elle un regard sans pitié, sans égards pour celle qu'elle appelait son amie. Et nous retenons tous notre souffle, attendant la lecture des chefs d'accusation.

Alors la reine prend la parole :

– Vous comparaissez devant moi sous l'accusation de trahison contre la couronne de Lormere. Si vous êtes reconnue coupable, vous serez condamnée à mort, et il n'y aura pas de Dévoration pour votre âme.

Lorelle pousse un gémissement terrible ; l'un des chiens gronde : c'est un son guttural qui glace le sang. Je regarde

Merek, mais il a les yeux baissés vers la table, tout comme le roi.

– Je vous reconnais coupable, dit la reine d'une voix très douce, comme une jeune fille qui confie un secret à sa meilleure amie.

Un frisson parcourt l'assemblée comme une épidémie, depuis les premiers rangs jusqu'à mon banc. J'ai le cœur au bord des lèvres. Un bruit derrière moi me fait tourner la tête et je découvre Lief, une main sur la poignée de son épée. Ses doigts s'ouvrent et se referment nerveusement.

Lorsque la reine reprend la parole, je me tourne de nouveau vers l'estrade, de peur que les mouvements de Lief n'attirent l'attention de la reine sur moi, et lui rappellent que son bourreau se trouve dans la salle. Mais elle n'a d'yeux que pour son ancienne amie, qui se tortille devant elle, accablée d'accusations trop affreuses pour être nommées.

– Comme vous êtes reconnue coupable de trahison, je vous condamne à une mort de traître. Lorsque…

– Helewys, pitié ! s'écrie dame Lorelle. Nous avons grandi ensemble. Je n'ai pas fait de mal… Je pensais être trop vieille… je ne savais pas…

– Lorsque viendra le temps de la prochaine Révélation, poursuit la reine en élevant la voix pour couvrir les suppliques de la condamnée, vous serez menée à la salle de l'Aube, et là vous paierez de votre vie les crimes commis contre le trône de Lormere. Que les dieux aient pitié de vous.

– Non, intervient une voix ferme.

Nous regardons tous alentour pour savoir qui a parlé, et tout à coup je comprends que c'est le roi.

– Non, Helewys, répète-t-il en se levant.

Tous les regards sont braqués sur lui. Merek dévisage son beau-père d'un air indéchiffrable, et la reine se tourne vers son mari.

– Vous osez ? chuchote-t-elle, mais les murs en pierre amplifient ses paroles et tout le monde l'entend. Vous osez me contredire ?

– Ce n'est pas une trahison, Helewys, dit le roi. C'est un don des dieux.

La reine et le roi se défient du regard, et je comprends alors quel est le crime supposé de Lorelle. Elle attend un enfant. Le seigneur Lammos et elle ont conçu un bébé. Alianor est le dernier enfant né à la cour. Depuis son décès, personne n'a osé concevoir. Pas tant que la reine n'y était pas parvenue. C'est un pacte tacite entre les dames de la cour : si la reine ne peut pas tomber enceinte, alors elles non plus.

Et pour cette raison, elle voudrait que je prenne à la fois la vie de Lorelle et celle de l'enfant à naître. Jamais je ne pourrai... Pas ça. Je ne peux pas prendre la vie d'un enfant à naître.

– Je déclare que c'est une trahison et je la condamne à mort, insiste la reine.

– Alors, je lui pardonne. Dame Lorelle, vous avez mon pardon, affirme le roi d'une voix forte.

Je ne puis détacher mon regard du couple royal. La reine est devenue rouge vif, et le roi a les épaules qui montent et descendent rapidement, comme s'il avait couru. Jamais je n'aurais parié que les événements prendraient ce tour-là. Et à en juger par les airs ahuris dans tout le salon, je ne suis pas la seule.

– Vous ne pouvez pas..., commence la reine.

– Je suis le roi. Je peux, rétorque-t-il.

Puis il s'agenouille devant la reine.

Sous le choc, j'inspire bruyamment. Tout le monde est saisi de stupeur. C'est une coutume ancienne – mais, à ma connaissance, elle n'a jamais été mise en pratique – qui prévoit que la reine puisse intercéder auprès du roi pour plaider la clémence en faveur d'un condamné. Mais jamais, au grand jamais, un roi ne s'est agenouillé devant une reine. C'est l'histoire qui s'écrit sous mes yeux : un roi implore une reine.

Il lève les yeux vers sa femme et ouvre les bras.

– Je vous en prie, Helewys, je vous en conjure, épargnez-la.

– Vous vous retournez contre moi ? demande-t-elle avec une curiosité véritable.

– Dans le cas qui nous occupe, oui, répond-il en inclinant la tête. Je n'approuverai pas la mort d'une femme dont le seul crime est d'attendre un enfant.

La reine lui jette un bref regard, puis, le visage tordu par le dégoût, sort à grandes enjambées par les portes royales, gagnant le passage qui mène à son solier. Lentement, le roi se lève et se tourne vers l'assemblée.

– Sortez les chiens, ordonne-t-il au maître de meute, qui hésite, avant d'obéir avec un dernier coup d'œil vers la porte par laquelle la reine a disparu.

Le roi pose alors les yeux sur dame Lorelle qui pleure dans les bras de son mari, enfin auprès d'elle.

– Seigneur Lammos, faites quitter le château à dame Lorelle. Dès ce soir. On mettra des montures à votre disposition et vous pourrez rentrer chez vous, à Haga.

Le seigneur Lammos balbutie des remerciements, et Lorelle, agrippée à son mari, toute tremblante, laisse échapper de petits sanglots. Le couple quitte la salle, enlacé.

Le roi, sans prêter la moindre attention à sa cour interloquée, sort à son tour du Grand Salon en empruntant le même chemin que la reine. Il a les épaules tombantes et l'air fatigué, mais il prend le temps de serrer le bras de Merek lorsqu'il passe à sa hauteur. En se levant, le prince regarde vers moi et hausse les sourcils, puis il prend la même direction que sa mère et son beau-père.

Dès que la porte se referme sur eux, les murmures s'élèvent.

– Ma dame, si je puis me permettre, je crois que nous devrions y aller à présent.

Lief, accroupi derrière moi, me parle d'une voix pressante. Encore sous le choc, je hoche la tête et me lève pour suivre mon garde. Le roi a tenu tête à la reine. Et il a gagné. Je regarde Lief pour voir ce qu'il pense de cet événement : ses yeux brillants trahissent son excitation, et il marche d'un pas rapide que j'ai du mal à suivre.

– L'autre garde…

Mais il me coupe la parole :

– Oubliez-le, tant pis. À gauche, dit-il soudain.

Je m'arrête.

– Où allons-nous ?

– Voir Dorin. Tant que c'est possible.

– Nous n'avons pas…

– L'autre garde ne risque pas d'avouer à la reine qu'il vous a égarée, n'est-ce pas ? C'est l'occasion ou jamais si vous voulez le voir.

Je le regarde en considérant sa proposition. Enfin, je hoche la tête.

– Il faut nous dépêcher.

Lorsque nous arrivons dans les entrailles du château, il s'arrête et ferme la porte donnant sur l'escalier d'où nous arrivons.

– Attendez. Je vous dois des excuses. Encore. Cette fois je ne les ai pas écrites, alors vous devrez me croire sur parole.

– Ce n'est pas le moment, Lief.

– Je vous en prie. Je ne suis pas… Je veux que vous compreniez pourquoi je suis comme ça. Je n'ai pas eu l'habitude d'être un domestique, je suis habitué à être mon propre maître, commence-t-il en levant les yeux jusqu'aux miens. Je viens d'une ferme dont je devais hériter un jour. Mais mon père est mort prématurément. Et c'est à moi qu'est échue la tâche de subvenir aux besoins de ma mère et de ma sœur. C'est pourquoi je suis venu ici. Le destin a voulu que vous ayez besoin d'un nouveau garde, et je suis arrivé le jour des épreuves de sélection. Je fais des erreurs, je le sais, mais je fais des efforts, ma dame. Je fais de mon mieux.

Je le regarde, tiraillée entre l'appréhension et la pitié.

– Pourquoi me racontes-tu cela maintenant ?

Il se mâchonne la lèvre avant de répondre :

– Parce que vous méritez une explication... Vous me supportez avec beaucoup de patience. (Il m'adresse un sourire penaud.) Et si le roi sait faire preuve de courage, alors moi aussi.

– Que veux-tu dire ?

– Elle aurait tué cette femme s'il n'avait pas opposé son veto. Elle vous y aurait forcée. Tout ça pourquoi ? Parce que cette dame est enceinte. Voilà son crime contre la couronne de Lormere. Elle a réussi là où la reine a échoué.

Je plaque une main sur ma bouche comme si j'avais prononcé ces mots moi-même.

– Lief, tu ne dois pas...

– Je sais que je ne dois pas ! Vous n'arrêtez pas de me le rappeler. Et je sais que vous avez raison. Je ne sais pas comment vous faites pour supporter tout ça.

– Qu'est-ce qui te fait croire ça ? (Je le regarde sévèrement.) Comment peux-tu être si sûr que je le vis bien ?

– Vous n'en parlez jamais.

– Ce qui ne veut pas dire que je n'y pense pas. Je passe des heures à prier en demandant aux dieux de m'aider à comprendre.

– Avez-vous déjà essayé de leur demander d'intervenir ?

Je n'arrive pas à savoir s'il se moque de moi.

– Qu'y pourraient-ils ?

– Je ne sais pas. Ils veulent peut-être que vous fassiez quelque chose vous-même. Si vous vous souleviez tous...

– Comme en Tregellan, j'interviens, et il blêmit. Tu penses que nous devrions engager une guerre que nous ne pouvons pas gagner ? Préparer un coup d'État, rassembler ce qui reste de nos maigres forces et nous soulever pour la tuer, et le roi et le prince dans la foulée ? Est-ce que tu suggères la trahison comme solution ?

– Non, s'empresse-t-il de répondre. Ce n'est pas ce que je voulais dire. Lui adresser une pétition peut-être, lui présenter les choses de manière raisonnée ?

– Tu crois sincèrement que personne n'y a déjà pensé ? Alors que j'étais en ma quatorzième moisson, le seigneur Grevlas a tenté de faire bannir les chiens. D'après ce qu'on dit, il avait pas mal de soutiens. Jusqu'à ce qu'il essaie de rallier à sa cause la mauvaise personne, qui a tout raconté à la reine, imitée ensuite par tous les autres. À un an près, ce serait moi qui l'aurais exécuté.

Il détourne le regard, les poings serrés, puis expire lentement et me regarde.

– Vous n'êtes pas comme eux.

– Je suis leur bourreau, Lief.

– Ils vous y contraignent.

– Cela n'y change rien…

– Pour moi, si, proteste-t-il d'une voix douce. Plus que vous ne l'imaginez.

Je tourne la tête, incapable de soutenir l'intensité de son regard, qui me rappelle celui de Merek. J'en ai l'estomac retourné.

– Il n'y a rien à faire pour changer la situation, dit-il enfin, d'une voix si basse que je me demande s'il n'a pas pensé tout haut.

– Rien, je confirme, et il ferme un instant les yeux. Nous pouvons seulement rester discrets et faire de notre mieux. Nous devons être des spectres. Voilà comment on reste en vie dans ce château. On devient un spectre. On baisse la tête et on évite le plus possible de se retrouver sur son chemin.

– Vous devriez partir.

– Non. Tu sais qui je suis. Est-ce que les dieux me pardonneraient d'abandonner mon rôle ? Le poison coule dans mes veines, Lief. Leur volonté seule l'empêche de me tuer. Si je les provoquais, si je tournais le dos à tout ceci, je serais terrassée avant de franchir les portes du château. Ils me pardonnent mes doutes parce que je suis mortelle, et que je dois être mise à l'épreuve, mais jamais ils ne tolèreraient que je fuie. Et même si, par quelque miracle, ils ne me terrassaient pas tout de suite, la reine s'en chargerait. Tu le sais, tu l'as vue à l'œuvre aujourd'hui. Elle prendrait sa revanche sur moi coûte que coûte. Elle ferait du mal à ma sœur. Ou à toi. Tu serais tué pour ne pas m'avoir retenue. Ils me forceraient sans doute à te tuer avant de prendre ma vie. Et ce serait justifié, car il s'agirait indubitablement d'une trahison, Lief.

– Je n'en ai pas entendu un seul mot, affirme-t-il à voix basse. Je n'ai rien entendu.

Je hoche la tête. Il me regarde, les sourcils levés et la bouche pincée.

– Allez-y, finit-il par me dire. J'attendrai ici. Il est dans la chambre tout au fond. Allez voir Dorin.

Lorsque je passe devant, je suis incapable de regarder la porte de la salle de Révélation.

La pièce est sombre, à peine éclairée par les bougies qui vacillent sous une casserole en cuivre dans laquelle un mélange mijote et emplit la chambre d'une odeur boisée et épicée de cyprès. Il y a autre chose aussi, une exhalaison qui me donne la chair de poule. Dorin est allongé dans un coin, sur un grabat que l'on a rehaussé. On voit à son visage qu'il est très malade. Ses traits sont tirés et sa peau a l'aspect du suif. Il me paraît endormi, et je suis sur le point de faire demi-tour.

– Ma dame, dit-il d'une voix pâteuse. Que faites-vous ici ?

– Bonjour, Dorin. Je suis venue voir comment se porte mon garde le plus fidèle.

– Ma dame, vous êtes bien bonne d'être descendue ici. Je suis désolé pour le dérangement. Je sais que j'ai failli à ma tâche.

– Mais pas du tout. Comment allez-vous ?

– Je reprends rapidement des forces. Je serai de retour d'ici un jour ou deux, je vous assure. Je ne peux qu'implorer votre pardon d'avoir dû m'aliter.

Il n'a pourtant pas du tout l'air en voie de guérison. Il est émacié, décharné comme un cadavre. S'il n'avait été seul dans la pièce, je ne l'aurais même pas reconnu. Quelle maladie peut bien ratatiner un homme comme lui en trois semaines ?

Je lui souris et profère un mensonge :

– Je n'en doute pas. Mais Lief s'en sort bien, je suis entre de bonnes mains, ne vous en faites pas. J'ai prié pour vous.

Il hoche la tête. Ses paupières papillonnent : je comprends qu'il perd connaissance.

– Stuan, c'est assez de bière pour ce soir, marmonne-t-il.

– Quoi ?

Je le regarde en me demandant pourquoi ce nom m'est si familier. Puis cela me revient. Stuan était le garde qui a quitté mon service après que j'ai tué Tyrek. Il n'a pas travaillé ici plus de deux moissons. C'est alors que je reconnais l'odeur à demi dissimulée par les vapeurs de cyprès. Ce sont des larmes de pavot. Ils lui donnent de l'opium.

J'étais dans ma neuvième moisson, et nous avions été appelées à l'hôtel de ville de Monkham. La mère du maire était morte, ce qui n'était pas inattendu, car elle était dans sa quatre-vingtième moisson et malade depuis un long moment. J'étais excitée d'aller à l'hôtel de ville. Depuis ma visite au château, j'avais soif de luxe. Mais cet édifice contrastait de manière frappante avec le château de Lortune. Il y faisait sombre, et la pièce où se tenait la Dévoration était imprégnée d'une odeur écœurante et sucrée de putréfaction. Le cercueil se trouvait au centre de la pièce et le maire n'avait installé qu'un seul tabouret, pour ma mère. Aussi avais-je dû rester debout à côté d'elle pendant qu'elle se livrait à la Dévoration. Ce n'était pas un grand étalage, mais au milieu du cercueil il y avait une coupe de crème décorée de brins de romarin. J'avais observé ma mère dévorer divers plats, sans jamais goûter à la crème. Pas une seule cuillerée. Elle l'avait laissée jusqu'à la fin, l'évitant jusqu'à ce qu'il ne reste plus rien d'autre sur le cercueil. Alors, à ma plus grande surprise, elle m'avait adressé la parole :

– Sais-tu ce que c'est ?

J'avais hoché la tête, trop effrayée pour répondre. Jamais elle n'avait parlé pendant une Dévoration. Jamais. Jusque-là, elle m'expliquait ses actions une fois rentrées à la maison, dans sa chambre, tandis que je respirais par la bouche pour atténuer l'odeur entêtante du jasmin. Mais jamais quand nous étions encore à la Dévoration.

– Ce n'est pas de la crème fraîche, Twylla. C'est de la crème aigre.

– Pourquoi t'ont-ils offert de la crème aigre ?

– Cela veut dire que la femme a perdu un enfant.

J'avais secoué la tête sans comprendre. Perdre un enfant n'était pas un péché. Personne n'ignorait que les dieux pouvaient reprendre la vie comme ils l'entendaient, et parfois ils rappelaient un enfant à naître au royaume éternel. Les Mangeuses de péchés sont dans le secret des morts : à la vue du festin, on connaît tous les péchés commis par le défunt, et à partir de là on peut reconstituer leur vie et le genre de personne qu'il ou elle a été. J'ai vu ma mère Dévorer des œufs cocotte pour les voleurs, du foie de cheval bouilli pour les mégères et les enquiquineurs. Mais jamais encore je n'avais vu de crème aigre.

– Ce n'est pas un péché de perdre un enfant, avais-je fait remarquer.

– C'est un péché de prendre des herbes qui causent la perte du bébé, avait expliqué ma mère d'une voix pincée. De la menthe pouliot, de l'achillée millefeuille, de l'actée à grappes bleues... du romarin. Voilà pourquoi il y a de la crème aigre. Le lait de la vie tourné. Seule Næht a le droit de décider du bon moment. Ni homme ni femme ne devrait s'y substituer.

J'avais regardé le cercueil, encore un peu trop jeune pour comprendre. Ma mère s'était levée, laissant le bol et sans prononcer les mots qui parachevaient le rituel. J'étais sur le point de la suivre lorsqu'une main avait agrippé mon poignet.

Surgi d'un coin sombre, un visage cadavérique m'observait. Il était tanné comme du cuir, la bouche et le nez couverts de lésions ; ses yeux étaient si noirs que je n'en distinguais pas l'iris – et la raison semblait les avoir quittés. L'homme maintenait mon poignet avec des doigts étonnamment forts, simples os recouverts d'une peau mince. Et il dégageait une odeur sucrée et lourde.

– Elle n'est pas là-dedans, avait-il affirmé d'un ton mal assuré, tandis que deux petits amas de salive se formaient aux commissures de sa bouche. C'est une sorcière. Ils doivent la brûler, sinon elle reviendra. Elle a tué un bébé. Elle a dit « non, non », mais j'ai quand même mis le bébé en elle, et elle l'a fait partir par magie.

J'avais hurlé et le maire s'était précipité dans la pièce, suivi par ma mère.

– Laisse-la, papa, avait-il ordonné au vieil homme, qui n'avait fait que renforcer sa prise.

– C'est une sorcière ! avait-il hurlé avant de me lâcher enfin le poignet.

Il s'était affaissé par terre et le maire m'avait fait quitter la pièce.

– Il a des tumeurs, avait-il expliqué à ma mère en se tordant les mains, contrit. Nous lui donnons des larmes de pavot pour la douleur, il ne sait plus ce qu'il dit. Il voulait être présent, pour dire au revoir. Je pensais qu'il resterait tranquille. Pardonnez-moi, madame la Mangeuse.

Ma mère m'avait regardée.

– Qu'a-t-il dit ?

– Que… qu'elle a dit « non », mais qu'il a mis un bébé en elle. Et que c'est une sorcière.

Ma voix tremblait.

Ma mère avait examiné le maire de bas en haut, comme si elle lisait en lui de la même façon qu'elle lisait les péchés dans les plats des Dévorations. Puis elle était retournée dans la salle où se trouvait le cercueil. Elle était revenue avec le bol de crème aigre entre les mains, et l'avait vidé dans sa bouche. Puis elle avait lâché le plat, qui s'était brisé par terre.

– Je vous donne le droit de passage et de repos, chère dame. Ne revenez pas par nos chemins ni dans nos prés. Et pour votre paix, je mets mon âme en gage. (Elle crachait les phrases rituelles sans quitter le maire des yeux.) Je m'attends à trouver des yeux de taureau à la Dévoration de votre père, avait-elle ajouté, et le maire avait rougi. Mais je ne les Dévorerai pas. Je ne prendrai pas ce péché-là.

Il lui avait tendu la pièce d'argent, mais ma mère ne l'avait pas acceptée. C'est la seule et unique fois qu'elle n'a pas empoché son dû.

– Ma dame, nous devons repartir, me dit Lief en me ramenant dans le présent.

Je sens encore la main décharnée du vieil homme sur mon bras.

– Ma dame ?

Il passe la tête par l'embrasure de la porte et, en voyant mon visage défait, il commence à dégainer son épée.

– Tout va bien, Lief, je l'arrête d'une voix blanche. C'est juste…

Lief regarde Dorin, allongé sur son grabat, livide, la bouche ouverte.

– Attendez dehors, ma dame. Je vais essayer de l'installer plus confortablement.

J'acquiesce d'un signe de tête, soulagée de quitter la chambre, et j'avale l'air frais à pleins poumons, adossée au mur de pierre humide. Des larmes de pavot. Les enfants perdus et les monstres du noir. Le péché que ma mère a refusé. Je me secoue, essayant de me défaire de ces souvenirs.

En jetant un coup d'œil par la porte, je vois Lief déplacer la tête de Dorin d'une main experte. Ses gestes sont adroits et tendres, et je me demande de quoi son père est mort.

Chapitre 10

– Qu'allons-nous faire aujourd'hui, ma dame ?

Je suis en train de regarder par la fenêtre en pensant à Dorin, à la reine et au roi ainsi qu'à Lief lui-même lorsque sa question m'interrompt.

– Nous ?

– Je ne voudrais pas me montrer présomptueux. Mais je me disais… puisque nous sommes tous les deux ici… Il serait idiot de ne pas tirer parti de cette situation. Bien sûr, ce n'est pas à moi de profiter de votre compagnie. Mais… si vous souhaitez une présence, je suis là.

– Eh bien, j'avais prévu de prier, lui dis-je avec un sourire.

– Ah, fait-il d'un air déçu. Je vais peut-être vous laisser alors. Pas la peine de rebattre les oreilles des dieux avec des prières supplémentaires.

– Tu ne crois pas aux dieux, n'est-ce pas, Lief ?

J'évoque enfin un soupçon que j'ai depuis un moment. Il me regarde avant de secouer la tête.

– Pas vraiment, ma dame.

– Est-ce courant parmi les Tregelliens ?

Il hausse les épaules.

– Ce n'est pas comme ici, si c'est ce que vous voulez dire. Mais le Tregellan est gouverné par un conseil, pas par une monarchie. Nous croyons beaucoup à la science et à la médecine. Cela ne laisse pas beaucoup de place aux dieux.

– Non ? Vous ne voyez pas la vie donnée par Dæg dans la science et la médecine ?

– Je vois l'œuvre des hommes dans nos sciences, ma dame. Et les dieux n'ont jamais répondu à une seule de mes prières, ajoute-t-il amèrement. Pardonnez-moi, ma dame, je ne devrais pas dire cela.

– Non. (J'ai répondu sans réfléchir, et Lief me regarde, les yeux ronds.) Tu as le droit d'avoir tes propres opinions. Fais simplement attention à qui tu en parles, et en quel lieu.

– Ici, je suis à l'abri ? demande Lief.

Je hoche la tête.

– Avec vous, je suis à l'abri ?

J'acquiesce encore.

– Même si vous êtes l'incarnation d'une déesse ?

– Daunen n'est pas une déesse. Elle est fille des dieux mais pas déesse elle-même.

Il hausse les épaules d'un air désinvolte et sourit.

– C'est peut-être pour ça que c'est elle que je préfère.

Lorsque je vivais avec ma mère, nous avions construit, ma sœur et moi, une sorte de tanière dans le jardin, en ménageant un creux dans un buisson. Nous avions méticuleusement replié les branches pour créer un espace à l'intérieur. Lorsque nos frères se rendaient au marché et que notre mère se reposait, nous rampions dans notre tanière, où nous cachions nos trésors parmi les feuilles, et nous nous racontions des histoires. Personne n'était au courant de l'existence de cette cachette, c'était notre endroit rien qu'à nous. À l'abri.

À présent, ma chambre tient ce rôle. C'est une tanière où Lief et moi pouvons nous cacher pour nous raconter des histoires. Le soir, je lui pose des questions pour retarder son départ. Je tends l'oreille pour l'entendre dérouler son matelas devant ma porte, je guette les sons de sa respiration, ou le bruit qu'il fait en se retournant. J'aime savoir qu'il est là, juste derrière la porte. J'ai un ami. Et, cette fois, je ferai en sorte qu'il ne lui arrive rien.

Nous parlons de notre enfance, nous échangeons des anecdotes de bêtises et de chutes, des histoires sur les gens de nos villages. À sa demande, je lui raconte comment je suis arrivée au château, et il est impressionné, ce qui est compréhensible.

– Je devrais peut-être songer à me consacrer à un dieu.

– Il faudrait d'abord croire en eux, lui fais-je remarquer avec un sourire.

– Je pourrais apprendre.

Il me sourit aussi.

– Sais-tu chanter ?

Il se dresse bien droit et pose une main sur son cœur.

– « Lormere s'élève dans l'ombre de la montagne,
Pays béni parmi les terres de l'Ouest,
Bravant la neige, supportant la glace,
Terre puissante à tout jamais. »

Je ne peux m'empêcher de sourire devant sa piètre interprétation.

– Qu'en pensez-vous ? me demande-t-il lorsqu'il a achevé la chanson.

– Tu es un excellent garde, Lief.

– Ah, vous me blessez, ma dame, pleurniche-t-il en faisant la moue, avant de sourire largement. Mais je dois avouer que je n'aimerais pas me faire empoisonner une fois par lune.

– Daunen est la fille de deux dieux : l'un donne, l'autre prend. C'est à cause de Næht que je dois prendre la vie, comme elle lorsqu'elle a volé les cieux à Dæg.

Il hoche la tête d'un air dubitatif.

– Que feriez-vous si vous n'étiez pas Daunen incarnée, ni fiancée au prince ?

– Je me préparerais à être la prochaine Mangeuse de péchés.

– Non, ma dame, soupire-t-il. Je veux dire : que feriez-vous si vous n'aviez pas de destinée ? Que souhaiteriez-vous ?

Je ferme les yeux en songeant à mon existence. Je n'ai jamais envisagé la possibilité de ne pas avoir de destinée. J'en ai toujours eu une. La dernière fois que j'ai souhaité quelque chose que je ne pensais jamais obtenir, j'ai atterri ici. Je lui réponds que je ne sais pas ce que font les gens lorsqu'ils sont libres.

– Qu'entendez-vous par « libres » ?

– Comme toi. Tu peux aller où bon te semble et faire ce qui te chante. Je ne sais pas ce que ça fait.

– Je ne suis pas libre, ma dame, dit-il lentement. Je ne suis pas plus libre de mes actions que vous. Vous envisagez le fait d'avoir des choix comme les gens qui ont envie de voler. Ils voient un aigle qui s'élance dans les airs et y plane, ils se disent que ce doit être merveilleux de voler. Mais les pigeons peuvent voler, et les moineaux aussi. Personne ne s'imagine être un moineau, pourtant. Personne ne rêve de ça.

Lief me regarde avec une telle tristesse que j'en ai le souffle coupé. Je voudrais de la main effacer cette expression de son visage.

Il se lève et me tourne le dos.

– Je vais aller voir si notre dîner a été apporté.

Soudain, avec une lucidité horrible, je vois qu'un jour Lief s'en ira. Malgré ses discours sur la liberté, il est libre au moins de partir quand il veut, et moi non. Je resterai au château pour toujours. Toute ma vie a été planifiée à l'avance. Je n'aurai même pas une liberté de moineau. Comment ne m'en suis-je pas aperçue plus tôt ?

Je ne m'étais pas rendu compte des larmes sur mes joues avant le retour de Lief. Son exclamation étouffée me fait en prendre conscience et je me détourne pour m'essuyer les joues tandis qu'il pose le plateau avec fracas et se jette à mes pieds.

– Ma dame ?

– Tout va bien, Lief.

– C'est moi ? Ce que j'ai dit ? Je peux vous apporter quelque chose ? demander qu'on aille vous chercher quelque chose ?

– Non. Attends, si. Peux-tu m'apporter du vin ? je demande en ne prêtant pas attention à son air surpris. De l'hydromel, je te prie. Rien qu'un peu.

– Tout de suite.

Il s'élance hors de la pièce, et revient un peu plus tard avec une petite bouteille et un verre sur un plateau. Il emplit le verre et le pose sur le bureau devant moi. Je ne veux pas vraiment du vin, mais je ne vois rien d'autre qui puisse apaiser un peu ma soudaine mélancolie. Le vin est sucré et chaud, et ne m'aide pas du tout. Je ne sais pas ce qui m'arrive.

Il s'assied par terre devant moi, et me regarde avec une expression d'une gravité inhabituelle.

– Je ne souhaite pas vous contrarier davantage, mais la servante qui est allée chercher le vin m'a aussi transmis des nouvelles de Dorin. Elles ne sont pas bonnes, s'empresse-t-il d'ajouter avant que je puisse l'interrompre. Il a sombré dans le sommeil, il ne se réveille plus. Les guérisseurs pensent qu'il n'y a plus rien à faire, mais le prince n'est pas d'accord. Il veut absolument qu'ils fassent venir un médecin. Un Tregellien.

– Un médecin tregellien ? Ici ?

Je suis envahie de crainte et de soulagement à la fois. Est-ce que Merek ferait cela pour un simple garde ? Une petite voix cruelle me souffle que la raison est surtout que cela donne à Merek une occasion rêvée pour introduire à Lormere la médecine tregellienne, qu'il convoite tant. Mais je repousse cette pensée pour me concentrer sur ce que me dit Lief.

– Apparemment, le prince a ordonné aux guérisseurs de quérir un médecin. Ce qui a déclenché un véritable tumulte. Je ne sais pas trop ce qui les dérange le plus : qu'un médecin vienne, ou le fait qu'il s'agisse d'un Tregellien. (Son visage s'assombrit, puis il se reprend.) Pardonnez-moi, je suis un imbécile. Ce n'est pas le bon moment.

– Est-ce que le médecin sera capable de le guérir ?

– Il est possible que ce soit son seul espoir. J'ai vu ce qui se passe dans cette chambre. Agiter un encensoir au-dessus de lui ne parviendra pas à soigner quoi que ce soit. Il a besoin d'un vrai diagnostic, ces histoires de déséquilibre d'humeurs, c'est n'importe quoi. S'ils trouvent ce qui ne va pas, il aura au moins une chance de se voir administrer le traitement approprié, et peut-être de guérir.

Encore une fois, il donne l'impression de s'y connaître en médecine, et je me souviens de ses mains sûres et expérimentées lorsqu'il s'est occupé de Dorin. Il prétend qu'il devait devenir fermier, mais quel fermier sait tant de choses sur les plantes et leurs propriétés ? Pour l'instant je garde ces questions pour moi et je baisse les yeux sur mes mains en pensant à un autre souci.

– J'espère que ma mère ne saura pas que nous avons fait venir un médecin, dis-je d'une petite voix.

– Qu'est-ce que votre mère a à voir là-dedans ? demande-t-il avec douceur.

Je continue à fixer mes mains, tout en cherchant les mots pour le lui expliquer. Je sais déjà qu'il voudra aller au fond des choses, et je ne suis pas sûre que je puisse tout lui raconter, même maintenant.

– Elle désapprouve. Elle croit que si Næht a posé sa marque sur un homme, il ne faut pas intervenir.

– Intervenir ? Le soigner, par exemple ?

– Contrecarrer la volonté des dieux. Certains soins sont autorisés, certaines herbes et certaines prières, mais si cela va trop loin… elle juge qu'il est mal de reprendre ce qui est entre les mains des dieux. Et c'est ce que font les médecins. Ils utilisent des procédés contre nature. Elle voudra au moins qu'il y ait compensation, sinon, s'il meurt, elle ne procédera pas à la Dévoration.

– Compensation ?

Je pousse un soupir.

– Lorsque quelqu'un est gravement malade, une autre mort peut être offerte à Næht pour tenter de l'apaiser afin qu'elle renonce à la vie du mourant. On peut faire un sacrifice. Un mouton ou un cochon, le plus souvent.

« Ou une chèvre », je pense.

– Si Næht est satisfaite, elle épargne la vie de la personne souffrante, et alors ma mère accepte la volonté de Næht et n'en veut pas à l'âme du survivant.

– Je ne comprends pas le rapport avec le fait de soigner quelqu'un.

– Les médecins attachent l'âme ici-bas avec leurs remèdes, et la maintiennent ici alors qu'elle aurait dû rejoindre Næht.

– Mais qui peut prétendre que ce n'est pas la volonté de Næht que la personne guérisse ?

– Tu ne comprends pas, je conclus en me détournant de lui.

Je sens une migraine se former derrière mes yeux.

– Pardonnez-moi, ma dame. Je me suis montré inconvenant. Donc, quand ce guérisseur viendra, nous tuerons un mouton, et si votre déesse l'accepte, Dorin ira mieux ? Est-ce ainsi que ça marche ?

Je hoche la tête. Je ne veux pas y penser. Je ne veux pas m'en souvenir.

– Eh bien, nous ferons comme ça. Est-ce que cela ira pour votre mère ?

Je hausse les épaules.

– Dans certains cas, cela suffit. Du moment qu'on lui envoie un morceau de viande en guise de tribut lors du sacrifice.

– Cela arrive-t-il souvent ?

– Non, pas très souvent. Peu de familles peuvent se permettre de perdre un animal, même pour sauver un être cher.

– Quand cela est-il arrivé pour la dernière fois ?

Je regarde au loin. La dernière fois, d'après ce que je sais, c'était pour ma sœur, et cela ne s'est pas passé tout à fait comme je l'ai décrit à Lief. Maryl avait la fièvre depuis des jours, et les compresses froides ne parvenaient pas à la faire descendre. On ne pouvait rien lui faire avaler, ses os étaient si petits sous mes mains, et elle s'éloignait de nous. Ma mère, en servante obéissante de Næht, avait haussé les épaules en me voyant pleurer.

– Si Næht veut l'avoir, elle l'aura.

– Nous ne pouvons rien y faire ?

– Nous ne devons rien faire. C'est la volonté de Næht.

Puis elle était partie à une Dévoration, me laissant avec Maryl qui agonisait. J'avais rassemblé mon courage et j'étais allée trouver la matrone de Monkham, la suppliant de me donner de la grande camomille et de l'écorce de saule. J'avais écrasé les plantes, fait une infusion, puis je l'avais administrée à ma petite sœur goutte à goutte jusqu'à ce que la fièvre tombe. Au retour de ma mère, je lui avais annoncé le miracle.

– Næht n'en a pas voulu, finalement, avais-je conclu sans parvenir à soutenir le regard de ma mère.

Ce soir-là, nous avons eu du rôti de chèvre. Un plat rare, que ma mère avait préparé elle-même. J'avais pensé que c'était pour fêter la guérison de Maryl, et j'avais mangé avidement. Une heure plus tard, j'avais tout rendu dans la chèvrerie attenante à notre maison. Penny était ma favorite, ma chouchoute. Elle mâchonnait délicatement mes jupes et fourrait son museau poilu dans mes poches. Elle venait quand je l'appelais.

Mais j'ai gardé ma sœur, et Næht a eu son sacrifice. Je repousse l'idée que le sacrifice n'apaise la déesse que pour un moment, et que je ne sais pas combien de temps j'ai acheté pour ma sœur.

– C'était il y a longtemps, je lui réponds. Comme je le disais, ce n'est pas souvent pratiqué, peu de gens peuvent se permettre de renoncer au mouton ou à l'agneau qui devait les nourrir pendant une lune.

Il secoue la tête et soupire.

– Ce n'est pas un péché de soigner les gens, ni de les aider. Ce n'est pas défier les dieux. Comment cela le serait-il, alors que les plantes utilisées par les médecins poussent sur terre et que la connaissance vient des gens que les dieux ont soi-disant créés ? Je parlais justement de tout cela à Dimia hier.

– Qui est Dimia ?

– C'est la servante qui apporte notre nourriture. C'est elle qui est allée chercher votre vin aussi. Elle a pris des nouvelles de Dorin pour vous. Elle…

– C'est gentil de sa part, je l'interromps.

Lief me regarde d'un air intrigué, puis continue :

– Elle va le voir et me dit ce qu'elle a appris. Et je vous promets que les médecins tregelliens sont les meilleurs. S'il est possible de faire quelque chose pour lui, ils en sont capables… et ensuite nous sacrifierons un mouton à votre Næht pour compenser si nécessaire. Ma dame, le jeu n'en vaut-il pas la chandelle, pour Dorin ?

Je le sonde du regard.

– Il va mourir, n'est-ce pas ? Sans l'intervention d'un médecin ?

Lief hoche la tête.

– Personne ne peut l'aider tant qu'on ne sait pas ce qu'il a.

Je me souviens de sa peau desséchée, de l'odeur de cyprès et de pavot, de son délire. Il semblait à peine vivant.

– Mais j'ai tant prié les dieux ! Je suis consacrée à leur fille, bénie en son nom.

Lief remarque la pointe de panique dans ma voix et se redresse à genoux, puis se penche pour remplir mon verre. En reculant, il s'arrête ; son visage est tout près du mien et je ressens un drôle de creux dans le ventre.

– Tout n'est pas perdu, dit-il. Son sort est entre les mains du médecin.

Je me tourne pour prendre mon verre et, lorsque je le regarde de nouveau, il est à mes pieds, à une distance prudente.

– Quoi qu'il en soit, cela marque un terme pour nous, dit-il doucement.

– Que veux-tu dire ? Tu t'en vas ?

La panique me reprend et ma voix grimpe dans les aigus.

– Non, non, s'empresse-t-il de me rassurer. Je reste à votre côté. Mais ces… moments que nous passons ensemble devront prendre fin. Que Dorin revienne ou qu'un autre garde le remplace. Je ne suis pas totalement idiot, je sais que ce genre de chose n'aurait pas dû arriver. Je sais que ça ne peut pas durer.

Il fronce les sourcils et je bois un peu plus de vin. Je comprends pourquoi Merek apprécie tant ce breuvage et l'engourdissement qu'il procure.

– Si… si Dorin ne peut pas revenir, il vous faudra un deuxième garde… Sauf si vous souhaitez passer vos journées ici avec moi ?

– Je ne peux pas envisager ça maintenant, Lief, je dois penser à Dorin. Si je prie plus fort, si je pouvais aller à mon temple… Je ne peux pas prier ici, ce n'est pas suffisant.

Je parle et m'agite, mais déjà je m'imagine perdre Lief, retourner à mon existence d'avant, quand il restait posté à la porte et n'entrait jamais dans ma chambre. Plus de bavardages, plus de plaisanteries. Je gémis :

– Que faire ?

– Je ne vois qu'un moyen : demander à la reine de m'autoriser à être votre seul garde. Ainsi, vous pourriez aller à votre temple et rendre visite à Dorin.

– Et s'il revient ?

L'espace d'un instant, je nous imagine tous les trois riant dans ma chambre.

– Nous verrons bien le moment venu.

Et d'après son ton, je sais qu'il pense que cela n'arrivera pas.

– Elle ne donnera jamais son accord. Tu l'as entendue comme moi, elle ne pense pas qu'un seul garde puisse assurer ma protection.

– Alors ne lui posons pas la question. Demandons au prince.

– Merek ? Pourquoi m'aiderait-il ?

– Parce que c'est votre fiancé. Parce qu'il s'intéresse particulièrement à votre bien-être, et que ce n'est pas bon pour vous de rester enfermée ici. Il sait combien vous aimez votre temple. Et il sait ce que ça fait d'être à l'écart.

– Tu as écouté notre conversation pendant le dîner ! je l'accuse.

– Je n'ai pas pu faire autrement, ma dame. Je devais rester à portée de voix pour l'entendre m'appeler. Je suis peut-être invisible, mais j'ai des oreilles.

Je secoue la tête.

– La reine sera furieuse si je fais cela derrière son dos.

– Mais refusera-t-elle cette faveur à Merek s'il la lui demande ? Elle l'a autorisé à vous emmener faire un tour sans garde, après tout. Elle l'autorise à faire venir un médecin tregellien pour votre garde. S'il lui dit que c'est son désir, s'y opposera-t-elle ?

– Est-ce que les Tregelliens sont tous aussi rusés que toi ?

– Je ne suis pas rusé, ma dame, je peux vous le promettre. Je suis juste doué pour contourner les obstacles.

Ses pupilles sont plus dilatées que d'habitude et, lorsqu'il me regarde, j'ai le cœur qui bat plus vite.

Cela résoudrait tous mes problèmes. Je pourrais quitter ma chambre et malgré tout conserver… des moments avec Lief. Je verrai comment ça se passe avec Dorin s'il… quand il reviendra. Nous ne faisons de mal à personne.

– Tu veux bien transmettre un message au prince ? je lui demande lentement. Dis-lui que je pense à lui, et que je lui suis reconnaissante pour l'aide qu'il apporte à Dorin. Demande-lui d'envoyer quelqu'un à mon temple pour prier en mon nom, étant donné que je suis confinée dans ma chambre. Je repense à ce qu'il m'a dit pendant le dîner. Dis-lui que je passe trop de temps dans ma tête, et que je regrette de manquer les graines de pissenlit cette année, mais que j'espère qu'il en profitera.

Lief me regarde en souriant, et maintenant je suis sûre qu'il a entendu une grande partie de la conversation que j'ai eue avec le prince.

– Est-ce que toutes les filles de dieux sont aussi rusées que vous, ma dame ? demande-t-il.

Je lui adresse un sourire sans joie.

– Peut-être que moi aussi je suis douée pour contourner les obstacles.

Il me sourit avant de se remettre au travail, et je regarde ses longs doigts fins s'enrouler autour de la plume qu'il tient fermement pour écrire. Ses jointures, trop volumineuses par rapport à ses mains, blanchissent, et guident la plume sur la feuille. Je suis fascinée par le mouvement, si bien que je ne l'entends pas tout de suite lorsqu'il m'adresse la parole.

– Est-ce que je fais porter le message ?

– Oui… avant que je perde mon audace.

Il se met debout d'un bond, un large sourire aux lèvres. Il s'en va précipitamment et revient aussi rapidement.

– Dimia est partie le donner à son frère. C'est un des hommes de la reine et il pourra faire parvenir le message au prince.

Je sens un douloureux pincement à la poitrine lorsqu'il mentionne encore Dimia.

– Combien de temps faudra-t-il attendre pour obtenir une réponse, à ton avis ?

– Je n'en sais rien. Vous voulez que j'attende en bas ?

– Non, refusé-je prestement. Nous attendrons ici. Cela peut prendre un moment.

– Comme vous voulez, répond-il d'une voix profonde.

Mais l'attente n'est pas bien longue. Moins d'une heure s'est écoulée lorsqu'on entend un timide coup frappé à la porte. Nous échangeons un regard et Lief tire son épée, tout en me faisant signe de me placer derrière lui.

Lorsqu'il ouvre brusquement la porte, nous découvrons une petite jeune fille brune aux formes généreuses sur le seuil.

– J'ai attendu en bas, lui dit-elle tranquillement. Mais tu n'es pas venu, alors j'ai pensé…

– Dimia, tu ne dois jamais monter jusqu'ici, lui reproche-t-il d'une voix douce.

– Pardonnez-moi, dit-elle en me regardant. Ma dame, mon frère a reçu l'ordre de transmettre la réponse immédiatement.

Elle est très jolie. Je ne l'aime pas.

– Merci, Dimia. Tu peux disposer.

Elle incline la tête puis regarde Lief avec un timide sourire. Lorsqu'il le lui rend, je ressens encore ce coup douloureux sous les côtes.

Il me présente le message, attendant mon accord pour l'ouvrir. Alors un large sourire éclaire son visage.

– Lief ! Qu'a-t-il répondu ?

– Le prince m'a mis au défi de le battre en duel. Ce soir. Pour votre liberté.

Chapitre 11

Tandis que nous progressons vers le Grand Salon dans les couloirs éclairés à la lueur des torches, le vin sucré me pèse désagréablement sur l'estomac. Lief, au contraire, rayonne de bonheur, et je me demande pourquoi il est si joyeux. Je sais qu'il a montré lors des épreuves de sélection quel combattant formidable il est. Et pour que Dorin exprime ouvertement son admiration, cela devait être vraiment impressionnant, mais Merek a reçu un entraînement au maniement de l'épée depuis la naissance, il a été formé par les meilleurs maîtres du pays. Si Lief pense que le prince est un adversaire facile à battre, il se trompe lourdement. Et je l'en informe.

– Avez-vous déjà vu le prince se battre ? me demande-t-il.

– Non, mais je pense qu'il est doué.

– Vous ne m'avez jamais vu combattre non plus.

– Lief, il a appris auprès des meilleurs éléments du royaume.

– Mais il ne s'est jamais battu pour sauver sa peau, ma dame. Ses maîtres l'ont ménagé, parce que c'est le prince. Je doute même qu'il ait déjà saigné lors d'un duel.

– Et toi ?

– Oh, que oui ! répond-il avec un sourire. Les gardes lormeriens ne m'ont pas ménagé lors de la sélection. Ils ont essayé de me désarmer, voire de me blesser. Et je les ai tous battus, du premier au dernier.

– Mais… ne sois pas trop confiant. Ce n'est pas un novice. Il ne te mettrait pas au défi s'il ne pensait pas avoir une chance de gagner.

– Pourquoi me lancer un défi, de toute façon ? Pourquoi ne pas simplement dire à la reine qu'il pense que vous devriez avoir l'autorisation de sortir avec un seul garde ?

– Personne ne se contente de « dire simplement » les choses à la reine, Lief. Pas même le prince.

– Je pense que c'est à cause de vous, glisse-t-il d'un air entendu. Il a peut-être vu là l'occasion de vous montrer quel bon mari il fera, en triomphant sous vos yeux de votre garde loyal.

– Être un as des duels n'est pas en tête de ma liste de qualités maritales, rétorqué-je sèchement.

– Tant mieux, car il va perdre.

Et à la lueur des torches, son sourire déformé par les jeux d'ombre et de lumière sur son visage prend un air sinistre.

– Ne lui fais pas de mal, je demande soudain.

Lief s'arrête.

– Non, je ne ferais pas une chose pareille, dit-il posément. Je ne vous ferais pas cela.

Je rougis en lui adressant un bref signe de tête.

– Allons, ne le faisons pas attendre.

Merek est déjà dans le Grand Salon lorsque nous arrivons. Il a roulé les manches de sa tunique et une épée est glissée à sa ceinture.

À notre entrée, il s'incline, et je m'arrête pour le saluer à mon tour, imitée par Lief à côté de moi.

– Comment vas-tu, Twylla ? me demande Merek en s'avançant.

– Je vais bien, Votre Altesse. Puis-je vous demander comment vous vous portez ?

– Bien, mais ce fut une journée étrange, ajoute-t-il, les yeux brillants. Nous pourrons en discuter un autre jour. Merci pour ton message. J'avais cru comprendre que tu n'avais pas appris à écrire.

– C'est Lief qui a écrit. Je lui ai dicté le message.

Il hoche la tête et se tourne vers mon garde.

– Tu as la charge de protéger la dame, et actuellement tu t'acquittes seul de cette tâche ?

Lief s'incline de nouveau.

– Oui, Votre Altesse.

– Tu es tregellien, n'est-ce pas ? Où as-tu appris à te battre ?

– Je n'ai pas reçu de formation professionnelle, Votre Altesse.

– Alors qui t'a enseigné le maniement de l'épée ?

– Mon père, Votre Altesse, répond-il avec raideur.

– Et qui a entraîné ton père ?

– Son père.

– Est-ce que quelqu'un dans ta famille a reçu une formation professionnelle ? demande alors un Merek incrédule.

J'enjoins mentalement à Lief de garder son calme.

– Non, mon père était fermier, Votre Altesse. Comme son père avant lui, ajoute Lief, les doigts posés sur le pommeau de son épée.

Merek le regarde de haut en bas.

– J'ai entendu dire que tu as triomphé de tous les autres candidats lors des épreuves de sélection ?

– En effet, Votre Altesse.

Merek hoche la tête.

– Les règles sont simples : si tu as raison de moi, j'autoriserai dame Twylla à quitter ses appartements avec toi comme unique garde, jusqu'à ce que l'autre soit capable de reprendre du service. Je dois pouvoir prouver à ma mère que tu es capable de la protéger.

Il se tourne vers moi, et j'incline la tête.

– Que Son Altesse me pardonne, mais qui déterminera le vainqueur ?

Merek hausse un sourcil.

– Nous combattons au premier sang.

J'écarquille les yeux de surprise, et Lief lui-même semble abasourdi.

– Je ne peux accepter ces termes, Votre Altesse, dit-il en pesant ses mots. C'est un acte de trahison que de blesser un membre béni de la famille royale. Je ne peux pas gagner.

– Je t'en donne ma parole, il ne t'arrivera rien si tu gagnes, lui répond Merek d'un ton solennel. Ce sont mes termes et mes gardes ici présents en seront témoins.

De l'ombre surgissent deux hommes, qui s'avancent pour faire la révérence. Je n'avais même pas remarqué leur présence.

– Mais pour cela, il faudra d'abord me battre.

Je vois Lief se hérisser sous la pique envoyée par le prince.

– Et si je perds, Votre Altesse ?

– Alors, la dame devra rester dans ses appartements jusqu'à ce que l'autre garde reprenne son poste ou qu'on lui trouve un suppléant. Je dois être sûr que tu es capable de garantir seul la sécurité de ma future femme. Et je ne peux m'en assurer qu'en mettant moi-même tes capacités à l'épreuve, pour voir si tu es aussi doué qu'on le dit. Ou pas.

Le visage de Lief se tend, et je vois qu'il enfonce ses ongles dans la paume de ses mains. Il regarde longuement Merek, puis finit par lui adresser un hochement de tête, et une esquisse de révérence.

– J'accepte les termes.

Merek se tourne vers moi.

– Puis-je te demander de libérer le terrain, Twylla ? me demande-t-il.

Je vais m'asseoir devant l'estrade.

Lief et Merek gagnent le centre de la salle, se saluent – Lief en s'inclinant profondément, Merek d'un simple signe de tête. Il dégaine son épée, Lief l'imite, puis les deux hommes commencent à tourner sans se quitter des yeux.

Merek se fend et, d'un moulinet de bras, Lief bloque l'attaque. Le combat a commencé.

Le prince fait une feinte, Lief bondit hors de portée, tourne sur lui-même puis donne un coup d'épée en direction du bras gauche de Merek. Ce dernier parvient à parer l'attaque, donnant lui-même un coup qui force Lief à reculer. À mes yeux, ils semblent de force égale. Aucun d'eux n'a plus d'une demi-seconde d'avance sur l'autre, chaque attaque est repoussée et ils doivent se replier avant de recommencer.

La pièce s'emplit des cliquetis de l'acier entrechoqué. Les épées s'envolent puis plongent vers le sol avant de remonter encore. Merek tente brusquement d'atteindre Lief, qui tourbillonne hors de portée, mais l'épée du prince parvient à accrocher sa tunique au niveau de l'épaule, déchirant un peu le tissu.

– Presque, Votre Altesse, lance joyeusement Lief en tournant la tête pour regarder son épaule.

Merek pousse un grognement, puis repasse à l'attaque, envoyant avec force son épée vers le ventre de mon garde. J'ai le cœur au bord des lèvres, mais Lief réplique par un moulinet et le plat de sa lame percute celle de son adversaire. Je vois le prince reculer et se saisir l'avant-bras avec l'autre main.

C'est alors que je vois à quel point Lief est une fine lame.

Ils ne sont pas de force égale, loin de là. Lief joue avec le prince, comme un chat taquinant une souris. Il le laisse se fendre et feindre, lui donnant à croire qu'il a une petite chance. Mais désormais il a vraiment commencé à se battre.

Lief attaque sans relâche, si bien que Merek n'a pas le temps de contre-attaquer, il ne peut que se défendre. Les coups pleuvent sur le prince, et je vois qu'il se fatigue. Doucement Lief l'accule vers l'autre bout de la pièce. À mes côtés, les gardes sont sur le qui-vive, l'épée au clair. Je les comprends : l'attaque de Lief est terrible.

Soudain, Merek laisse tomber son épée et lève les mains.

– Je me rends, halète-t-il. Je me rends.

Aussitôt, Lief baisse son arme et s'incline. Au bout d'un moment, le prince lui rend un léger signe de tête. Les deux hommes se font face, le souffle court. Lief rengaine son épée, Merek récupère la sienne et la rengaine aussi.

Je me lève et les rejoins.

– Est-ce que tout va bien pour Son Altesse ?

– Oui. Je ne suis pas blessé, mais étant donné l'adresse de ton garde, j'ai décidé d'en rester là. (Boudeur, il désigne Lief du menton, et ce dernier fait la révérence.) Selon les termes prévus, tu pourras quitter ta tour avec lui pour unique escorte. Je n'ai aucune crainte pour ta sécurité.

– Merci, Votre Altesse. Est-ce que je demande à Lief d'écrire à la reine pour la remercier ?

Merek prend un air gêné.

– Il vaudrait peut-être mieux que je lui parle moi-même.

– Merek, dis-je en oubliant que nous ne sommes pas seuls, vous avez dit devoir être capable de lui prouver que je serai en sécurité. Est-elle au courant de cet arrangement ?

Il secoue la tête.

– Elle est assez occupée comme ça avec mon beau-père. Alors j'ai pris le taureau par les cornes, pour ainsi dire. (Le coin de ses lèvres frémit.) Je vais essayer de lui parler ce soir, mais au cas où je n'en aurais pas l'occasion, il faudra circuler discrètement. Je ne vais pas te demander de rester enfermée plus longtemps.

– Merci, je réponds doucement.

Il me salue, et ses yeux s'accrochent aux miens un instant avant de se tourner vers Lief.

– Cet échange m'a plu. J'ai fait de nombreux combats d'entraînement en Tregellan avec des soldats, et je dois avouer que tu te bats bien. Nous pourrions peut-être remettre ça à l'occasion ?

– Votre Altesse, répond respectueusement Lief.

– Nous nous reverrons très bientôt, Twylla.

Merek incline la tête, puis quitte la pièce, suivi par ses gardes.

Lief et moi reprenons le même chemin en sens inverse. J'ai toujours le cœur qui bat la chamade, et c'est seulement en quittant le Grand Salon que je me rends compte que je retenais mon souffle.

– J'avais cru comprendre que tu étais destiné à devenir fermier ? lui dis-je alors que nous approchons de ma tour.

– Un Tregellien rompu au combat en vaut deux. Depuis la guerre, tous les pères entraînent leurs fils au maniement de l'épée, du poignard et de l'arc, qu'ils soient destinés à entrer dans l'armée ou non.

Je hoche la tête et il ouvre la porte de la tour pour moi.

– Tu es doué.

– Lui aussi. J'ai été surpris.

– Mais pas aussi doué que toi.

J'ouvre la porte de ma chambre, gagne le bureau et me sers un autre verre de vin, dans l'intention de calmer mes nerfs.

– Ma dame, trouvez-vous que j'ai mérité un verre de votre hydromel ?

– Tu as gagné le carafon tout entier ! je réponds en poussant le flacon vers lui. Tu as obtenu ma libération.

– Voilà une journée bien remplie !

Il grimace en portant le carafon à sa bouche, avant de boire à grands traits.

– Tout va bien ?

Il me fait un drôle de sourire.

– Je crois que j'ai peut-être été blessé.

– Quoi ? Quand ? Mais alors, tu as perdu ?

– Lorsqu'il a déchiré ma tunique, il se peut qu'il ait éraflé ma peau. Mais je dois regarder pour en être sûr.

– Cela voudrait dire que tu as perdu. Lief, il faut le lui dire, ce n'est pas honorable…

Il me regarde, le visage fermé.

– Si je le lui dis, vous serez de nouveau confinée ici.

J'ouvre la bouche, mais pas un mot n'en sort. Je ne veux pas rester enfermée.

– Je n'ai pas forcément de coupure, me rappelle Lief en essayant de regarder son omoplate. Il faut que j'aille dans ma chambre.

– Pourquoi ? Que se passe-t-il ?

– Je ne vois pas bien à cause de ma tunique, ma dame, m'explique-t-il. Je dois regarder la blessure.

– Je veux voir aussi. Je… oh. (Je rougis en comprenant enfin ce que cela implique.) Enfin, je veux dire non. Oui, je vois. Bien sûr.

– Je veux bien le faire ici, ma dame, si vous voulez être témoin de ma bonne foi.

Les joues en feu, je parviens seulement à approuver d'un signe de tête.

– Très bien.

Il se retourne, défait son ceinturon qu'il laisse tomber au sol et, d'un mouvement ample et rapide, il retire sa tunique par la tête, en poussant un grognement.

– Alors ? dit-il. Est-ce que je saigne ?

Mais je suis incapable de répondre, parce que ce n'est pas son épaule que je regarde. J'ai honte : je ne peux plus détacher mon regard du relief de son dos, de la ligne de sa colonne vertébrale. Il a une carrure tellement plus large que moi. Comment peut-il changer si totalement d'allure sans sa tunique ? Comment un simple bout de tissu peut-il changer tant de choses ?

– Ma dame ?

Il se tourne à demi pour me regarder, et tout mon corps s'enflamme lorsque je vois les muscles jouer sous sa peau.

Je murmure une excuse, trop gênée pour le regarder dans les yeux.

– Retourne-toi.

Je dois me mettre sur la pointe des pieds pour inspecter son épaule. Mon soulagement est immense. Il va avoir un bleu, et sa peau a bien été râpée, mais pas une goutte de sang n'a été versée. Il n'a pas triché.

– Pas de sang, j'annonce d'une voix rauque avant de m'éclaircir la voix. Il y a une éraflure, mais ça n'a pas saigné. Tu auras un beau bleu demain matin, par contre.

Il regarde la blessure dans le miroir, et je rougis encore lorsque mon regard tombe sur le haut de sa poitrine. Je traverse la pièce en lui tournant le dos, vide mon verre d'un trait et le remplis à nouveau. Il fait trop chaud, j'ouvre la fenêtre et aspire l'air frais de la nuit.

– Je suis désolée, dis-je, sans trop savoir pour quelle raison je m'excuse.

Je ne me tourne pas vers lui avant d'entendre le bruit que fait le tissu lorsqu'il repasse sa tunique.

– Il n'y a pas de mal. Ça veut dire que je n'ai pas menti ni triché. C'est bien. Vous n'aurez pas à me dénoncer.

– Je ne l'aurais pas fait, lui avoué-je.

Le visage de Lief exprime la surprise en surgissant de l'encolure de sa tunique.

– Mais cela aurait été un mensonge. Un péché.

– Seulement un petit, je rectifie.

Mon cœur cogne fort, et lorsque je porte le verre à mes lèvres pour le vider encore une fois, j'ai les doigts qui tremblent.

– Merci, ma dame.

– Twylla, je lâche précipitamment. Lorsque nous sommes seuls, tu peux m'appeler Twylla, et me tutoyer. Tu as aussi gagné ça.

– Twylla, dit-il d'une voix douce, et entendre mon prénom dans sa bouche me fait frissonner. Tu devrais te reposer, Twylla. Une journée bien remplie nous attend demain. Après tout, c'est ton premier jour de liberté.

Je lève les yeux vers lui. En retirant sa tunique, il a défait le ruban qui retenait ses cheveux, et je m'imagine toucher ces mèches, les enrouler autour de mes doigts. Comme une somnambule, je vais vers lui, mes mains s'élèvent et restent suspendues au niveau de sa poitrine. Nous regardons tous les deux mes mains et sa poitrine, et c'est lui qui fait un pas en arrière, tandis que mes doigts se replient comme des griffes, et j'ai l'impression qu'ils ne m'appartiennent plus.

– Bonne nuit, Twylla, murmure-t-il. Fais de beaux rêves.

Et après un signe de tête, il tourne les talons puis ferme doucement la porte derrière lui.

J'observe ces mains tremblantes qui m'ont trahie.

*

C'est une méchante nuit sans repos. Tout ce qui occupe mes pensées, éveillée ou endormie, ce sont ses cheveux que j'avais terriblement envie de toucher, ses épaules, son dos, sa peau qui semblait si douce. Je voulais le toucher, et si je l'avais fait, il serait mort, à présent. Je n'arrive pas à m'allonger confortablement, mais si j'essaie de me lever, toute la chambre fait une embardée et je suis obligée de me rasseoir en contemplant l'obscurité. Ce doit être l'hydromel. J'en ai bu trois verres alors que j'avais le ventre vide. Avec tous ces tracas à propos de Dorin et du duel, pas étonnant que je me sois laissée aller.

Mais je sais qu'il s'agit d'un mensonge. Un de plus. Ce n'est pas le vin ni l'émotion qui m'ont donné envie de le toucher. Lorsque je me suis regardée dans le miroir après son départ, j'ai vu cette lueur dans mes yeux… Et j'ai reconnu l'attirance, le désir, vif, au goût de fraise. Et je ne peux pas m'autoriser cela, parce que je suis la promise du prince, et parce que si je touche un autre homme, il mourra au contact de ma main.

Chapitre 12

Au matin, je suis fatiguée, mais je ne tiens pas en place. Pendant que je me prépare, mon cœur palpite, ma peau est tantôt trop chaude, tantôt glacée. Des images tournoient dans mon esprit : son torse, le combat, son sourire. Puis je me souviens que Dorin est toujours malade, et j'ai honte : j'oublie trop souvent son état. Tout est embrouillé, chaotique, et j'ai en partie envie de rester dans ma chambre, pour échapper à tout ça. Mais je me rends compte que ce serait inutile et ingrat, étant donné le mal que Lief s'est donné pour obtenir ma liberté.

– Comment va ton épaule ? je lui demande lorsqu'il entre avec mon petit déjeuner.

– J'ai un beau bleu, répond-il en souriant. Comme tu l'avais prédit. J'ai quelques courbatures. Mais rien qui m'empêche de remporter un autre combat si besoin.

Je lui fais un pâle sourire, l'esprit envahi par une vision de ses épaules nues.

– Bon, si tu es prête pour sortir, le temps est clément, mais le fond de l'air est frais, tu devrais prendre ta cape.

Il n'attend pas mon assentiment et va directement prendre ma cape écarlate dans mon armoire. Il la tient comme s'il avait l'intention de me la mettre sur les épaules.

– Que fais-tu ?
– Je tiens ta cape.
Dans ses yeux, je vois un éclat malicieux.
– Lief, ne fais pas l'idiot. Donne-la-moi, je te prie.
– Tu ne me fais pas confiance ?
Je sens une tension dans sa voix.
– Lief, tu ne peux pas me toucher.
– Je ne te toucherai pas. Tu ne me fais pas confiance ? répète-t-il, en m'observant attentivement.

Je lui tourne le dos, toute raide, douloureusement consciente de sa présence derrière moi. De son souffle sur mes cheveux. Le poids du tissu tombe sur mes épaules, et m'enveloppe. Il vient se placer devant moi.

– Je ne vais pas prendre ce risque. Je pensais avoir été clair hier soir.

Je tire sur le bouton et le passe dans la bride, incapable de le regarder.

– Alors, où allons-nous, ma dame ? Le château est à nous.

Je remarque qu'il a recommencé à utiliser mon titre, et en moi les émotions s'affrontent, soulagement contre déception.

– À mon temple.
– Très bien.

Il gagne la porte en deux enjambées et l'ouvre toute grande, avant de balayer le sol en s'inclinant, et je ne peux refréner un sourire. Sa langue apparaît entre ses dents dévoilées par un grand sourire, et mon ventre se contracte.

Malgré ma confusion, cette liberté nouvelle bouillonne dans mes veines et je sens qu'un sourire très peu digne d'une Daunen orne mon visage lorsque nous quittons la tour pour emprunter le couloir. Je doute qu'aucun enfant ait jamais sautillé ou couru en ces lieux, mais à cet instant, je suis bien tentée de le faire.

– Les chèvres sautent, les petites filles marchent, m'avait un jour dit ma mère, prise d'une rare velléité éducative.

Néanmoins, si je pensais pouvoir sauter, je le ferais.

Je sens la présence de Lief à ma gauche, comme si nous étions reliés par des fils entre nos chevilles, nos genoux, nos hanches, nos coudes et notre cou. Lorsqu'il rajuste son ceinturon, je ressens le mouvement de ses mains, transmis par l'air entre nous, aussi consciente de son corps que du mien.

– Puis-je suggérer un détour, ma dame ?

Je le regarde.

– Par où ?

– J'aimerais vous montrer quelque chose, si vous voulez bien.

– Me montrer quoi ?

– C'est une surprise, répond-il en souriant. Vous ne courrez aucun danger.

Je l'ai vu vaincre Merek, je n'ai aucune crainte là-dessus.

– Je ne veux pas tenter le destin, Lief. Le prince m'a recommandé d'être discrète.

– C'est discret, ma dame. Je peux vous promettre que personne ne saura que vous êtes là, ni que vous l'avez jamais été.

– Je ne peux pas, Lief.

– Je comprends, ma dame. Pardonnez-moi. Ce n'est rien d'important, juste quelque chose que Dimia m'a montré.

« Encore cette Dimia. »

– Si nous faisons vite, peut-être, je me ravise. Quelques instants.

Je sens son sourire sans même le voir.

Il me guide dehors, au-delà du jardin clos, par les écuries. Je m'arrête pour caresser le nez de mon cheval, puis nous poursuivons notre route par les jardins des cuisines où les pissenlits honnis poussaient autrefois. Cette partie du château m'est inconnue. Jamais Dorin ne m'aurait emmenée ici. Je ressens encore un pincement en pensant à lui.

– Par ici.

Alors, j'oublie Dorin, Merek et même Lief. Tous les tracas qui me harcèlent ces temps-ci s'évanouissent, car je ne peux que rester bouche bée devant le jardin qui s'étale à mes pieds. Toutes les fleurs sauvages que je pensais bannies du château poussent ici. Coquelicots et pas-d'âne, lin et hellébore, tubéreuses et tanaisies. Elles sont toutes là.

– C'est ici que tu as cueilli mes fleurs, l'autre matin, je souffle.

– En effet. C'est le jardin de simples du château.

– La reine est-elle au courant ?

– Oui. C'est là que l'on fait pousser toutes les plantes dont les guérisseurs ont besoin. Elle n'aime peut-être pas leur allure, mais elle ne peut nier leur utilité. Viens… (Il tend le bras pour me guider dans le parterre.) Suis le chemin au centre. Attention, la ciguë et la douce-amère poussent tout au bout. Mais je ne crois pas qu'ils cultivent ton aubemorte ici.

J'évolue au milieu des plantes – certaines m'arrivent aux genoux –, je laisse mes doigts courir entre les feuilles, le sourire aux lèvres. Si j'avais connu l'existence de cet endroit, j'aurais pu dessiner moi-même les fleurs pour mes broderies. Je doute que Merek soit déjà venu ici. Ses dessins de cultivars ne ressemblent en rien aux plantes qui croissent ici.

Arrivée au milieu, je m'assieds sur un petit banc en pierre et laisse vagabonder mes yeux sur toutes ces plantes qui ondoient dans la brise légère. Le jardin est une explosion de couleurs, une symphonie de rouges, de violets, de jaunes, d'oranges et de verts. J'adore. Rien n'est planté en ligne. Et même si je vois bien qu'à l'origine il y a eu des parterres distincts, on n'a pas vraiment tenté de contenir les plantes. Les coquelicots surgissent un peu partout, et lorsque je remarque une touffe de pissenlits, je ne peux m'empêcher de sourire.

– Puis-je avoir ta cape ? requiert Lief.

Je fronce les sourcils.

– Fais-moi confiance, tu n'auras pas froid. J'ai menti à propos du temps frais.

Déroutée, je défais l'attache de mon vêtement, puis le lui tends. Sous mes yeux ébahis, il secoue la cape qui se déploie dans les airs, puis la dépose par terre.

– Allonge-toi.

– Je ne peux pas ! je proteste.

– Pourquoi donc ?

– Parce que je suis Daunen incarnée.

– Personne n'en saura rien, à part toi et moi.

– Et s'il vient quelqu'un ?

– Il ne viendra personne. Les domestiques travaillent à l'intérieur et les plantes ne sont récoltées qu'à l'aube ou au crépuscule. Un herboriste ne récolte jamais ses herbes sous le soleil de midi. Tu ne crains rien.

– Lief, je ne peux pas.

– Aïe ! dit-il en se frottant l'épaule. Si je n'avais pas l'épaule endolorie, tu sais, celle qui a été touchée lorsque je me battais pour ta liberté, je m'allongerais moi-même.

– Ça, c'est mesquin, je proteste.

– Je sais, dit-il en souriant. Je monterai la garde, je te le promets.

Je le regarde, constatant que son chantage émotionnel m'influence plus que je n'accepte de le laisser paraître.

– Très bien. Mais tu ne dois en parler à personne.

– Promis juré, répond-il avec un grand sourire.

Je me mets à genoux, puis m'assieds gracieusement sur la cape.

– Il faut t'allonger.

– Je ne peux pas.

– Juste un instant.

Je lève les yeux au ciel en poussant un bruyant soupir, puis je m'allonge et croise les mains sur mon ventre d'un air guindé. Alors, je pousse une exclamation étouffée.

Le ciel s'étend au-dessus de moi, bleu, limpide, infini. Si je me tourne légèrement sur la gauche ou sur la droite, tout ce que je vois, ce sont les tiges et le dessous des fleurs qui m'entourent. Et le château est entièrement caché à ma vue. Il est effacé par la perspective et cela me transporte de joie.

– Je pourrais être n'importe où, murmuré-je.

– Absolument n'importe où, renchérit Lief, assis sur le banc en pierre au-dessus de moi. Tu comprends maintenant pourquoi je voulais te montrer ça ?

– Oui.

Cet instant est parfait. Je ferme les yeux. Le soleil réchauffe mon visage, et je m'imagine que je suis seule. Pas à cause de sa personne, mais parce qu'il est mon garde. Je suis juste une fille allongée parmi les fleurs, par une belle journée de fin d'été.

Il y a un mouvement près de moi, aussitôt j'ouvre les yeux en me redressant. Lief est venu s'asseoir à côté de moi. Je suis obligée de cligner des yeux, car le monde est devenu tout bleu à cause de la lumière vive.

– Que fais-tu ? Tu dois monter la garde.

– J'ai une excellente ouïe, ma dame. Si quelqu'un se dirige vers le jardin, je l'entendrai et serai debout avant même qu'il remarque notre présence.

Je le regarde, mal à l'aise.

– Nous devrions peut-être y aller…

– Restons encore un peu. Je veux voir ce que tu as sous les yeux.

Je le regarde longuement avant de me rallonger. Mon cœur bat si fort que je l'entends dans mes oreilles. Au bout d'un moment, il s'allonge à côté de moi. Il y a un espace entre nous, mais Lief est assez proche pour que j'entende sa respiration.

– Est-ce que ça va comme ça ?

– Oui.

– Je faisais ça avec ma sœur, à la ferme.

Je retiens mon souffle. Il est rare qu'il se confie réellement sur son passé et je ne veux pas l'effaroucher. Mais cela ressemble à un préambule, aussi je réponds à voix basse, de sorte qu'il puisse garder le silence s'il le souhaite.

– Ah oui ? Comment s'appelle-t-elle ?

– Errin. Elle a un an de moins que moi, comme toi. Le soir, après le dîner, nous nous allongions dans le jardin pour regarder le soleil se coucher et les étoiles se lever. Parfois, nos parents nous rejoignaient. Ma mère avec des couvertures et des tasses de chocolat chaud, mon père avec son harmonica. C'était bien.

J'ai la gorge serrée. Comment peut-il supporter la séparation ?

– Ils doivent te manquer.

– Tout le temps. C'est dur d'être loin et de ne pas savoir comment elles vont. Ma mère a du mal à se remettre de la mort de mon père. C'était l'amour de sa vie. Et la pauvre Errin qui avait bientôt fini son apprentissage… Elle se destinait à devenir herboriste.

J'ouvre de grands yeux, comprenant enfin d'où il tient toutes ses connaissances botaniques.

– Elle a dû interrompre son apprentissage pour l'instant. Notre mère a besoin d'elle. Mais un jour, j'aurai assez d'argent pour qu'elle puisse continuer. Je leur suis plus utile ici. Comme toi pour ta famille, soupire-t-il. Nous devons tous les deux faire ce qu'il faut pour prendre soin des nôtres.

– Lief, comment as-tu perdu ton père ? je demande d'une voix douce en me tournant vers lui tandis que je lisse mes jupes.

Il soupire, fronce le nez, et j'ai l'impression qu'il ne va pas me répondre, qu'il n'a plus envie de se confier.

– Il y a eu un accident à la ferme, commence-t-il enfin. Il voulait faire avancer notre taureau, un vieux bougon qui nous détestait tous. Mon père essayait de l'amadouer pour qu'il se remue, quand tout à coup le taureau l'a chargé. Il a échappé de justesse à l'animal, mais il est tombé sur une fourche rouillée qui traînait. Ma sœur a nettoyé et pansé la blessure – elle est douée pour ce genre de choses – mais, lorsque le médecin est arrivé, le tétanos l'avait déjà atteint, et on ne peut pas soigner ça. Même nos médecins n'y peuvent rien. (Lief sourit tristement.) Il savait qu'il n'y survivrait pas.

– J'espère que ç'a été rapide.

– Ç'aurait pu être plus rapide, dit-il doucement. Mais il n'avait pas trop mal, grâce aux larmes de pavot. Je suis resté avec lui presque tout le temps. Ma mère et ma sœur ne supportaient pas de le voir dans cet état.

– Je suis désolée, Lief.

– Merci, Twylla.

Nous nous regardons. Je remarque qu'il a des taches de rousseur sur le nez, très légères, mais je trouve cela charmant. J'ai des taches de rousseur moi aussi. Sur le visage, les épaules, la poitrine et le dos. Le souvenir de ses épaules nues envahit mon esprit. Cette peau lisse, sans défaut… J'ai soudain trop chaud, je me sens à l'étroit. Lorsque je le regarde dans les yeux, le monde suspend son cours ; jamais je n'ai été si consciente du sang qui coule dans mes veines.

– Puis-je te poser une question indiscrète, Twylla ? chuchote-t-il.

Je hoche lentement la tête.

– Aimes-tu le prince ?

Je ne m'attendais pas à ça.

– Pourquoi me demandes-tu cela ?

– À cause de quelque chose que Dorin a dit à mon arrivée.

Je m'assieds précipitamment.

– Qu'a-t-il dit ?

Lief s'assied à son tour et lève une main pour m'apaiser.

– Rien de mal, je t'assure. Il me racontait l'histoire du château et il a mentionné vos fiançailles et il a dit…

– Qu'est-ce qu'il a dit ?

– Il m'a dit que ton rôle te pesait, et qu'il lui incombait, ainsi qu'à moi-même, de te rendre la tâche plus facile, dans la mesure du possible. Il a dit qu'avant tu étais moins austère, mais qu'il y avait eu un incident avec un garçon, et que cela t'avait changée. Et que nous devions faire notre possible pour rendre ta vie plus agréable.

Je me détourne.

– Tu n'y es pour rien. Pour ce qui est arrivé à ce garçon, tu sais.

Je lâche un rire amer. J'ai mal au ventre.

– Ah non ? C'étaient pourtant mes mains sur son cou.

– Non, dit-il avec fermeté. Tu obéissais à des ordres.

Il marque une pause avant de demander :

– Alors ?

– Quoi ?

– Tu l'aimes ?

Je regarde Lief avant de me rallonger en fermant les yeux. En vérité, je ne sais pas quels sont mes sentiments. Je n'y ai jamais pensé en termes d'amour. Nous sommes promis l'un à l'autre. Depuis mon arrivée au château. J'ai toujours su qu'un jour nous serions mariés. C'est comme le soleil qui se lève, le ciel qui est bleu. C'est indéniable.

– Je ne sais pas, je réponds enfin. Ce n'est pas… Peu importe, de toute façon.

– C'est un non, alors, dit-il en s'allongeant à mon côté.

– Pourquoi cela ?

J'ouvre les yeux et tourne la tête vers lui.

– Parce que lorsqu'on est amoureux, ça importe. Beaucoup.

– Comment le savoir ?

Il me regarde droit dans les yeux.

– On le sait, c'est tout.

Son expression me terrifie. Je repense à la veille au soir. Je voulais le toucher, et lorsque je me suis regardée dans le miroir après son départ, mes yeux étaient sombres et agrandis.

– As-tu déjà été amoureux ?

– Twylla…

Le bruit d'une exclamation horrifiée nous surprend, et en un instant nous sommes tous les deux debout, Lief l'épée à moitié tirée.

Dimia se tient là, blême comme du lait tourné, nous regardant tour à tour de ses grands yeux accusateurs.

Chapitre 13

La jeune servante porte une main à sa poitrine tout en nous dévisageant, et elle agrippe le bord de son sarrau.

– Va-t'en, lui ordonne Lief d'un ton bourru en rengainant son épée. Tu ne devrais pas être ici.

– Pardonnez-moi, je…

Elle tourne les talons, mais Lief la rattrape par le bras.

– Non, Dimia, je t'en prie. Excuse-moi, dit-il en insistant sur le pronom. Tu m'as surpris. Je ne voulais pas te parler si sèchement.

Elle accepte d'un signe de tête mais, les yeux plissés, elle continue de nous observer tour à tour. Je me baisse pour récupérer ma cape, dans laquelle je me drape comme pour me protéger.

– Pourquoi es-tu venue ici ? je lui demande.

Aussitôt, elle baisse les yeux.

– Pardonnez-moi, ma dame. Le prince m'a envoyée vous trouver. J'ai cherché partout.

Mon ventre se serre en imaginant combien la situation aurait pu être pire. Et si Merek s'était déplacé jusqu'à ce jardin lui-même, s'il nous avait entendus parler ? Nous nous sommes comportés comme des idiots…

– Le prince ?

– Oui, ma dame, dit-elle calmement. Il est venu jusqu'à votre tour pendant que je faisais le ménage, et m'a dit de vous trouver au plus vite.

– Personne ne doit savoir que la dame était ici, Dimia, dit Lief d'une voix ferme.

– Mais le prince…

– Dimia…, commence Lief.

Je lui coupe la parole :

– Tu ne diras rien, j'assène froidement en allant vers elle, et j'ai déjà la chair de poule en pensant à ce que je vais faire. Tu vas oublier que tu nous as vus ici, et tu mentiras si on te pose des questions. Tu vas oublier tout ce que tu as entendu. Parce que sinon il se pourrait que je te bouscule par accident. Toi ou ton frère.

Pour bien lui faire comprendre, je lève les mains.

Dimia blêmit encore davantage et Lief me regarde, incrédule. Je ne lui prête pas attention, je ne m'occupe que d'elle.

– Alors si j'étais toi, j'apprendrais à tenir ma langue. Est-ce que c'est clair ?

Sans un mot, elle hoche la tête.

– Pars, tu n'as rien vu.

Elle acquiesce frénétiquement et s'enfuit. Lief me dévisage. Je lui tourne le dos.

– Ce n'était pas gentil, me reproche-t-il calmement.

– Je n'avais pas le choix, je rétorque.

Mais ce que j'ai fait me répugne.

– Bien sûr que si. Elle était terrifiée, tu n'as pas remarqué ? Elle n'aurait rien dit.

– Tu n'en sais rien. Je ne pouvais pas prendre ce risque, Lief.

Lorsque je me force à le regarder, je lis des reproches dans ses yeux, et c'est comme s'il m'avait giflée.

– Alors tu as menacé de l'exécuter ? Et son frère aussi ?

– Je ne le ferai pas. Jamais. Je sais mieux que quiconque ce que cela veut dire, et jamais, au grand jamais je ne poserai la main sur eux. Mais c'est le seul pouvoir que j'ai, Lief. Je n'ai que la peur. Et si je dois dire de telles choses pour te protéger, alors…

À ma plus grande surprise, il m'interrompt par un bref éclat de rire.

– Me protéger ? Pourquoi voudrais-tu me protéger ?

– Parce que… parce que c'est comme ça.

Il me regarde en fronçant les sourcils, puis hoche la tête.

– Allons-y, je ferais mieux de te reconduire.

– Ne sois pas fâché.

– Je ne suis pas fâché.

– J'essayais de te protéger, je répète d'une petite voix.

– C'est à moi de te protéger. Et c'est aussi à moi de les protéger de toi.

Ses paroles me heurtent de plein fouet, comme une gifle. Je n'avais jamais vu les choses comme ça.

– Tu veux bien présenter mes excuses à Dimia ? je demande à voix basse. Dis-lui que je suis désolée, que je ne le pensais pas, que je ne ferais jamais une chose pareille.

– Non, répond-il simplement. C'est à toi de le faire.

– Je ne peux pas.

– Tu ne peux pas ou tu ne veux pas ?

Il marche devant moi, et je ressens un profond trouble intérieur. Et mon mal-être s'aggrave encore lorsque je vois l'air sombre de Merek qui attend sur le seuil de ma tour. Je m'empresse de lui faire une révérence.

– Je t'ai cherchée, me dit-il, et malgré sa voix dure son expression est douce.

Je serre la cape autour de moi.

– Que Son Altesse me pardonne, je me promenais dans le parc.

– Je croyais t'avoir dit d'être discrète, dit-il.

– Je l'ai été, Votre Altesse. Je voulais profiter un peu du soleil en rentrant de mon temple.

– Cela n'a plus d'importance, maintenant, dit-il sèchement. Ce n'est pas la raison de ma visite.

L'inquiétude m'étreint.

– Allons dans tes appartements. (Il me fait signe de monter mais arrête Lief qui s'apprêtait à m'emboîter le pas.) Apporte du vin.

Je gravis l'escalier d'un pas lourd. J'ai l'impression d'avoir pris mille ans depuis le moment où Dimia nous a surpris. Lorsque j'ouvre la porte, je vois par la fenêtre le soleil disparaître derrière un nuage. Je me tourne vers Merek.

– Que s'est-il passé ? je demande d'une voix étranglée, la bouche soudain sèche.

– Je voulais te l'annoncer moi-même… Dorin est mort. Je suis vraiment désolé.

Je le dévisage en clignant des yeux. Les murs de la chambre se rapprochent, se pressent contre moi, m'ôtant toutes mes forces.

– Twylla ?

Je l'entends m'appeler, je suis allongée sur le dos et je vois mon garde et le prince. Je suis surprise de trouver un plafond au-dessus de moi alors que je devrais voir les fleurs et le ciel. Il me faut un moment pour comprendre que je dois m'être évanouie, et que je me trouve dans ma chambre. Je n'avais encore jamais perdu connaissance.

– Comment faire ? demande Lief. Je ne peux pas la toucher.

– Moi, je peux…

– Non, je m'entends protester en essayant de m'asseoir, mais ma voix vient de très loin.

Le soulagement est évident dans leurs yeux et Lief s'empresse d'aller chercher un verre d'eau. Merek s'agenouille à côté de moi et tend la main vers Lief, qui hésite un instant avant de lui donner la timbale d'un geste brusque, avec un regard noir. Merek ne semble rien remarquer et porte la tasse à mes lèvres.

– Bois, me dit-il, et j'obtempère.

– Quand ?

– Cela vient d'arriver. Je suis venu te dire que la fin était proche, mais vous étiez introuvables. Lorsque vous êtes arrivés, je venais d'apprendre son trépas.

Je finis mon verre et pense aux larmes de pavot. Si je n'étais pas allée dans les jardins avec Lief, Merek m'aurait trouvée… J'aurais au moins pu être au côté de Dorin, peut-être à temps pour lui dire adieu.

– Est-ce qu'il était seul ?

– Le guérisseur était avec lui. Je ne crois pas qu'il ait souffert à la fin.

– Puis-je le voir ?

Merek prend un air douloureux.

– Je ne crois pas qu'il l'aurait souhaité, Twylla. Un homme comme lui aurait préféré que tu gardes le souvenir de celui qu'il a été de son vivant.

Je hoche la tête. J'ai la gorge terriblement serrée, et cette fois ça ne passe pas.

– Merci. Encore merci.

– Tu ne me dois rien, et surtout pas des remerciements, proteste-t-il d'une voix douce.

Derrière lui, Lief change de position, et ce mouvement rappelle à Merek la présence de ce chaperon malgré lui. Le prince se relève.

– Je te laisse prendre du repos. Je reviendrai te rendre visite bientôt, ajoute-t-il en m'adressant un signe de tête.

Lief s'incline devant lui.

– Je vais rester avec toi, dit-il doucement lorsque Merek est parti. Tu ne dois pas rester seule dans un tel moment.

Je me demande pourquoi je ne puis avoir qu'un seul ami à la fois. J'ai eu Tyrek, et il n'est plus. Maintenant Dorin est parti aussi et je n'ai plus que Lief. Qui donc me prendra Lief ?

Je n'arrive pas à dormir. Je n'ai même pas envie de faire semblant, alors je passe la nuit à regarder par la fenêtre. Lorsque le ciel est parfaitement noir, je vois trois comètes traverser l'espace, tels des oiseaux fuyant l'hiver. Cela me réconforte un peu, comme s'il s'agissait d'un signe de Dorin m'indiquant qu'il est en paix, ou des dieux, pour me faire comprendre qu'ils m'aiment toujours. Je les regarde jusqu'à ce que le soleil commence à se lever, et que la lumière les fasse disparaître à ma vue. Mais l'idée qu'elles sont toujours là même si je ne les vois plus me réconforte. Lief reste à mon côté, assis en silence dans un coin. De temps à autre, je me tourne vers lui. Il ne dort pas, il a son épée posée sur les genoux et il m'observe. Lorsque nos regards se croisent, il hoche gravement la tête.

Quand il part chercher mon petit déjeuner, je me lave et me change, mais ce sont des gestes mus par l'habitude plus que par ma volonté. Je ne comprends pas comment un homme fort comme Dorin a pu succomber à une piqûre d'abeille. Cela semble si bête.

– Allons-nous rester ici aujourd'hui ?

Je me rends compte alors que Lief est debout sur le seuil, un plateau entre les mains.

– Non, je ne supporte plus ces murs.

Il hoche la tête.

– Je suis vraiment désolé, Twylla.

– Moi aussi.

Je regrette d'avoir oublié mon compagnon le plus fidèle, de l'avoir laissé agoniser seul dans les profondeurs du château.

Les dieux ne l'ont pas sauvé pour moi.

Lorsque nous quittons la tour, j'entends une musique douce qui flotte à l'extérieur du palais et qui m'apaise, émoussant un peu la douleur aiguë causée par mon chagrin. Alors que je tourne dans la grande galerie en espérant apercevoir le musicien par les fenêtres, je vois qu'une autre jeune fille a eu la même idée. Elle est petite et brune.

– Dimia.

Elle se retourne, et son regard tranquille s'anime lorsqu'elle voit qui lui a adressé la parole. Elle se tapit contre le mur, et à cet instant elle me fait penser à moi lorsque je suis en présence de la reine. Cela suffit à me redonner la nausée.

– Je suis désolée, je déclare d'une voix forte avant qu'elle ou Lief ait le temps de parler. J'ai eu tort de te menacer. Jamais je ne te toucherai. Jamais. Je suis désolée d'avoir dit cela.

Elle nous regarde tour à tour, Lief et moi, puis hoche la tête.

– Je ne dirai rien, ma dame. Je n'aurais rien dit de toute façon. Vous ne m'avez pas laissée finir de parler. (Elle marque une pause puis me regarde droit dans les yeux.) J'avais deux frères au service de la reine, avant. La reine a pris l'un d'eux en grippe. Asher… Elle disait qu'il était trop souriant.

Je reste bouche bée. Nous gardons le silence. Le flûtiste du jardin joue une mélodie à la fois douce et mélancolique, et j'ai envie de suivre ce son, de poser ma tête sur les genoux du musicien et de laisser la musique effacer mes tracas.

– Je sais que vous comprenez, dit-elle au bout d'un moment d'une voix triste.

– Je suis désolée, je souffle. Pourrais-tu transmettre mes remerciements à ton autre frère, lorsque tu le verras ? Pour avoir porté mon message au prince.

Dimia m'offre un sourire sans joie.

– Je le ferai, ma dame. J'allais justement le voir. Il a son après-midi de libre pendant que le roi et le prince chassent et que la reine est absente. Il apprécie le prince, ma dame.

Je hoche la tête machinalement avant de comprendre vraiment ce qu'elle vient de dire.

– La reine s'est absentée ?

– Oui, ma dame. Elle est allée à la mare sacrée. Le roi et le prince sont partis à la chasse, mais ils ont autorisé Taül à rester ici. Il n'y a presque personne dans le château. J'imagine que c'est pour cette raison que quelqu'un a l'audace de jouer de la flûte dans le parc. (Elle se retourne vers la fenêtre.) C'est joli, vous ne trouvez pas ?

Je hoche la tête en m'efforçant de garder une expression mesurée. L'espoir s'allie à la musique pour me réchauffer le cœur. Nous pouvons aller et venir à notre guise : personne n'est là pour nous surveiller.

– Oui, c'est joli. Eh bien, j'espère que ton frère et toi profiterez bien de cette journée de liberté.

Je lui adresse un sourire.

– Oui, ma dame, répond-elle en me faisant une révérence avant de retourner à la fenêtre.

Alors que j'avance le long de la galerie, mon sourire s'élargit. Lief me jette des regards curieux. Lorsque nous tournons le coin, il m'interroge :

– Qu'est-ce qui te ravit tant ?

– Le château est à nous.

Il me rend mon sourire.

– Qu'allons-nous faire ? Tu veux retourner au jardin de simples ?

Je pense à Dorin et secoue la tête. Je souhaite aller à mon temple, mais autant profiter de l'occasion pour me promener.

– Pas aujourd'hui. As-tu déjà vu le jardin clos ?

– Non.

– Ce n'est pas grand-chose, quelques parterres et des sentiers en spirale. Nous pourrions nous asseoir là-bas pour écouter la musique.

Lief semble déconcerté.

– Quelle musique ? Je n'entends rien. Je me suis demandé de quoi parlait Dimia. Je me suis dit qu'elle avait tellement peur de toi qu'elle entendait des voix.

– Comme cela, tu n'entends rien ? (Je m'approche de la fenêtre et incline la tête.) Oh, il n'y a plus rien. Mais on entendait une flûte ou un pipeau. C'était charmant. J'aurais aimé apprendre cet air, et faire une chanson pour l'accompagner.

– Je vous crois sur parole, ma dame, dit Lief avec un petit sourire en coin.

L'espace d'un instant, j'ai envie de lui envoyer une bourrade. Mais je ne le fais pas, évidemment, car je connais les conséquences. Je me contente de rougir, et il me regarde.

– Quelque chose ne va pas ?

– J'ai un peu chaud, l'air frais me fera le plus grand bien.

– Tu aurais peut-être dû aller à la mare sacrée avec la reine. L'air des montagnes est frais, d'après ce qu'on m'a dit.

– Je n'ai pas été invitée. On ne m'y convie jamais.

– C'est très impoli. Mais d'habitude, tu ne chantes pas pour le roi, lorsqu'elle s'absente ?

– D'habitude, oui. Mais ce n'est pas non plus son jour habituel pour faire cette sortie, elle devait avoir une raison particulière d'aller à la mare sacrée. Et je peux difficilement chanter pour le roi s'il est à la chasse.

– Personnellement, je préférerais t'entendre chanter plutôt qu'aller chasser, affirme Lief. À sa place, je t'aurais invitée à venir chanter au lieu de poursuivre un cerf.

– Le roi apprécie ce sport, j'explique, troublée par ce compliment. Et puis, je chanterai dans deux jours lorsque la reine ira de nouveau à la mare sacrée et…

Je m'interromps brusquement. Pourquoi la reine s'est-elle rendue à la mare sacrée aujourd'hui ? Ses pèlerinages sont liés à son propre cycle lunaire, et aujourd'hui c'est la lune décroissante. Elle ne se rend jamais à la mare sacrée pendant la lune décroissante. C'est la lune de mort, ma lune. « Alors où est-elle ? » Et même si le roi adore chasser, je ne crois pas me montrer orgueilleuse en pensant qu'il aurait préféré m'écouter chanter s'il avait eu le choix. « Pourquoi le château est-il soudain déserté ? »

En l'espace de trois battements de cœur, j'ai acquis la conviction que les chiens courants sont à nos trousses. Le calme procuré par le flûtiste s'est évanoui. À la place, la panique s'empare de moi, le souffle chaud de mes poursuivants est sur ma nuque, les crocs claquent à un doigt de mes chevilles. Je m'immobilise dans le couloir, figée par la peur.

– Twylla ? s'inquiète Lief. Que se passe-t-il ? Tu ne te sens pas bien ?

– J'ai besoin d'air.

Les jambes tremblantes, je traverse le château à vive allure, suivie de près par Lief.

Je trébuche dans l'escalier du donjon, mais je me relève et poursuis ma route sans m'arrêter, jusqu'au jardin clos, où je tombe à genoux et plonge le visage dans une touffe de lavande.

Il y a quelque chose qui cloche. Tous les os de mon corps sont en alerte. Si une partie de chasse était prévue, Merek m'en aurait parlé la veille. Il m'y aurait peut-être même conviée. Les chasses sont rares normalement ; or c'est la deuxième en une lune. Et ce n'est pas le jour prévu pour le pèlerinage de la reine. C'est toujours le jour après la Révélation. La mort un jour, la vie le suivant. « Pourquoi le château a-t-il été déserté ? Pourquoi m'a-t-on laissée ici ? »

Tout à coup, la situation m'apparaît clairement. J'ai toujours eu deux gardes, et à présent je n'en ai plus qu'un seul. J'étais confinée dans ma chambre, et à présent j'ai le droit de sortir. Qui viendrait à mon secours si j'étais attaquée ? Je n'ai qu'un seul garde, et je l'ai encouragé à devenir un ami plus qu'un protecteur. Un garde qui s'est battu contre le prince pour obtenir ma liberté. Ce qui s'est fait en dépit des ordres de la reine, et dans son dos. Elle a dû avoir vent des agissements de Merek.

C'est un piège. Tous ces éléments indiquent un piège. « Mais pour qui ? Moi ? Merek ? Sait-elle que Lief et moi sommes devenus amis ? Que nous avons tenu des conversations qui relèvent de la haute trahison ? »

Alors je comprends. Merek m'a accordé la liberté sans la consulter. Merek, prince de Lormere, qui s'est rendu au fils d'un fermier tregellien. Maintenant, nous allons devoir le payer. La nouvelle lune. D'une manière ou d'une autre, aujourd'hui, nous allons payer pour cet affront, et je vais encore perdre un ami. Un ami que je ne devrais pas avoir. Encore une fois, j'aurai tué mon seul ami.

Je regarde Lief qui me surplombe, le visage crispé par l'inquiétude.

– Twylla ? appelle-t-il prudemment.

– Non. Tu dois m'appeler « ma dame ».

Il sursaute comme si je l'avais giflé, et je le vois blêmir.

– Ai-je fait quoi que ce soit qui vous a offensée ?

Je fais mine de ne pas remarquer l'accent de panique dans sa voix.

– Tu te montres trop familier, je lui reproche d'une voix mal assurée. Ce n'est pas possible… Je ne peux pas être ton amie.

– Twy… Ma dame ? Quelque chose ne va pas ?

– En effet.

Je plonge les mains dans la terre sous la lavande et serre les poings pour maîtriser mes tremblements.

– N'importe qui pourrait être là, et tu es trop occupé à bavarder avec moi pour t'en apercevoir. C'est une erreur. Tu dois rester aux aguets. Tu ne peux pas être mon ami.

Je retire mes mains du sol et me lève.

Je sens son regard sur moi, son poids me pèse ; alors je me concentre sur ma respiration, que je m'applique à rendre régulière ; je compte mes inspirations et expirations jusqu'à ce que mon cœur s'apaise. Je lève les yeux vers lui, et le chagrin que je lis sur son visage me fait hésiter.

– Que se passe-t-il ? Twylla, parle-moi.

Son ton est plaintif, son désarroi lui donne quelque chose d'enfantin.

– Ça suffit, Lief. Nous ne pouvons pas faire ça. Ce n'est pas possible.

Je tourne les talons et m'éloigne, en m'efforçant de réfléchir. « La reine ne voudrait quand même pas rater ça ? Elle adore les scènes dramatiques. » J'examine le jardin, à gauche, à droite, à la recherche d'un mouvement, d'un signe révélant que nous allons être attaqués. « Combien d'hommes enverrait-elle pour le terrasser ? Dix ? Quinze ? Davantage ? » Je parcours le jardin, les poings serrés.

Je sens la présence de Lief derrière moi, et sa confusion qui emplit l'air. Son pas est lourd. Il est fâché aussi, et ne fait aucun effort pour dissimuler ses sentiments.

« Le temple ou mon solier ? » J'opte pour ma chambre. Le temple nous laisse en position de vulnérabilité, car il nous faudra le quitter à un moment ou à un autre.

– Demi-tour, j'ordonne sèchement. Vite.

En gravissant les marches, j'entends ses bottes résonner sur le bois, et mon cœur s'accélère, tant j'ai l'impression que nous sommes poursuivis, pourchassés. Je presse le pas, il m'imite, nous courons dans les couloirs à présent, affolant les pages qui plongent sous les tapisseries et dans l'embrasure des portes à notre approche.

À la porte de ma tour, je soulève mes jupes et prends mon élan, poussée jusqu'en haut de l'escalier par la terreur. Mon sanctuaire est en vue. Je tends la main vers la poignée de la porte, mais sa main est déjà là. Par automatisme, je recule, sa proximité m'oblige à me plaquer contre le mur de la tour. Il pose une main sur la porte, la maintenant fermée, et tend l'autre bras pour que je ne puisse pas le dépasser.

– Qu'est-ce que j'ai fait ? demande-t-il.

Ses yeux furieux jettent des lueurs pareilles à des feux follets.

– Recule ! je lui ordonne, essayant de me fondre dans le mur tandis qu'il se dresse au-dessus de moi.

– Twylla, ne fais pas ça. Parle-moi.

– Recule, pour l'amour des dieux, Lief. Tu es trop près.

– Pas avant que tu m'aies dit ce qui se passe. Qu'ai-je fait pour mériter ça ?

– Rien.

– Alors ne sois pas si cruelle. (Il fait un pas en avant.) Ne me traite pas comme si j'étais l'un d'eux.

– Lief, je t'en prie. Tu dois t'écarter. Si tu me touches...

– Oui ?

– Tu mourras. Tu seras empoisonné et tu mourras.

– Vraiment ?

– Tu le sais bien. La Révélation...

– La Révélation est un mensonge.

Je le fixe du regard en secouant la tête.

– La Révélation...

– Est un mensonge, répète-t-il. De bout en bout.

Il y a un silence puis, d'une voix glaciale, je lui demande :

– Que veux-tu dire ?

– Tu ne peux pas sincèrement y croire. Réfléchis, Twylla. Comment pourrais-tu avoir un poison dans la peau, qui t'épargne uniquement parce que tu as les cheveux d'une certaine couleur et la bénédiction des dieux ? Comment une telle chose serait-elle possible ?

– Tu ne connais rien aux dieux et à leurs règles. Tu ne crois même pas en eux.

Je m'entends babiller, terrifiée par le peu de distance qui nous sépare, et par ses paroles.

– Tu penses vraiment que s'il y avait des dieux, ils permettraient à la reine de se comporter de cette façon ?

– Je suis Daunen incarnée. J'ai été consacrée, ma vie est vouée aux dieux…

– Tu n'es pas Daunen incarnée. Cela n'existe pas. Ils t'ont donné un titre et ont répandu une méchante rumeur pour faire obéir les gens par la peur. Elle se sert de toi.

– Comment oses-tu ? je lui crache au visage. Tu ne comprends rien… Ce n'est pas étonnant, tu es du Tregellan. À Lormere, c'est différent.

– Il n'y a aucune différence, Twylla, et c'est parce que je viens du Tregellan que je le sais. Nous avions aussi des dieux, autrefois. Maintenant nous n'en avons plus, et le pays n'est pas frappé de malédiction pour autant. Au contraire, il prospère sans eux. Tu ne le vois donc pas ? C'est une invention. Tu n'as pas la faveur des dieux : il n'y a pas de dieux. Et un poison qui épargne une seule personne, cela n'existe pas non plus. Ce sont des mensonges, un ramassis de sales mensonges. Tu es bien trop intelligente pour y croire. (Il s'interrompt et se passe la main dans les cheveux.) L'aubemorte n'est pas un vrai poison. Crois-moi, je pourrais t'apprendre bien des choses sur les vrais poisons : ma sœur est herboriste, souviens-toi. Tout cela n'est qu'un mensonge pour te rendre obéissante, pour que tu fasses tout ce qu'ils veulent. Tu ne te rends pas compte ?

– Cesse de dire ça ! je hurle.

– Non, pas tant que tu ne m'écoutes pas ! Si les dieux existent, pourquoi ne m'ont-ils pas terrassé alors que je prétends le contraire ? Pourquoi ne m'ont-ils pas puni ?

– Je ne sais pas…

– Parce qu'ils n'existent pas ! s'emporte-t-il. On les a inventés pour que des gens comme la reine dominent des gens comme moi, et que nous soyons tous dociles. Ce ne sont que des mensonges. Est-ce que les renards se soucient des dieux ? Est-ce que les vaches dans les pâturages s'inquiètent de leur plaire ? S'il y avait vraiment des dieux, tout le monde et toute chose les vénéreraient, et leur influence se sentirait partout. Mais non, ce n'est que l'affaire des gens de Lormere. Pas de dieux en Tregellan. Pas de dieux à Tallith. Ça ne te met pas la puce à l'oreille ? C'est une question de pouvoir et de contrôle, c'est pour vous faire tenir tranquilles. La reine et ses semblables nous disent que si nous n'agissons pas selon les désirs des dieux – c'est-à-dire selon ses désirs à elle –, notre âme est damnée. Songe à tous les assassinats qu'elle a ordonnés, et dis-moi qui de vous deux est la plus susceptible d'être damnée ?

– C'est moi l'assassin ! Je suis le bourreau des traîtres. Évidemment que je suis damnée !

– Tu n'as jamais tué personne, dit-il d'un ton brusque. Ce n'est pas vrai.

– Tu as tort.

Il pousse un grognement de pure frustration et frappe le mur tout près de ma tête avec son poing, me faisant sursauter.

– Que faut-il que je fasse pour te le prouver ?

– Tu ne peux rien prouver du tout.

– Si, je peux, dit-il lentement. Je peux.

Il se penche vers moi, et colle sa bouche sur la mienne.

Chapitre 14

Je le repousse de toutes mes forces et m'élance pour descendre l'escalier, mais il m'attrape par-derrière et enroule un bras autour de ma taille, tandis qu'il plaque son autre main sur ma bouche, étouffant mes cris. Je me débats entre ses bras mais il m'entraîne dans ma chambre et referme la porte d'un coup de pied. Enfin, il me relâche. Je me précipite vers son épée : je préfère le tuer avant que le poison fasse effet.

– Attends, crie-t-il en me maintenant de nouveau serrée contre sa poitrine. Attends simplement.

– Espèce d'idiot, imbécile..., je sanglote. Lâche-moi, tu aggraves les choses.

Mais il refuse, il me tient fermement, et même si mes pieds le frappent violemment aux tibias, il ne me lâche pas. Je m'attends à chaque instant à ce qu'il tousse et s'effondre en répandant du sang chaud et visqueux sur moi, mais cela n'arrive pas. Je suis immobilisée dans ses bras et il ne meurt pas.

Au bout d'un moment, il desserre son étreinte et je recule en le fixant du regard.

– Je ne suis pas mort, dit-il doucement. Je me sens bien.

Je secoue la tête.

– Non, tu es jeune et fort, cela doit prendre plus de temps. Tu es mourant.

– Je ne suis pas en train de mourir. Tu n'es pas vénéneuse.

– C'est de la folie. Tu es fou.

– C'est un mensonge, Twylla. Ce n'est pas la réalité. Regarde-moi.

Il écarte largement les bras.

Mais je n'y crois toujours pas. J'attends, bien décidée à passer à l'action : dès qu'il se mettra à tousser ou que sa respiration changera, je m'emparerai de son épée et je le tuerai. Cela vaut mieux. Cette attente est une torture. Je psalmodie à voix basse :

– Qu'est-ce qui t'a pris ?

Sa peau sur ma peau. Sa bouche sur la mienne. J'ai goûté à ses lèvres et il a goûté aux miennes.

– Tu m'as touchée. Je vais épouser le prince. Je suis Daunen incarnée et tu m'as touchée. Qu'as-tu fait ?

– Tu n'es pas Daunen incarnée.

– Si.

– Pour l'amour des dieux, Twylla, ce n'est qu'un mensonge ! rugit-il. Tu es une fille comme une autre.

Je me jette sur lui, toutes griffes dehors, j'essaie de le mordre, oubliant qu'il s'est déjà condamné à mort en me touchant. Je frappe, cogne et griffe, déchaînée, tout en sanglotant. Il tente de se défendre, de me repousser, mais je m'accroche, le bourrant de coups de poing. Je ne sais pas comment ma bouche rencontre la sienne, ni quand mon attaque change de nature, mais soudain mes doigts saisissent son visage, forçant ses lèvres à rester sur les miennes. Nos baisers sont brûlants, humides, désordonnés. Nos dents s'entrechoquent alors qu'il trébuche en arrière contre mon bureau et je goûte son sang sur ses lèvres, là où je l'ai mordu. Lorsque je m'arrache à ses bras, il me regarde de ses yeux brillants et sombres. Le vert de ses iris est presque éclipsé par ses pupilles. Sa respiration est aussi bruyante que la mienne, et nous nous regardons, dans l'attente. Et il ne s'effondre pas. Le sang ne gicle pas de son nez. Je n'ai jamais vu personne d'aussi vivant.

C'est lui qui bouge le premier. Il m'attire à lui et m'enlace, m'embrasse fougueusement, et je me laisse aller dans ses bras.

Il a dû rester longtemps à me tenir ainsi, car lorsque je sors la tête des plis de sa tunique, les ombres se sont déplacées dans la pièce ; à présent elles s'étirent longuement sur le totem. Nous sommes assis par terre, je suis sur ses genoux comme un enfant, et il a passé les bras sous ma cape. Il m'embrasse de temps en temps. Il est toujours en vie. Des heures se sont sûrement écoulées, et il est toujours en vie. Il caresse mes bras, mon dos, ses doigts sont constamment en contact avec moi, cherchant chaque centimètre de peau dénudée. Je tremble encore, mais sans savoir de quoi j'ai peur.

– Twylla, murmure-t-il en inclinant délicatement ma tête vers la sienne.

J'écarquille les yeux en le voyant : sa lèvre inférieure est fendue et enflée, ses cheveux en bataille forment un halo autour de son visage. Puis je remarque des griffures dans son cou, là où je l'ai attaqué.

Avec douceur, il me force à le regarder droit dans les yeux.

– Ça va ?

– Je vais bien, me répond-il en souriant. Je vais très, très bien, et je suis très, très vivant.

– Je… (Je ne sais pas. Je ne comprends pas. Je ne suis sûre que d'une seule chose.) J'ai trahi le prince. Je suis sa fiancée. Que vais-je faire ?

– Tout ira bien, m'assure-t-il. Je te le promets. Tu verras le reste demain. Continue à me faire confiance.

Je secoue la tête, je sais qu'il a tort. Et comme je le regrette ! Pour la tromperie, ce sont d'amères graines de fenugrec même pas grillées. Mon cercueil en sera couvert.

– Dis quelque chose, Twylla. Parle-moi, s'il te plaît.

Je me dégage de ses bras et me lève, l'esprit sens dessus dessous. La sensation de sa chair sur ma chair, la chaleur de sa peau m'enivrent. J'avais oublié le réconfort que procure le contact d'une autre personne. Les souvenirs affluent : ma main dans celle du roi lorsqu'il me reconduisait auprès de ma mère, l'odeur du cou de ma petite sœur lorsque j'y fourrais mon visage pendant les orages, la chaleur des paumes de mes frères qui me giflaient pour que je partage des baies de sureau ou des cerises avec eux. La peau contre la peau. Contre ma peau. Je ne m'étais pas rendu compte à quel point j'étais affamée de contacts.

Mais dès que nous rompons ce lien, je me rappelle qui je suis.

Je me détourne et gagne mon miroir. Je ne reconnais pas tout de suite la fille qui me rend mon regard. Ses lèvres gonflées par les baisers, sa tignasse emmêlée. Elle n'a pas l'allure d'un réceptacle pour le don des dieux, ni d'une héritière. Elle n'a pas non plus l'air d'une meurtrière. Dans la lumière déclinante, mes cheveux forment un deuxième coucher de soleil – rouge, or et chaos – et la confusion m'assaille. Les cheveux de Daunen. Fiancée du prince. Traîtresse.

– Parle-moi.

Lief vient derrière moi et je me dérobe avant qu'il me touche, parce que s'il a les mains sur moi, je ne réponds plus de mes actes. Et je ne peux compter que sur moi-même.

– Ne me repousse pas, Twylla. Je t'en prie. Ne te ferme pas en me mettant à l'écart comme si je n'étais rien.

– Ce n'est pas ce que je fais.

– Si. J'ai passé une lune en ta compagnie. Tu étais distante et froide au départ. Puis tu as changé, pour le mieux. Tu es meilleure qu'eux. Ne les imite pas.

– Tu ne devrais pas parler ainsi.

– Twylla, il est indéniable que…

– Oui, Lief, c'est indéniable… (Je me tourne vers lui, soudain furieuse.) Je ne sais pas ce qui se passe.

Une ombre passe sur son visage.

– Je sais que ça fait beaucoup…

– Tu ne sais rien du tout ! Comment pourrais-tu ? Des gens meurent parce que je suis Daunen incarnée. Sont-ils morts pour un mensonge ? Et Merek ? Je vais être sa femme, Lief. Je suis fiancée, je vais me marier au printemps prochain. Ce que nous avons fait, c'est une trahison. Nous avons commis un acte de trahison. Et je suis celle qui châtie les traîtres.

Sans pouvoir m'en empêcher, je lâche un rire brisé, dépourvu d'humour ou de joie.

– Comment vais-je faire pour t'exécuter, puisque tu es immunisé contre moi ?

Il garde le silence, me contemplant de ses grands yeux, les mains tendues devant lui pour m'apaiser ou m'implorer.

– S'il te plaît. (Je tends moi aussi les bras pour l'empêcher de s'avancer vers moi.) J'ai besoin de temps. Il faut que je réfléchisse.

Il m'observe puis me dit doucement :

– Nous pourrions partir.

– Tu ne m'as pas entendue ? Je vais épouser le prince. Je ne peux pas partir.

– Épouse-moi à la place. Nous pouvons nous enfuir.

– Non, Lief. Pour mille raisons, non. Je ne peux pas quitter Lormere maintenant. Je m'occuperai du reste. Je vais demander un bain. Je n'appellerai les gardes que lorsque j'aurai fini. Cela te donnera assez de temps. Tâche d'être loin d'ici là.

Il me lance un long regard puis hoche la tête. Je me détourne. Je n'arriverai pas à le regarder partir.

– Je vais faire chercher de l'eau pour vous.

Il est parti. La porte se referme. Le bruit de la clenche qui retombe sonne comme un reproche.

J'ai la respiration hachée, des vagues successives d'émotion déferlent sur moi. Chaque fois que je ferme les yeux, j'ai l'impression qu'il m'embrasse, j'ai le tournis, le ventre serré, et je suis forcée d'ouvrir les paupières. Lorsqu'on frappe à la porte, j'accours, et un espoir terrifiant m'étreint : et si c'était lui ?

Non, ce sont les servantes avec l'eau du bain. Je patiente en silence contre le mur, renfrognée, attendant qu'elles aient toutes défilé. Une bonne dizaine de servantes chargées d'aiguières emplies d'eau fumante. « Que se passerait-il si je touchais l'une d'entre elles ? Tomberait-elle ? Je sais qu'elle hurlerait, mais en mourrait-elle ? Et si elle n'en mourait pas ? »

Après leur départ, je me dévêts et me glisse dans le bain. L'eau est brûlante, si bien que je frissonne d'abord, glacée à l'intérieur, avant que la chaleur ne m'envahisse. Très bien, que l'eau soit tenue responsable de la rougeur de ma peau.

Je contemple le plafond, la tête appuyée contre le bord du baquet. Mes pensées se pressent et se bousculent comme les bonnes femmes au marché. « Pourquoi le poison n'a-t-il aucun effet sur lui ? Pourquoi ne suis-je pas vénéneuse pour lui ? » Et tous ces hommes après la Révélation, qui étaient bien vivants jusqu'à ce que ma peau les touche, et succombaient alors en quelques instants.

Je pense qu'à la Révélation de demain je vais échouer. J'ai trahi la confiance que les dieux avaient placée en moi. J'ai embrassé un autre que mon fiancé, et j'ai douté des pouvoirs qu'ils m'ont donnés. Je vais être punie : cette fois le poison va me tuer. Ensuite, ce sera le tour de Lief. Les dieux ne manqueront pas de le punir.

« Sûrement, non ? »

Je sors de mon bain et me drape dans mon peignoir avant de m'installer devant le totem, toujours suspendu au mur.

« Êtes-vous là ? » Ils ne répondent pas. Ils ne répondent jamais ; mais en temps normal, leur parler m'apporte du réconfort. Aujourd'hui, je ne sens rien.

J'essaie de repousser ma peur ; il est toujours plus difficile de leur parler en dehors du temple. Je vais passer la nuit là-bas, pour leur demander de l'aide et implorer leur pardon. Dans les volutes d'encens, avec le puits de Næht dans le dos, je pourrai les sentir.

« Mais tu devrais être capable de sentir leur présence n'importe où », me glisse une petite voix perfide dans ma tête, et il me faut un moment pour comprendre que ce n'est pas la voix de Lief, mais celle de ma mère.

Je cherche à me souvenir de ce qu'elle disait sur les dieux. Elle parlait de servir Næht, mais toujours en termes abstraits. Nous n'allions jamais prier au temple. Avant mon arrivée au château, je n'étais jamais entrée dans un temple. Et jamais ma mère n'invoquait la déesse, elle disait simplement qu'elle travaillait en son nom. La volonté de Næht était la raison de toute chose. Mais quand priait-elle sa divinité ?

« Twylla, tu es Daunen incarnée, et de la même manière, le roi et moi nous sommes les représentants de Næht et Dæg. C'est ainsi que les villageois savent qu'ils sont bénis des dieux : grâce à notre existence », m'avait expliqué la reine.

Et Lief : « On les a inventés pour que des gens comme la reine dominent des gens comme moi, et que nous soyons tous dociles. Ce ne sont que des mensonges. »

« Oh, dieux ! » Je serre les bras autour de moi, un peu comme Lief m'a tenue. « A-t-il raison ? » Ni ma mère ni la reine ne m'ont jamais affirmé croire aux dieux. Ma mère a besoin d'eux parce que s'il n'y avait pas de dieux, il n'y aurait pas de royaume éternel et, dans ce cas, la tradition des Dévorations deviendrait une simple habitude funéraire. La reine a besoin d'eux parce que la peur de la mort rend les gens dociles, gentils, bons et repentants.

Quel genre de dieux laisseraient ma mère et la reine se comporter de la sorte, en prenant des décisions comme si la vie des gens n'était qu'un jeu ? Et si les dieux n'existent pas, qui suis-je ? Si je ne suis pas Daunen incarnée, qui suis-je ? Si je ne tue pas selon la volonté des dieux, je suis une meurtrière de sang-froid. Sur mon cercueil, il y aura des assiettées de corbeau à n'en plus finir. Il n'y aura de place pour rien d'autre.

Mais Lief a dit que *tout* était mensonger. Que voulait-il dire ?

Lorsqu'on frappe à ma porte, mon cœur manque de bondir hors de ma poitrine.

– Oui, je réponds, en tâchant de donner une impression de calme.

Je découvre avec horreur qu'il s'agit de Lief, chargé d'un plateau de nourriture.

– Votre dîner, annonce-t-il. Je suppose que vous n'en voulez pas ?

– Que fais-tu ici ? Je t'ai dit de partir.

– Je n'irai nulle part. Je sais que j'ai raison, et demain, à la Révélation, tu t'en rendras compte.

– Lief, si tu tiens un peu à moi, pars.

– Pas question. Si je m'en vais, je ne pourrai pas voir ta tête lorsque tu comprendras que j'ai raison.

– Tu n'es pas possible ! je fulmine.

– Mais j'ai raison.

Je soupire et lui tourne le dos, désespérée de constater que je suis transportée par sa bravade.

– Pas la peine de discuter, Twylla. Je reste. Je serai là demain pour t'escorter à la Révélation. Et ensuite, j'accepterai de bonne grâce tes excuses. (Il me sourit.) Mais j'ai besoin que tu fasses quelque chose pour moi.

– Quoi ?

Il me tend une petite fiole vide.

– Ne bois pas l'aubemorte demain. Je distrairai leur attention pendant que tu feras disparaître la potion dans les plis de ta robe. Repose cette fiole-ci comme si tu venais de la vider.

– Pourquoi ?

– Je te jure que ce n'est pas ce que tu crois. Je vais te le prouver, fais-moi confiance.

– C'est ce que tu me demandes encore et encore.

– Et jusqu'à présent je ne t'ai pas fait défaut, fait-il remarquer. Je serai à la porte si tu as besoin de moi.

Il fait une courbette puis repart d'un pas guilleret. Je secoue la tête dans son dos. « Quel imbécile ! »

Je regarde mon plateau, puis le totem. Je veux aller à mon temple.

Je m'habille et revêts ma cape avant d'ouvrir la porte pour lui demander d'un ton pincé :

– Si tu t'entêtes à rester, escorte-moi jusqu'au temple.

Il hoche la tête, hausse à peine les sourcils et se contente de répondre sobrement un « oui, ma dame ».

Je lui demande de m'attendre à l'entrée du temple, dont je ferme les portes. J'allume l'encens et toutes les bougies, si bien que la pièce resplendit. Puis je me tourne vers l'autel. Le badigeon de chaux est bien brillant là où se trouvait le totem, comparé au mur terni de chaque côté. Je m'agenouille devant et ferme les yeux, emplissant mes narines de l'odeur du frangipanier, dans l'attente. « Où êtes-vous ? J'ai besoin de vous, je suis perdue et je ne connais pas le chemin. J'ai besoin d'être guidée. »

Mais rien ne vient, pas de sentiment de paix ni de justesse. Rien. Ce n'est qu'une pièce du château. Les dieux, s'ils existent, ne sont pas ici en ce moment.

Encore une fois, je suis éveillée et prête avant l'aube. Lief frappe à ma porte alors qu'il fait encore noir, et je me lève, emplie d'un calme étrange. À ma grande surprise, j'ai bien dormi. Rien ne m'a dérangée ni hantée. Pas de rêves de mort ni de membres enchevêtrés, pas de bannissement ni de regards verts enflammés. Pas de rêves à message inspirés par les dieux. C'est comme si je m'observais, à distance de toute cette histoire. Me voilà marchant devant Lief et le garde supplémentaire que m'a affecté la reine pour m'escorter à la Révélation. Ma robe glisse sur les dalles devant la caserne, puis dans l'escalier étroit qui descend dans les profondeurs du château.

Les lieux empestent la chasse, le fumet âcre des chiens courants flotte dans l'air. Était-ce seulement hier que je m'inquiétais que la reine me prenne mon garde ? Les révélations de Lief ont éclipsé ce souci. Comme je me trompais ! Cela l'amusera beaucoup quand elle découvrira que nous nous sommes piégés tout seuls, Lief et moi, lui épargnant cette tâche, si tant est qu'elle ait été dans ses intentions.

Je devrais avoir peur... Je devrais trembler, mais je suis engourdie. J'attends que Lief frappe à la porte pour annoncer ma venue à Rulf.

Je m'assieds sur le tabouret, le regard rivé au mur, sans prêter la moindre attention aux trois hommes, ni au fantôme rieur de Tyrek. Je suis sereine. Je sais ce qu'il va se passer. Peut-être les dieux rejetteront-ils mon sang dès que Rulf le mélangera à l'aubemorte. La mixture deviendra peut-être noire, et alors Rulf saura que j'ai trahi le royaume. Ou les cieux noirciront et alors tout le monde saura que j'ai trahi. Quoi qu'il arrive, j'espère seulement avoir le temps de m'interposer entre Lief et l'autre garde, pour qu'il ait le temps de fuir. Je plie nerveusement les doigts, mais Rulf m'interrompt d'un signe de tête tandis qu'il appuie le couteau à la saignée de mon bras. Dans l'autre main, je serre la fiole que m'a donnée Lief. Les picotements de ma peau m'indiquent que Lief m'observe. Je regarde avec détachement Rulf faire une petite incision, puis je tourne le bras pour qu'une goutte de sang tombe dans le bol disposé pour la recueillir.

L'autre garde vient se placer près de Rulf lorsqu'il ajoute mon sang au poison, et l'attention de Lief se reporte sur eux. J'en profite pour l'examiner. Il est pâle, sa peau est tendue sur les pommettes bien marquées de ses joues. Sa main se serre et se relâche sur la poignée de son épée. Il n'est donc pas si sûr de ce qu'il avance en disant que ce n'est qu'un mensonge pour asservir les masses. Que fera-t-il quand nous serons découverts ? Essaiera-t-il de terrasser Rulf et l'autre garde pour s'enfuir ? Me prendra-t-il avec lui ?

Rulf laisse tomber la fiole sur mes genoux. Je suis en train de la regarder lorsqu'un bruit de verre brisé me fait sursauter. Mon cœur s'arrête : « Nous sommes découverts, ça y est ! » Rulf traverse la pièce et je vois des éclats de verre par terre, et Lief qui s'excuse en se baissant pour ramasser les pots qu'il a fait tomber. Sans réfléchir, je dissimule l'aubemorte dans ma manche et retire le bouchon de la fiole vide. Je la pose sur la table et me retourne pour regarder les trois hommes.

– Je suis terriblement navré, dit Lief en ramassant les plus gros morceaux, tandis que Rulf le chasse à grands gestes, en le vitupérant silencieusement.

Puis nous quittons la pièce.

Lief attend que nous soyons seuls dans l'escalier de ma tour pour me présenter sa main en demandant :

– Donne-la-moi.

Je lui tends la fiole cachée dans ma manche. Je frôle ses doigts. Et avant que j'aie pu faire un geste, il retire le bouchon, renifle rapidement le liquide, puis l'avale.

Son visage se contracte aussitôt et j'agrippe sa tunique. Il me saisit les mains.

– C'est du sorbier, toussote-t-il en faisant une grimace qui, en d'autres circonstances, aurait pu être drôle. Du sorbier et un alcool quelconque. Ma mère m'en faisait boire quand elle me prenait à jurer. (Il fourre la fiole dans la petite poche de poitrine de sa tunique.) Le goût est amer, mais ce n'est rien. Certainement pas un poison.

Je dégage mes mains et lui tourne le dos. Je n'ai pas bu l'aubemorte, et personne n'en sait rien. Même l'herboriste rompu à l'art de la Révélation n'y a vu que du feu. Et les dieux qui gouvernent mes moindres faits et gestes n'ont rien fait pour me punir. Hier, j'ai touché un homme, j'ai *embrassé* un homme, et il a survécu. Il est vivant alors que nul en dehors de la famille royale ne devrait survivre à mon toucher. Ce même homme a bu le poison que j'ingurgite depuis quatre moissons et me dit que ce n'est qu'un breuvage que les mères donnent en punition à leurs enfants quand ils disent des gros mots.

Rien de ce que je croyais – rien de ce qu'on m'avait dit – ne s'est produit.

Lief disait vrai. Tous les autres m'ont menti.

Je ne suis pas bénie des dieux. Je ne suis pas Daunen incarnée. Je ne sais pas qui je suis.

Je dépasse Lief pour finir l'ascension de l'escalier jusqu'à ma chambre.

– Écris à Merek, je lui ordonne avant qu'il ait le temps de dire un mot, mais il s'apprête déjà à m'attirer contre lui. Dis-lui de me rejoindre au temple tout de suite.

Chapitre 15

Dans mon temple, je fais les cent pas en guettant la porte. Lief attend à l'entrée, prêt à annoncer Merek lorsqu'il arrivera, tandis que je m'efforce de rassembler mes esprits et de me calmer. J'ai besoin d'être informée de tous les faits. Je dois connaître les détails.

– Son Altesse, le prince Merek, annonce Lief.

Je vois Merek s'avancer vers moi, le visage marqué par l'inquiétude. Déjà la mince carapace que j'ai essayé de me forger pour garder contenance commence à se fendiller. Mais sans me laisser le temps d'ouvrir la bouche, Merek s'adresse à moi :

– Twylla ? Tu es au courant ? Je t'assure que ce n'est rien d'inquiétant.

Ses paroles me prennent par surprise : comment peut-il savoir ce que j'ai découvert ? Puis je perçois le malentendu.

– Ce n'est qu'une fièvre légère, insiste-t-il. Sans doute un coup de froid pendant la chasse.

– De quoi parlez-vous ?

– Du roi. C'est bien la raison pour laquelle tu m'as mandé ?

Je secoue la tête.

– Qu'est-ce qui arrive au roi ?

– Une fièvre, comme je te l'ai dit. Il va s'en remettre vite. Bien sûr, cela veut dire que ton audience de demain n'aura pas lieu. Mère a ordonné que cela soit reporté jusqu'à ce que toute crainte soit écartée, mais je suis sûr qu'il te réclamera bientôt.

Je le regarde d'un air soucieux. J'ai perdu tout désir de m'énerver contre lui.

– Cela n'a rien à voir avec la mauvaise fortune de ton garde, me rassure-t-il, interprétant mon expression de travers. Ce n'est pas pareil, inutile de te tracasser. Ceci va peut-être t'amuser : ma mère a prévu de rester au château demain pour soigner mon beau-père. (Sa bouche esquisse un sourire mais, comme je reste immobile et muette, il s'efface aussitôt.) Qu'est-ce qui ne va pas ? Pourquoi m'as-tu fait venir ? Est-ce la Révélation ? Quelque chose s'est produit lors de la Révélation ?

Il a prononcé le mot qui a le pouvoir de réveiller ma rage.

– De quelle plante tire-t-on l'aubemorte ? je demande d'une voix saccadée.

– Je ne comprends pas...

– De quelle plante tire-t-on l'aubemorte ? J'ai beau réfléchir, je ne me souviens pas d'avoir jamais entendu parler d'une plante portant ce nom. Cette substance provient bien d'une plante, n'est-ce pas ?

– Je... je ne suis pas sûr. Je crois, oui, dit-il fermement, mais sa voix n'est pas tout à fait assurée, il a hésité, et je remarque que ses yeux s'agrandissent légèrement. Que se passe-t-il ?

– Je me suis rendu compte ce matin, alors qu'un homme m'entaillait le bras puis me donnait un poison à boire, que je ne savais pas vraiment ce que je prenais. Je connais ses effets, mais pas sa composition. J'aimerais me renseigner. On devrait m'apporter les fleurs de cette plante pour décorer l'autel, cela serait approprié, non ?

Chaque mot est précis, ciselé. On dirait la reine lorsqu'elle est particulièrement menaçante. Cela me plaît. Je vois que Merek s'en rend compte aussi, et il blêmit.

– Non, je ne crois pas que ce serait approprié, répond-il en se tournant légèrement vers la porte.

– J'imagine qu'il serait difficile de décorer un autel avec une fleur qui n'existe pas.

Je laisse tomber la phrase avec un tel calme qu'elle lui échappe presque.

Presque.

– À qui as-tu parlé ? me demande-t-il.

Je devrais être ravie, car cela veut dire que Lief a raison : je ne suis pas une meurtrière. Mais en fait, je suis effondrée. Une douleur me traverse le crâne, si fulgurante que j'ai l'impression qu'elle me pousse vers le sol.

– Twylla, où as-tu entendu de telles choses ?

Je secoue la tête.

– Je n'ai pas eu besoin qu'on me le dise, Merek. Simplement, je ne suis pas aussi stupide que vous semblez tous le croire.

– Twylla, personne ne croit…

– Vous m'avez menti ! lancé-je au visage de l'héritier du royaume. Vous m'avez tous menti !

– Je n'ai jamais…

– Y a-t-il une seule chose de vraie ? Une seule ? La Révélation ? Comment les traîtres meurent-ils si ce n'est pas vrai, Merek ?

Il se couvre le visage de ses mains.

– Laisse-moi t'expliquer, je t'en prie. (Il tend les mains pour me calmer.) S'il te plaît.

Plus que ses mains tendues ou son visage torturé, c'est l'entendre supplier qui m'arrête. Je me rappelle alors à qui je parle, parce que ce ton semble si inadéquat dans sa bouche. Je lui adresse un bref signe de tête, il opine en retour puis se met à faire les cent pas tandis que je reste immobile et raide.

– Nous… le royaume était en crise. L'inquiétude gagnait le peuple, les gens s'agitaient. Il n'aurait pas fallu grand-chose pour que de véritables problèmes surviennent. Nous devions les aider à retrouver leur foi. C'était une idée de ma mère.

– Évidemment, je glapis. Mais comment avez-vous fait ? Parce que jusqu'aujourd'hui, je croyais avoir pris la vie de treize hommes. Si ce n'est pas moi la responsable, comment cela se fait-il ?

– Ils sont empoisonnés avant ton entrée dans la pièce, explique-t-il d'une voix lente.

Je le vois peser soigneusement ses mots à l'aune de mes réactions. Je m'efforce de garder un visage neutre et calme.

– Dans leur dernier repas, on glisse un peu de laurier-rose. Chaque fois, ça se passe ainsi.

– Est-ce qu'ils sont au courant ?

Il secoue la tête.

– Alors ils sont tous morts en pensant que j'en étais la cause ? Tyrek a cru que je l'exécutais ?

Merek hésite un instant puis secoue la tête.

– Que voulez-vous dire ?

– Lui seul savait que ce n'était pas toi.

Je dois m'appuyer à l'autel pour rester debout. Mes pensées tourbillonnent, essayant de s'assembler.

– C'est pour cela qu'il est mort, n'est-ce pas ? Parce qu'il avait compris ?

Merek baisse les yeux vers le sol.

– Il savait. Il avait prévu de tout te révéler.

– Alors il a été tué.

– Il se croyait amoureux de toi, dit faiblement Merek.

– Est-ce une trahison que de tomber amoureux de moi ?

– Je t'en prie, Twylla, Lormere allait droit à la catastrophe. Tu dois comprendre, me supplie-t-il. (Je recule d'un pas, dégoûtée.) Le royaume était menacé, les gens avaient besoin… besoin d'espoir, Twylla. Il faut que le peuple croie en quelque chose. Et les légendes racontent que Daunen vient porter l'espoir…

Même si je le savais déjà, entendre cette confirmation de sa bouche est aussi terrible que l'absence des dieux dans mon temple. Maintenant, c'est devenu réel.

– Donc je suis un symbole ? Tout ça, toute ma vie ici… Je ne sers que d'emblème à ce royaume ? Pourquoi ?

Merek semble accablé, la détresse lui tord la bouche.

– Mon père était mort. Alianor était morte. Les années passaient depuis le mariage de ma mère et mon beau-père, et ils n'avaient toujours pas de fille. Le peuple… redoutait ce qu'il adviendrait de Lormere après la mort de ma mère, s'il n'y avait pas de reine pour occuper le trône avec moi. Elle s'est rappelé les vieilles légendes de Daunen, ces histoires qui racontaient qu'une fille des dieux venait à Lormere en temps de troubles, pour apporter l'espoir et la justice. C'est alors que mon beau-père s'est souvenu de toi : rousse, avec une voix magnifique… Daunen n'était pas apparue depuis un siècle, il n'y avait aucun survivant pour se rappeler la dernière incarnation. Nous étions en guerre alors, les gens mouraient, mais dès que Daunen était arrivée parmi nous, Lormere avait rassemblé ses forces et remporté la victoire. Parce qu'elle leur avait redonné la foi. Alors, si nous avions une Daunen, le pays s'apaiserait, c'était le signe dont le peuple avait besoin pour être rassuré. Et moi, j'avais besoin d'une femme. La famille royale a toujours appartenu à la même lignée ; donc, si je devais épouser quelqu'un n'ayant pas le même sang, il devait se produire rien de moins qu'un miracle.

Il regarde ses pieds.

– Mais il fallait que ça semble authentique, tu comprends ? Nous ne pouvions pas faire venir une fille du peuple, déclarer qu'elle était la fille des dieux et lui donner le trône. Le peuple n'aurait jamais accepté cela. Nous devions leur faire croire à une intervention divine, ce choix devait être indiscutable.

– Alors vous avez ajouté quelques lignes à la légende ? La nouvelle Daunen a des pouvoirs divins qui lui permettent de tuer par simple contact ? je raille. C'est parfait, je dois dire. Qui voudrait contester ça, sachant quelles peuvent être les représailles ?

– Twylla...

– J'ai été confinée dans une tour, à l'écart de tous, pour que vous puissiez prétendre que j'étais un hommage aux dieux ? Vous m'avez donné un joli temple, vous avez annoncé au monde entier que j'étais une meurtrière, et parce que nous sommes des paysans ignorants, nous y avons cru. Je n'oublie rien ?

Merek pousse un soupir.

– Twylla, je voulais te le dire. Mais je suis parti en voyage et... (Il laisse sa phrase en suspens.) Je suis désolé. C'était nécessaire. Nous ne voulions pas nous montrer cruels. (Il s'interrompt et déglutit avant de poursuivre.) Tu étais une fille de roturiers. Nous ne pouvions pas annoncer nos fiançailles sans rendre ce choix indiscutable. Ma mère a trouvé l'idée de l'aubemorte pour apporter une preuve irréfutable. Les témoignages sur la dernière Daunen restaient évasifs sur la manière dont elle rendait la justice. Il n'a pas été difficile pour ma mère d'ajouter les éléments nécessaires afin de rendre la fable convaincante. Si nous affirmions que tu pouvais boire du poison, c'était une preuve suffisante pour montrer que tu étais toi aussi élue par droit divin. Faire de toi ma future femme coulait de source.

– Mais Rulf était au courant ? Et Tyrek ?

Merek se détourne.

– Il fallait bien que Rulf soit au courant, mais ma mère lui a fait couper la langue pour qu'il ne puisse jamais le révéler.

Le fils était censé ne rien savoir. Je ne sais pas comment il l'a découvert. Lorsque ma mère a su qu'il connaissait le secret…

Mon estomac se soulève, je dois serrer les dents pour ne pas avoir un haut-le-cœur. « À cause de moi. C'est à cause de moi. » On a sectionné la langue d'un homme, puis assassiné son fils, rien que pour faire de moi une icône.

– Je pensais que j'étais bénie par les dieux. Vous m'avez laissée chanter en leur nom, faire des dévotions dans ce temple. Avez-vous jamais cru aux dieux, Merek ?

Au bout d'un long moment, il secoue la tête.

– Quelle importance ?

– J'avais besoin de le savoir, je réponds calmement avant de passer à côté de lui.

– Où vas-tu ? demande-t-il en me suivant.

– À mon solier. J'ai besoin de réfléchir.

– Réfléchir à quoi ?

Il m'arrête en me touchant le bras, et je me tourne vers lui.

– Comment se fait-il que l'homme que je vais épouser m'ait laissée croire que j'étais une meurtrière ? Voilà à quoi j'ai besoin de réfléchir.

– Cela fait partie du rôle de Daunen. Il en a toujours été ainsi.

– Mais j'étais la seule à croire que j'étais vraiment le bourreau, non ?

Merek joint les mains d'un air suppliant.

– Le peu que nous avons trouvé dans les légendes disait que Daunen envoie ceux qui menacent Lormere – les traîtres – à leur mort. Ma mère a rendu les choses plus littérales, pour que personne n'attente à ta vie. Si tout le monde pensait que tu étais insensible au poison, qui aurait tenté de t'empoisonner ? Si les gens croyaient qu'entrer en contact avec ta peau les tuerait, qui aurait osé t'approcher ? Les temps changent, les dieux n'ont plus autant d'influence qu'auparavant. Nous avons dû les réinvestir d'un pouvoir.

Je le regarde un moment puis lui tourne le dos.

– Ne pars pas, Twylla. Je t'en prie, essaie de comprendre. Nous ne pouvions pas te mettre au courant : si nous voulions que le royaume y croie, tu devais y croire la première. Tu n'étais qu'une enfant lors de ton arrivée, tu n'aurais pas pu garder cela pour toi.

– Je garde des secrets depuis ma naissance, je rétorque. Je devais devenir la Mangeuse de péchés de Lormere, rappelez-vous.

– Si j'avais été là… Ce sera différent, maintenant, je le jure. Tout sera différent. Plus de secrets.

Je me couvre le visage avec les mains, dans un effort désespéré pour ériger une barrière entre lui et moi. Je reste ainsi, protégée par l'écran de mes doigts, jusqu'à ce que je sois assez calme pour pouvoir lui parler sans hurler.

– C'est dur à supporter, Merek. Il va me falloir du temps. Je ne peux pas accepter tout cela si rapidement.

Au bout d'un long moment, il hoche la tête.

– Tu peux me demander n'importe quoi n'importe quand. Je répondrai à toutes tes questions avec honnêteté.

– Merci, je glisse faiblement avant de le laisser dans le temple vide.

Lief traîne derrière moi en silence tandis que nous traversons le château dans l'autre sens pour regagner mon solier. Dès le seuil franchi, c'est moi qui le plaque contre la porte pour l'embrasser comme si ma vie en dépendait.

Nous nous asseyons par terre, main dans la main, agenouillés face à face. Le simple contact de sa peau fait vibrer mon corps de plaisir, parce que c'est sans conséquence, et crucial à la fois. Mes mains refusent de rester tranquilles, je caresse du bout des doigts les jointures des siennes, sa paume. Et lui fait de même, suivant le contour de mes ongles et emmêlant ses doigts avec les miens. Nous sourions tous les deux, j'en ai mal aux joues, mais je ne peux pas m'en empêcher.

– Tu me dois des explications, je réclame.

– Et tu me dois des excuses, me taquine-t-il.

– S'il te plaît, Lief, dis-moi comment tu as su. Dis-moi comment tu as décelé le mensonge que je n'ai pas su voir.

Il se renverse en arrière et me regarde, la tête penchée.

– Twylla, vous, les Lormeriens, vous avez peut-être une armée formidable, mais vous n'avez pas les connaissances scientifiques du Tregellan. Elles sont inégalées. Notre médecine, notre pharmacopée sont bien plus avancées que les vôtres. S'il existait un poison transmissible par la peau, nous serions au courant, et crois-moi, nous en ferions grand usage. Lormere a survécu un siècle durant sans Daunen, c'en est devenu un mythe, un conte de fées, comme le Prince Endormi ou les récits que tu chantes. Et tout à coup, il en arrive une nouvelle ! Pourquoi ? Pourquoi ces prétendus dieux auraient-ils soudain envoyé leur fille ? À moins que cela n'ait rien à voir avec les dieux, mais concerne des raisons bien moins divines…

Je le regarde tout en réfléchissant. La Daunen précédente a sauvé Lormere pendant la guerre. Nous étions envahis par le Tregellan, et Merek m'a raconté que sa grand-mère était chétive et qu'on doutait qu'elle vive au-delà de l'enfance. Cette Daunen était-elle comme moi une fille que l'on préparait à occuper le trône au cas où l'héritière légitime mourrait ? Est-ce ainsi que les Daunen sont apparues ? S'agit-il d'un rôle inventé, d'une marionnette que l'on fait passer pour la fille des dieux afin de tranquilliser le peuple ?

– Pourquoi ne m'ont-ils rien dit lors de mon arrivée ? J'aurais compris que c'était pour le bien du royaume. J'adorais la reine. Pourquoi ne m'ont-ils pas fait confiance ?

Lief dessine des cercles sur le dos de ma main.

– Je pense que c'est à cause de la pratique de la Dévoration. Quand tu en parles, même maintenant, on voit que cela te tient à cœur. C'était une part si importante de ta vie qu'ils devaient t'offrir quelque chose d'encore plus grand. Ils devaient te donner un devoir plus essentiel encore, une destinée. Jamais tu n'aurais remis en question une destinée, puisque tu es née avec un destin, que tu as été élevée dans cette idée, m'explique-t-il doucement. Et qui refuserait une destinée qui implique de vivre dans un château, plutôt que d'être Mangeuse de péchés dans une masure ?

– Mangeuse de péchés..., je répète.

J'avais oublié ce souvenir, ou je ne m'étais pas permis d'y repenser jusque-là.

J'étais petite, et Maryl n'était qu'un bébé. J'avais passé des heures à la bercer, à la consoler, je faisais tout ce que je pouvais pour faire taire ces pleurs aigus qui rendaient son visage tout rouge, tandis qu'elle remontait ses genoux minuscules sur sa poitrine. Ma mère restait dans sa chambre ; elle n'était sortie qu'une fois pour la mettre au sein. Enfin, Maryl s'était endormie et moi, épuisée, je somnolais dans mon fauteuil.

– Viens.

La porte de ma mère s'était ouverte et je m'étais traînée jusqu'à son antre à l'atmosphère étouffante et écœurante.

– Ce que nous faisons, avait-elle déclaré comme si nous étions au beau milieu d'une conversation, est une pratique très ancienne, intemporelle. Elle a toujours existé et doit se perpétuer pour l'éternité.

Mes paupières se fermaient d'elles-mêmes, j'étais bercée par la chaleur de la pièce.

– Avant les dieux, avant les rois, nous existions déjà. Lorsqu'ils ont pris possession du royaume, ils nous ont intégrées et ont donné des explications à ce que nous faisons. Mais nous ne le faisons pas pour eux, ma fille. Nous le faisons parce qu'il le faut. Avant les dieux et les rois, il y avait les péchés. Il y a toujours eu des péchés. Tu comprends ce que je te dis ?

J'avais hoché la tête avec la brusquerie de quelqu'un qui se réveille en sursaut, pas comme quelqu'un qui marque son assentiment.

– Nous sommes ancestrales, avait-elle ajouté. Nous assurons leur protection.

Je détourne le regard et lâche la main de Lief. Tout s'explique, mais je résiste. Je ne veux pas que ce soit si simple. J'ai consacré quatre ans de ma vie à cette mascarade, me préparant doucement à devenir la femme de Merek. Découvrir qu'il ne s'agit absolument pas de mon destin, mais que l'existence que je mène a été dictée par ma couleur de cheveux, mes talents de cantatrice et la folie des grandeurs d'une mauvaise reine est difficile à supporter. Combien de personnes sont-elles mortes à cause de ces mensonges ?

– Y a-t-il des Mangeuses de péchés en Tregellan ? je demande à Lief.

Il hoche la tête.

– Comment cela fonctionne-t-il ?

Il semble déconcerté.

– Comme ici, je suppose. La Mangeuse de péchés dévore ce qu'il y a sur le cercueil pendant que la famille fait ses adieux. Puis il y a les funérailles. C'est la même coutume, il s'agit d'une étape de la cérémonie funèbre.

– Non, Lief, cela ne se passe pas comme ça ici, je proteste doucement. Ici, ça ne fait pas partie de la cérémonie.

Il hausse les épaules.

– J'imagine que cette pratique fait partie des choses qui ont perduré après que la foi s'est éteinte. Retirer cet aspect de la cérémonie aurait peut-être représenté un trop grand changement, alors ils l'ont gardé.

Un geste symbolique. C'est à croire que mes deux destinées ne sont que des toiles d'araignée qui se dissipent comme un mirage à la lumière du jour.

– En quoi les Tregelliens croient-ils ?

– En rien. Avant la chute de la monarchie, les gens accordaient leur foi aux dieux. Mais les croyances se sont dissoutes pendant la Révolution. Je crois que le peuple n'avait plus de temps pour ça. Dans les petits hameaux, il y a des gens qui croient encore à certains dieux.

– Nos dieux ?

– Non, ils croient au Chêne et au Houx.

– Ce sont vos dieux ? (Je suis incrédule.) Tu ne te moquais pas de moi ? Le Tregellan a des dieux différents ?

Il hoche la tête.

– Je ne me moquais pas.

– Comment pourrait-il y avoir différents dieux, Lief ?

– Je suis d'avis qu'il n'y en a pas du tout, répond-il calmement. Mais je crois que, pour certaines personnes, la vie est plus aisée si elles croient que quelqu'un veille sur eux.

Je suis saisie. C'est ce que sous-entendait ma mère.

– La dernière fois, je n'ai rien senti dans mon temple, j'avoue d'une voix hachée. Rien. Alors que je voulais sentir leur présence malgré tout.

Il m'attire à lui et me prend dans ses bras, tandis que je m'efforce de comprendre ce que j'ai toujours su sans jamais en saisir le sens.

– Je suis désolé, me dit-il enfin.

Je secoue la tête.

– Que comptes-tu faire ? me demande-t-il.

– Je ne sais pas. Mais je ne crois pas que rester ici en faisant semblant d'être la fille d'une déesse soit un choix possible.

– Et le prince ?

– Je… je ne peux pas l'épouser. Plus maintenant. Je ne peux pas rester à son côté, m'offrir à sa famille et à lui.

– Pas après tous ces mensonges…

– Pas en étant amoureuse de quelqu'un d'autre.

J'ai prononcé cette phrase sans réfléchir. Il s'assied brusquement.

– Quoi ?

Je prends la mesure de ce que j'ai dit et j'en suis tout étourdie, j'ai les oreilles qui sifflent et le sang qui afflue au visage. Je vois aussi combien c'est vrai. Soudain, il ne reste que cette certitude, la plus vraie et la plus sûre du monde. Je suis amoureuse. Voilà ce qui n'allait pas chez moi. Je suis tombée amoureuse. Et moi qui chante des histoires d'amour, je n'avais rien vu.

– Je suis amoureuse de toi, je murmure.

Il dévore ma confession à pleine bouche, il m'embrasse avec passion et engloutit mes inquiétudes. Je le laisse faire, acceptant pour l'instant de suspendre mes interrogations pour savourer ses lèvres sur les miennes, ses mains sur ma taille.

Dès qu'il s'écarte, il me manque et je me rapproche, impatiente de m'enivrer de contacts dont j'ai été si longtemps privée. Il se laisse faire, passe les bras autour de moi, et je me tourne pour me blottir contre sa poitrine en resserrant ses bras sur moi. C'est bien ainsi. Je suis exactement à ma place.

– Qu'allons-nous faire ? je lui demande enfin.

– Que veux-tu dire ? murmure-t-il dans mon oreille.

– Que faisons-nous maintenant ? Qu'est-ce qui se passe ensuite ?

– Cela dépend de toi, répond-il avec lenteur. Que veux-tu faire ?

– Je ne sais pas. Je veux partir d'ici, mais je ne peux pas. Je n'y arriverai pas, même avec ton aide. Mais comment pourrais-je rester ?

– Est-ce que… tu t'enfuirais avec moi, s'il y avait un moyen ?

En guise de réponse, je me tourne à demi et attire son visage vers mes lèvres. Je maintiens sa tête et l'embrasse.

– Alors… (Il recule et me regarde intensément.)… ça veut dire oui ? Accepterais-tu d'être avec moi ?

Malgré ses efforts pour le dissimuler, l'espoir se lit clairement sur son visage.

– Je veux être avec toi.

Je pense à la reine. Elle s'est donné tant de mal pour faire de moi son pantin, et pourtant c'est elle qui a jeté sur mon chemin celui qui allait s'y opposer. En à peine plus d'une lune, Lief a défait quatre moissons de besogne. J'imagine la fureur dans laquelle elle entrera lorsqu'elle apprendra que nous nous sommes rebellés, et cela me fait sourire. Je me laisse aller contre Lief, émerveillée par le bien-être que me procure sa proximité.

– Alors, quelle est la suite des événements ? me demande-t-il.

– Nous implorons les dieux de faire un miracle, je réponds avec un faible sourire.

Je le sens qui sourit contre ma tempe, et il me prend la main.

– Je connais peut-être un moyen de s'échapper. Il faudra que je vérifie, mais je suis sûr que Dimia m'a parlé d'un passage que les domestiques utilisent pour sortir en douce et aller au village. Demain, pendant ton audience avec le roi, j'irai voir si c'est vrai.

Je me rappelle ce dont Merek m'a informée plus tôt.

– C'est impossible. Mon audience est reportée, le roi a attrapé la fièvre pendant la chasse, il n'y aura pas d'audience tant qu'il ne sera pas rétabli. Oh ! Nous pourrions partir ce soir, pendant que l'attention est sur le roi.

– Je doute que Merek s'intéresse au roi, dit Lief d'un ton pincé. Je le soupçonne de n'avoir d'yeux que pour toi. Et puis, je ne sais pas où se situe ce passage, ni où il débouche. Et si nous voulons quitter Lormere, il nous faut des chevaux. Nous ne pouvons pas prendre le risque d'être surpris en train de fuir, nous devons être bien loin lorsqu'ils se rendront compte de notre absence. Assez loin pour qu'on ne puisse pas nous rattraper. Elle partira à ta recherche, tu sais. Elle ne renoncera pas si facilement à toi.

Il serre tendrement mes doigts entre ses mains.

– Mais heureusement pour toi, moi non plus, ajoute-t-il en m'embrassant l'oreille, comme s'il prêtait un serment. Nous passerons par chez ma mère. Elle habite de l'autre côté des bois de l'Ouest ; j'enverrai un message et nous pourrons changer de monture là-bas, et faire des provisions avant de nous enfoncer dans le Tregellan. Nous irons vers le nord, en direction de Tallith. Là-bas, nous serons hors de leur portée.

J'acquiesce, heureuse.

– C'est un bon plan.

– Pour être tout à fait honnête, Twylla, je ne viens pas d'y penser, m'avoue-t-il en souriant.

– Oh ! je lâche, avec un grand sourire.

Je ne suis pas la fille de la Mangeuse de péchés. Je ne suis pas Daunen incarnée. Je suis autre chose. Je renais. Je ne suis pas un monstre dans un palais. Je ne suis pas un rossignol prisonnier d'une épine.

– Quand partons-nous ?

– Dans quelques jours. Il ne me faudra pas plus longtemps pour tout préparer. Il faut que tu rassembles ce que tu veux emporter et que tu te tiennes prête.

– Je ne veux rien d'ici, je m'empresse de répondre.

– Tant mieux, nous partirons plus légers.

J'entends des sourires dans sa voix, son souffle m'ébouriffe les cheveux.

– Nous devrons être prudents, je fais remarquer, plus à mon intention qu'à la sienne. (Je papillonne des paupières tandis qu'il me caresse le dos des mains et les poignets de ses longs doigts.) Ils ne doivent se douter de rien. Nous devons laisser Merek croire que j'ai accepté la vérité au sujet de Daunen. Que je suis satisfaite d'être dans la confidence.

– Mais je peux quand même t'embrasser ? Lorsque nous sommes seuls ?

– Es-tu si gourmand de mes baisers ?

– Affamé. Insatiable. (Il sourit comme un loup.) Tu ne sais pas à quel point tu es belle, n'est-ce pas ?

Je me tortille.

– Assez, Lief.

– Et si je refuse de me tenir tranquille ?

– Je trouverai le moyen de te réduire au silence.

– Essaie, me lance-t-il, plein de défi.

Je me tourne pour lui faire face, les lèvres entrouvertes. Lentement, le cœur cognant bruyamment à fleur de peau, je m'approche et l'embrasse. Mes yeux se ferment d'eux-mêmes, et, lorsque je les rouvre, Lief me dévore du regard. Nos bouches se frôlent avec délicatesse, nos lèvres s'ouvrent et se ferment, l'une contre l'autre. Nous ne nous quittons pas des yeux, si bien que j'ai le vertige, et je ferme les miens pour me concentrer sur la sensation : ses mains qui me touchent, sa langue qui danse avec la mienne.

Cette fois, c'est lui qui se dégage. D'une main, il épouse le contour de ma joue.

– Encore quelques jours et nous serons dans notre chaumière à nous, à l'abri, et plus personne ne pourra nous faire de mal.

Il porte ma main à ses lèvres et l'embrasse, puis la met sur son cœur. Sous le tissu de sa tunique, je sens la fiole, dont je suis le contour du bout des doigts.

– Tiens, je te rends ta fiole, me dit-il en la sortant. Garde-la en souvenir.

Lorsque je prends le petit objet, je sens la détermination se raffermir en moi. Je me lève, quittant l'étreinte de Lief. Je baisse les yeux sur le symbole de ce qui a régi ma vie durant les quatre dernières années. Puis je jette la fiole de toutes mes forces par la fenêtre ouverte. Quand je me tourne de nouveau vers Lief, notre baiser est aussi inévitable que le coucher du soleil sur les bois de l'Ouest.

Chapitre 16

Moi qui me donnais tant de mal pour ne toucher personne, à présent je dois joindre les mains pour m'empêcher de glisser mes doigts entre ceux de Lief. La nuit passée, je n'ai presque pas dormi. Il m'est douloureux de faire quitter ma chambre à Lief, et il m'est douloureux de savoir qu'il est juste de l'autre côté de la porte. C'est trop dur : il est si proche et pourtant hors de ma portée. Ne pas pouvoir le toucher me semble anormal, et je suis impatiente d'être dans un endroit où je pourrai librement faire courir mes doigts le long de son bras, où il pourra encercler mes poignets de ses mains élégantes. Je n'aurais jamais cru possible de ressentir tant de sentiments contradictoires à la fois : colère, espoir, crainte, désir, joie, inquiétude. Mes émotions prennent vie en moi et je suis terrifiée à l'idée que quelqu'un comprenne ce qui se passe et le rapporte à la reine. Je veux qu'elle l'apprenne, mais seulement une fois que je serai largement hors de sa portée.

Je suis étourdie par le champ des possibilités qui s'offrent à moi. Tout est plus brillant, clair et meilleur. Sans même le regarder, je devine l'expression de Lief, l'endroit où se pose son regard, surtout quand c'est sur moi. Cette sensation est aussi concrète que ses bras qui m'entouraient un instant plus tôt.

Parfois, l'air me porte un parfum de feu de bois et de citron vert qui me fait sourire. C'est son odeur. Je la sens aussi sur ma main quand je remets en place une mèche de mes cheveux.

Il y a de la terreur, aussi. Le bruit de ses pas sur la pierre fait résonner mon nom. À chaque « Twylla » qu'il martèle, j'épelle deux Lief, et j'ai peur que nous n'annoncions ainsi notre traîtrise à tous les habitants du château, pour peu qu'ils fassent attention au bruit de nos pas. Je dois vivre une double vie jusqu'à notre fuite, comme les espions et les traîtres que je croyais mettre à mort. Je n'ai rien d'une espionne, j'ai l'impression de porter mes pensées avec aussi peu de discrétion que ma cape rouge. Je bouillonne comme l'eau de la mare sacrée, agitée par les remous de l'espoir et de la peur.

Je ne peux pas rester dans ma chambre – malgré le manque de sommeil, je ne tiens pas en place –, alors je demande à Lief de m'accompagner jusqu'aux jardins, dans l'espoir que l'air frais nous garantisse l'isolement nécessaire pour continuer à échafauder notre projet. Mais dès que nous pénétrons dans le jardin clos, je repère Merek assis sur un banc, qui fixe le mur d'un regard vide, tandis que ses gardes traînent le long du mur opposé. Prise de panique, je bifurque brusquement pour m'éloigner avec Lief, quand il m'appelle par mon prénom :

– Twylla.

– Votre Altesse.

Je fais une courbette pour cacher mon trouble, priant pour que ma peur ne se lise pas sur mon visage.

– Tu peux disposer, dit-il à Lief.

Lief hésite à peine avant de s'incliner puis de tourner les talons. Il reste dans les parages, faisant la sentinelle sous l'arche qui mène au jardin, et j'admire son sang-froid.

– Je… j'espérais te voir. Je pensais que tu viendrais ici aujourd'hui. Je t'ai dit que je te laisserais le temps de réfléchir, je sais, mais… je ne veux pas que cela nous éloigne l'un de l'autre.

– Comment se porte le roi ?

– Mieux. On m'a dit qu'il allait beaucoup mieux. Il a retrouvé l'appétit et demande qu'on cesse de se faire du souci pour lui. En fait, ce qu'il veut dire par là, c'est qu'il aimerait que ma mère le laisse respirer. Elle n'a pas l'étoffe d'une garde-malade.

Je n'arrive pas à le regarder en face, et pas seulement parce que je suis en colère.

– Transmettez-lui mes vœux de prompt rétablissement. Je ne voulais pas vous déranger. Je vais vous laisser profiter de la solitude.

– Ne pars pas, Twylla, dit-il doucement. Je préfère que tu m'exprimes ta colère si cela permet de régler le problème entre nous. J'ai dit que je serais honnête avec toi dorénavant, et je tiendrai ma promesse. Ne me tourne pas le dos.

Nous restons tous deux plantés là gauchement. Lui veut que je parle ; moi, je suis incapable de trouver un mot qui ne soit ni rancunier ni accusateur. Je glisse discrètement un regard vers Lief, qui nous ignore superbement. Mais la façon dont il se tient me laisse deviner qu'il tend l'oreille.

– Tu m'as manqué pendant la chasse, lance finalement Merek.

– Je ne goûte pas ce sport, je réponds platement.

Il pousse un soupir et passe une main dans ses boucles noires.

– Eh bien, nous voilà d'accord sur ce point : je n'aime pas la chasse non plus.

– Ah non ? Mais vous avez dit à la reine que c'était une plaisante distraction. Vous n'auriez tout de même pas menti ?

Je n'ai pas pu m'en empêcher, il fallait que je remue le couteau dans la plaie. Merek hoche pensivement la tête, comme s'il estimait mériter la pique.

– Ce n'était pas un mensonge. Être hors du château et chevaucher librement entre les arbres, oui, cela me plaît. Mais la chasse elle-même... Je n'apprécie pas ces bêtes que le roi appelle ses chiens courants. Et je trouve qu'il y a mieux à faire que de pourchasser ces pauvres créatures des bois. (Il marque une pause.) Sans parler de la chasse à l'homme. Je ne suis pas du tout d'accord avec cette pratique. Cela n'aura plus cours sous notre règne.

Il guette ma réaction, mais je suis incapable de croiser son regard. Pas dans ces conditions, pas quand il parle ainsi. Après un moment passé à m'observer en train de contempler les fleurs, il poursuit :

– Lorsque nous régnerons, la chasse ne fera pas partie des mœurs de la cour. Pas de cette manière. J'aimerais réintroduire la fauconnerie. C'est plus élégant, et avec les oiseaux, les dames comme les gentilshommes peuvent prendre part à la chasse. Tu pourras avoir ton propre émerillon.

Je ne réponds pas, les yeux rivés sur les massifs, me retenant de vérifier ce que fait Lief, s'il nous observe, le prince et moi.

– Es-tu impatiente de chanter à nouveau ? Lorsque le roi sera remis sur pied ?

– Bien sûr. Vous joindrez-vous au roi à cette occasion ?

– Oui, si tu me le permets.

– Nous allons nous marier. Cela importe-t-il que je le permette ?

– Pour moi, oui. Et j'imagine que, comme moi, tu apprécies l'illusion d'avoir des choix. Même si ce n'est qu'une illusion.

Encore une fois, je garde le silence, puis je regarde un instant le ciel.

– Je devrais rentrer, on dirait qu'il va pleuvoir, je prétends lâchement.

– Permets-moi de te rendre visite un peu plus tard, demande-t-il avec empressement. J'apporterai du vin, nous pourrons avoir une vraie discussion. Je veux faire amende honorable, Twylla. Puis-je te rendre visite ?

– Si vous le souhaitez.

Au moins, s'il vient ce soir je pourrai faire semblant de lui pardonner, et nous n'aurons plus à nous inquiéter de le voir surgir à chaque instant.

– Merci.

Nous entamons la courte marche d'une extrémité à l'autre du jardin. Je vois Lief : il se tient très droit, les épaules raides, et il nous tourne le dos pour nous donner une impression d'intimité.

– À ce soir, alors, me dit Merek lorsque nous arrivons à la hauteur de mon garde.

J'incline la tête, il fait de même, puis passe à côté de Lief qui le suit d'un regard furieux.

Je m'éloigne rapidement, comme pour faire de nouveau le tour du jardin, et Lief se place à côté de moi.

– Est-ce qu'il prévoit de venir te voir ce soir ? me demande-t-il, presque sans bouger les lèvres.

– Oui, il veut rentrer dans mes bonnes grâces.

– Que vas-tu faire ?

– Je vais lui dire que je comprends ses raisons, mais que je suis encore blessée et confuse, et que je préfère rester seule un moment pour mieux comprendre ces révélations. Je lui demanderai si je peux lui faire porter un message lorsque j'aurai accepté la situation. Je suis sûre qu'il sera d'accord.

Lief opine.

– Et ensuite, nous partirons et il ne nous embêtera plus.

Sur le chemin du retour, je fais un arrêt à mon temple. Aujourd'hui, je vois la saleté des murs, le sol poussiéreux. Par contraste, les bancs sont trop propres : le bois n'a pas été déformé ou poli par l'usage. C'est une pièce vide. Cet endroit n'a plus aucune signification maintenant.

J'espérais que Merek viendrait tôt. Mais le coup à la porte se fait attendre. Lief entre dans ma chambre, allume mes bougies ; il s'approche aussi près que possible en respectant la bienséance, emplissant l'air de cette odeur de citron vert et de cuir qui me donne le vertige. Nous n'osons même pas nous adresser la parole, sachant que le prince et son escorte peuvent arriver à tout moment.

Lorsque les bougies sont presque entièrement consumées et que mes paupières se font lourdes, je vais ouvrir ma porte. Aussitôt Lief m'accueille avec un sourire, que je lui rends sans effort.

– Je vais me préparer au coucher, j'annonce d'une voix forte. Veux-tu bien dire au prince, s'il vient, que je me suis retirée, et que je suis désolée de le décevoir. (Je baisse la voix et murmure :) Tu pourras aussi lui dire que c'est un goujat de la pire espèce.

– Certainement, répond Lief, avant de chuchoter : C'est pourquoi j'ai décidé de lui voler son cheval lorsque nous partirons.

Je lâche un rire léger. Il reprend une voix normale.

– Avez-vous encore besoin de moi ce soir, ma dame ?

Je hoche lentement la tête en parlant, de manière à contredire mes paroles :

– Ce sera tout. Tu peux te retirer également.

Je tourne alors mon visage vers lui et il se penche sans bruit pour m'embrasser. Ce n'est pas suffisant, je franchis le seuil, pose mes mains sur les siennes et l'embrasse à pleine bouche.

Enfin, je me dégage à contrecœur et referme doucement la porte. L'extrémité de nos doigts reste en contact jusqu'au dernier moment.

Au lit, une fois mes chandelles soufflées, je serre mon traversin dans mes bras. « Bientôt, me dis-je. J'ai supporté quatre moissons ici, quelques jours de plus, ce n'est rien. »

Un léger coup résonne à la porte, qui s'ouvre d'un cheveu.

– Twylla, chuchote Lief.

Je me redresse.

– Oui ?

– Je pourrais laisser la porte entrouverte pour m'assurer que tu vas bien. Ce ne serait pas correct de te laisser à la merci des vagabonds qui essaieraient d'entrer dans ta chambre. Je ne voudrais pas qu'on m'accuse de manquer à mon devoir de protection.

Avec un grand sourire, je me rallonge.

– J'admire ton dévouement.

– J'admire ton admiration pour moi.

Je ris. Puis je l'entends replacer son couchage, et s'installer dans un bruit d'étoffe froissée. Je me tourne sur le côté, face à la porte, mais je ne le vois pas. La lune forme un mince croissant, pas assez brillant pour que je distingue son visage. Mais j'entends sa respiration, le tissu qui frotte quand il bouge.

– Raconte-moi une histoire, demande-t-il d'une voix basse que le noir rend étrange, différente de celle de la journée.

– Je n'en connais pas, le rituel de l'histoire du soir n'était pas le genre de ma mère. (Je réfléchis pour trouver quelque chose, avec bien peu de succès.) Connais-tu celle du *Prince Endormi* ? je lui demande enfin.

– Évidemment, tu ne peux pas me raconter celle-là. (Je l'entends sourire.) Tous les enfants connaissent ce conte en Tregellan. (Comme je ne dis rien, il ajoute :) En connais-tu d'autres ?

– Je ne connais pas celle-là, j'avoue. Pas bien, du moins. Un de mes frères me l'a racontée il y a des siècles, avant même la naissance de Maryl. En ce moment, on en entend parler partout, tu l'as même mentionnée hier. Tout ce dont je me souviens, c'est qu'un prince tombe malade et s'endort, ce qui cause la chute de tout le royaume.

Je l'entends bouger sur son grabat, et lorsqu'il reprend la parole, sa voix est plus proche de son timbre habituel : il doit être assis.

– Je peux te raconter la version que je connais, mais ce n'est pas une histoire joyeuse. Ce n'est pas le conte où tout finit bien que j'espérais.

– Raconte-moi.

Il prend une grande inspiration.

– Très bien. Il y a cinq cents moissons, Tallith était prospère. On dit que c'était un bel endroit, un royaume doré, tout entouré de murailles, avec sept tours dédiées à l'amour, la beauté, la grâce, la chevalerie et... j'ai oublié les autres. (J'entends un petit sourire penaud dans sa voix.) Bref, le royaume de Tallith était intouchable. Il disposait de connaissances en médecine et en alchimie que nous avons perdues depuis. Les habitants étaient en bonne santé, prospères, il n'y avait pas de mendiants, peu de maladies. C'était un paradis, borné par les montagnes et par la mer. Finalement, c'est la mer qui entraîna sa chute.

– Oui, je murmure alors que des souvenirs me reviennent.

– Le roi de Tallith fit construire des navires pour lancer des explorations maritimes. En rentrant, les explorateurs relatèrent les coutumes étranges des royaumes de l'Est. Ils rapportèrent aussi des épices, des étoffes, des choses que jamais on n'avait vues jusque-là. Ainsi que des rats. Auparavant, il n'y avait pas de rats à Tallith, mais ils se glissèrent sur les bateaux, et débarquèrent avec les marins. Et bientôt, à cause des denrées abondantes du royaume, Tallith fut envahi. Alors le roi renvoya les bateaux, avec pour mission de ramener un chasseur de rats. Ce qu'ils firent.

« Ce chasseur de rats arriva avec son fils et sa fille, et aussitôt on les mena au château. Le roi offrit en mariage la princesse sa fille au fils du chasseur de rats en échange de la dératisation de la ville, mais le chasseur de rats déclina l'offre. Il promit de débarrasser Tallith de ses rats en échange du mariage du prince avec sa fille. Le roi refusa, car la fille serait alors devenue reine, et mère des héritiers du royaume. Il ne pouvait tolérer cela. Mais le chasseur de rats dédaigna toutes les richesses et les titres proposés par le roi. Il voulait uniquement la main du prince pour sa fille.

« Enfin, contraint par l'indignation du peuple – car les rats volaient la nourriture, souillaient l'eau et mordaient les bébés –, le roi céda et promit de donner son fils en mariage à la fille du chasseur de rats. Ce dernier sortit alors un pipeau de sa poche et se mit à en jouer. Bientôt les rats jaillirent de leurs trous, et suivirent le joueur de flûte qui se promenait dans les rues de Tallith. Lorsqu'il les eut tous rassemblés, il les mena à la mer, où ils se noyèrent, et Tallith en fut débarrassé.

Lief s'interrompt. Je me redresse dans mon lit.

– Ce n'est pas tout, je proteste. Je sais que ce prince tombe malade et plonge dans un grand sommeil.

Mes paroles me font réagir, car je me rappelle Lief m'annonçant que Dorin avait sombré dans le sommeil. Je revois mon ancien garde, affaibli et décharné, couché sur un lit surélevé. Le temps d'une vision horrible, il prend le visage de Merek, puis celui de Lief, et j'en ai la chair de poule.

Lief ne sait rien de mon effroi.

– Il ne tombe pas malade, Twylla, il est maudit. Il s'endort à cause de la malédiction jetée sur lui.

– Maudit ? Qui dit qu'il est maudit ?

– C'est ce que disent les livres. Lorsque nous étions petits, Errin et moi, notre mère concluait toujours l'histoire au moment de la noyade des rats. Nous pensions que le conte se terminait bien. Enfin, sauf pour les rats. Un hiver, alors que j'étais malade et que je m'ennuyais, ma mère m'a donné le recueil de légendes pour m'occuper. Je crois qu'elle avait oublié que la version complète du *Prince Endormi* s'y trouvait. Je l'ai lue. Tu veux la connaître ?

– Oui, je réponds, sans savoir si j'en ai vraiment envie.

– D'accord. Une fois que le chasseur eut réglé leur compte aux rats, il retourna au château pour marier sa fille. Mais le roi refusa de s'acquitter de sa part du marché et tenta de soudoyer le chasseur de rats. Fou furieux, ce dernier partit se cacher. Dans son antre, il invoqua un esprit et lui demanda de maudire le roi et son fils, et les fils de son fils, en guise de représailles. Et l'esprit accéda à sa demande. Ce que le chasseur ne savait pas, c'est que sa fille, qui s'attendait à se marier, s'était laissé séduire par le prince. Elle portait déjà son fils lorsque la malédiction tomba, et elle aussi fut touchée. Le roi, le prince et la fille du chasseur de rats sombrèrent tous dans un profond sommeil, dont nul ne put les tirer. Le roi dépérit et mourut en quelques semaines, mais le prince et la fille du chasseur de rats continuèrent à dormir. Chaque jour, le chasseur de rats venait s'occuper de sa fille, il lui faisait couler du miel et de l'eau dans la bouche pour les maintenir en vie, elle et le bébé.

« Mais cela ne suffit pas. Après avoir donné naissance à son fils, la jeune fille mourut à son tour sans se réveiller, et le chasseur de rats l'enterra, puis emporta son petit-fils, qui semblait indemne. Le prince continua à dormir alors que personne ne s'occupait de lui. Il restait tel qu'il était le jour où il s'était endormi, un peu plus pâle peut-être, mais il ne déclina pas. Il dormait. Et pendant son sommeil, Tallith sombra dans la ruine.

Je m'enroule plus étroitement dans ma courtepointe, car j'ai soudain froid.

– Je comprends pourquoi ta mère ne t'a pas raconté toute l'histoire.

– Ce n'est pas tout, reprend Lief. Environ cent moissons plus tard, une jeune fille du Tregellan disparut. Elle était partie ramasser des champignons avec des amis et s'était laissé distancer. Des recherches furent organisées pour la retrouver, mais en vain. On pensa qu'elle avait été dévorée par des loups jusqu'au jour où un ménestrel affirma qu'il l'avait vue suivre un homme qui jouait du pipeau en se dirigeant vers Tallith.

– Le chasseur de rats, je murmure.

– Son petit-fils, rectifie Lief, et je frissonne, fascinée par ce nouveau développement. Le chasseur de rats était mort depuis belle lurette, mais l'enfant qu'il avait maudit sans le savoir vivait toujours. Vivre pour l'éternité est une malédiction comme une autre. La famille de la jeune fille se précipita à Tallith, mais trop tard : à côté du caveau abandonné du Prince Endormi gisait le corps de la jeune fille, et son cœur arraché était entre les mains maculées de sang du prince.

Saisie, je me cache le visage.

– Et depuis lors, poursuit Lief, toutes les cent moissons, le Pourvoyeur (car c'est ainsi que l'on appelle le joueur de flûte maudit) surgit et parcourt la campagne à la recherche d'une nouvelle victime pour son père. On raconte que s'il emporte une fille pendant que les solaris sont dans le ciel, alors le Prince Endormi s'éveillera pour de bon et dévorera le cœur de toutes les jeunes filles du royaume.

– Je regrette que tu m'aies raconté l'histoire, je n'aurais pas dû te le demander. Il n'y avait pas de bébé dans la version de mes frères, ni de Pourvoyeur. Je ne vais pas réussir à dormir.

Lief rit gentiment.

– Au fil des années, l'histoire s'est embrouillée, je parie qu'il en existe autant de versions qu'il y a de villages. C'est le problème avec les contes, ils se transforment avec chaque conteur. Certains disent que l'on peut appeler le Pourvoyeur si l'on possède son totem, mais personne ne sait ce qu'est ce totem, ni comment l'invoquer, ni ce qu'il fera. Certains disent que le Prince Endormi peut être guéri par l'amour, et que si le Pourvoyeur lui présente son véritable amour, il l'embrassera au lieu de lui arracher le cœur, et Tallith renaîtra de ses cendres. D'autres disent que ce ne sont que des histoires de bonnes femmes, que Tallith a dépéri à cause d'une épidémie de peste qui a décimé une bonne partie de la population. Ne le prends pas trop au sérieux, mon amour.

Je tire les couvertures jusqu'à mon menton.

– Ce doit être terrible de dormir si longtemps. Tous ceux qu'il a connus et aimés sont morts. À sa place, je n'aimerais pas me réveiller, ce serait trop triste.

– Moi, je serais en colère, pas triste. Si j'avais été condamné à dormir pendant cinq cents ans parce que mon père n'avait pas tenu ses promesses, j'aurais envie de détruire le monde entier. Imagine : tu te réveilles pour découvrir qu'un tas de paysans consanguins a fondé son propre royaume de l'autre côté des montagnes pendant que tu étais coincé dans une ruine avec les habits que tu portes pour seule richesse.

– Je descends de ces paysans, je lui rappelle sèchement.

– Ce ne sont pas mes pensées, tu sais ce que je pense de toi. (Je rougis dans le noir tandis qu'il poursuit.) J'exprimais ce que pourraient être les pensées d'un prince. S'endormir héritier du royaume et se réveiller pauvre dans un monde changé… ça ne doit pas être agréable. Enfin peu importe, ce n'est qu'une histoire inventée, un conte pour enfants.

– Finalement, je suis contente que ma mère n'ait pas été du genre à raconter des histoires du soir. Je crois qu'elle aurait un peu trop aimé nous effrayer avec celle-là. Est-ce que ta mère a découvert que tu l'avais lue dans son intégralité ?

– Elle l'a su lorsqu'elle m'a découvert montant la garde auprès d'Errin un soir. (J'entends à sa voix qu'il sourit.) J'avais une peur panique que le Pourvoyeur vienne la chercher.

– Est-ce qu'elle s'est fâchée ?

– Non. Je crois qu'elle était contente que pour une fois je sois resté lire tranquillement. Son père était relieur et nous avions des rayonnages entiers de vieux volumes et de manuscrits. Mais moi j'aimais plutôt être dehors. C'est Errin l'érudite, elle a toujours le nez dans un livre.

Je reste silencieuse, essayant d'imaginer un jeune Lief debout au clair de lune, montant la garde près d'une petite fille qui lui ressemble.

– Je regrette de ne pas savoir lire, je soupire.

– Tu pourrais apprendre. Je pourrais te montrer.

– Vraiment ? Et tu pourrais aussi m'apprendre à écrire ?

– On peut commencer maintenant, si tu veux ?

– Mais il fait nuit.

– Où avais-je la tête ? (Je l'entends se frapper le front.) Si seulement nous avions un moyen pour éclairer la pièce... Des bougies, par exemple.

Je prends mon traversin et le lance vers lui. Je souris en l'entendant pousser une exclamation étouffée. Puis j'entends qu'il déplace son couchage et vient vers moi.

– Ça va ? je demande.

– Oui...

Je sens mon matelas se creuser lorsqu'il s'appuie dessus, il s'en sert pour se diriger à tâtons jusque de l'autre côté du lit. Puis il manipule sa pierre à briquet et j'aperçois son profil à la lueur des étincelles avant que la bougie ne s'allume en crachotant. Il la met sous son visage et je frissonne : les jeux d'ombre et de lumière le transforment.

– Puis-je prendre ta plume et ton parchemin ?

– Tu peux.

Il va les chercher et en profite pour allumer quelques bougies de plus, et une douce lueur chaleureuse emplit la pièce. Puis il revient vers le lit.

– Pousse-toi un peu.

– Comment ?

– Pousse-toi, sinon je n'aurai pas assez de place.

– Ici ? Dans mon lit ?

– Pourquoi pas ?

– Parce que…

J'ai la peau qui picote et qui brûle.

– C'est un lit.

– Et donc c'est plus confortable que par terre. Je promets de ne pas compromettre ta vertu… Pas plus que je ne l'ai déjà fait.

Il sourit et je lui donne une tape.

– Très bien, je réponds d'un ton bourru en m'enveloppant dans les couvertures.

Il s'assied près de moi, mais en restant sur la courtepointe, ce qui me rassure un peu, et met le parchemin sur ses genoux. Il pose délicatement l'encrier en équilibre sur moi, y trempe la plume et trace quelques traits rapides sur le papier.

– Est-ce que tu reconnais quelque chose ? me demande-t-il en me tendant la feuille et en reprenant l'encrier.

J'examine les lettres.

– Non… Attends… Celle-ci est dans mon nom. (Je montre un long trait.) Et celle-là aussi.

Je tapote la première lettre du dernier mot.

– Ici c'est un *T*, l'initiale de ton prénom. Et là un *A*.

– *T*, *A*, je répète.

– Tu en connais d'autres ?

La concentration me fait plisser le front.

– Je sais que je les ai déjà vues, mais je ne connais pas leur nom, je réponds, gênée.

– Ça viendra vite, me rassure-t-il avant de désigner la première lettre. Voici un *J*.

– *J*, je répète. Mais tu as dit que c'était un *T*.

– Non, elles sont différentes.

– Mais elles se ressemblent tant, en quoi sont-elles différentes ?

– Regarde. Il prend la plume et accentue la courbe du *J*. Tu vois la différence, maintenant ?

– Oui, je réponds, sans comprendre qu'un trait un peu plus courbé change tant de choses. *J*.

– Ensuite c'est un *E*, explique-t-il sans me quitter des yeux.

– Ah ! j'en vois un autre, je remarque en désignant la dernière lettre de ce qu'il a écrit.

– Très bien, jubile-t-il. Ensuite le *T*, donc, et une apostrophe. *A* et *I* qui font « ai »...

– JE T'AI...

– Et celle-ci est un *M*.

– JE T'... JE T'AIME !

Le sourire de Lief s'élargit encore.

– Oui ! Tu veux essayer de l'écrire ?

Je hoche la tête et il me passe le nécessaire d'écriture. Je me penche sur le parchemin et recopie soigneusement les marques inscrites sur le papier. Je sais dessiner, mais j'ai du mal à manier la plume pour tracer ces formes précises, et ma copie est bien moins jolie que l'original.

Qu'importe, il me regarde avec ravissement, et ses yeux brillent d'un éclat doux à la lueur des chandelles. Lorsque j'ai fini, il me prend la plume et l'encrier, puis la feuille, sur laquelle il souffle pour faire sécher l'encre. Puis il déchire le parchemin en deux, et me tend en silence le fragment sur lequel il a écrit, tandis qu'il garde les mots que j'ai maladroitement tracés.

– Oh...

Je me tourne pour fouiller sous mon oreiller et j'en sors le premier message qu'il m'a écrit. Il me regarde d'un air émerveillé.

– Tu l'as gardé ?

– Évidemment.

– Twy…

Nous nous immobilisons tous les deux.

La porte d'entrée de ma tour vient de s'ouvrir avec un cliquetis.

Chapitre 17

Lief bondit hors du lit et traverse la pièce pour saisir son épée sur son grabat. J'ai les oreilles qui bourdonnent violemment, comme si j'avais la tête collée contre un nid de guêpes. Je l'entends héler :

– Qui va là ? Je vous préviens, je suis armé, et je vous tuerai volontiers si vous faites un pas de plus vers la chambre de ma dame.

– J'aimerais mieux pas, répond une voix traînante.

J'écarquille les yeux.

– Merek ?

Un frisson de crainte me parcourt le corps.

– Bien sûr.

Il arrive bientôt en haut des marches, et sa silhouette s'encadre dans l'embrasure de la porte, à côté de Lief.

– Pardonne-moi de venir si tard… mais apparemment tu ne dormais pas, ajoute-t-il en désignant les bougies.

– Pas encore, dis-je d'une voix mal assurée en regardant Lief.

Merek se tourne pour jeter un coup d'œil à mon garde, qui rengaine son épée avec une expression lasse et déplace son couchage d'un coup de pied pour que Merek puisse entrer.

– Pourquoi la porte était-elle ouverte ? demande-t-il.

J'ai soudain la bouche sèche.

– Pour que la dame puisse s'échapper en cas de danger, répond Lief sans se démonter. Je l'ai ouverte dès que j'ai entendu quelqu'un à l'extérieur de la tour. C'est ma dame qui l'avait suggéré lorsqu'on m'a confié l'entière responsabilité de sa sécurité. Si un intrus se présente, je le retiens pendant qu'elle court s'enfermer dans le logement des gardes.

– Pourquoi là-bas ? demande Merek en fronçant les sourcils.

– Parce que c'est là que je range mes épées et mes poignards supplémentaires. Et c'est plus près du sol : en cas de besoin, elle pourrait s'enfuir par la fenêtre.

Je suis impressionnée par sa capacité à mentir avec tant d'aisance. À l'entendre, ces mensonges semblent parfaitement raisonnables.

– Il nous a semblé que c'était la solution la plus pratique pour assurer ma sécurité, j'ajoute, mais ma voix est loin d'être aussi assurée que celle de Lief, et Merek s'en aperçoit.

– Est-ce que tout va bien ?

– En dehors du fait qu'il y a deux hommes dans ma chambre en pleine nuit, je vais très bien.

Tous deux baissent alors la tête, mais je suis sûre que Lief refrène un sourire.

– Je te présente mes excuses. Pardonne-moi. Je ne voulais pas que tu croies que j'avais oublié notre rendez-vous. Ma mère m'a retenu pour que je lui fasse un rapport sur Tallith. Je reviendrai demain.

– Comme vous voulez.

– Une dernière chose, dit-il en nous regardant, Lief et moi. J'ai remarqué qu'il y a un verrou à la porte de la tour. Il pourrait être plus pratique de l'utiliser au lieu d'aller se barricader dans la chambre du garde, non ?

« Le verrou. Je l'avais complètement oublié. Comment ai-je pu être si bête ? »

– Vous avez raison. Lief, verrouille la porte dès le départ du prince.

Les hommes s'inclinent devant moi puis s'en vont. Quelques instants plus tard, j'entends le clac du verrou, puis Lief remonte.

Nous nous regardons, et j'ai le cœur qui bat vite : nous l'avons échappé belle.

– Pardonne-moi, mon amour.

– Pourquoi ? Tu n'y es pour rien. Et sans ta présence d'esprit…

– Non, pas ça. J'ai oublié de lui dire qu'il est un goujat de la pire espèce.

Je ris malgré moi.

– Nous allons devoir être plus prudents, fait-il remarquer.

– Comment avons-nous pu oublier qu'il y a un verrou ?

– C'est peut-être mieux ainsi. Maintenant, nous pouvons dire que la tour est fermée sur ordre du prince.

– Oui, c'est bien, cela attirera moins les soupçons.

Lief me regarde, puis baisse les yeux avec une timidité qui ne lui ressemble pas.

– Si la porte est fermée, nous pourrions passer toutes les nuits ainsi, jusqu'à notre départ. Ensemble. Si tu le souhaites. Seulement si tu en as envie.

Je n'arrive pas à répondre, le sang afflue en bourdonnant dans mes veines. Toute la nuit avec lui. Dans mon lit. À côté de moi. Je réponds dans un souffle :

– Oui.

Il revient vers le lit. Ses pas vont au rythme de mon cœur palpitant. Et tout à coup, il est allongé à côté de moi. Couchée sur le dos, je garde les yeux rivés au baldaquin. Au bout d'un moment, il bouge le bras et ses doigts se glissent entre les miens, il les serre légèrement.

– Est-ce que ça fait trop ? demande-t-il d'une voix rauque.

Je ne suis pas sûre de parvenir à produire un seul son, alors je secoue la tête. En réponse, il se rapproche, m'embrasse la joue, et j'ai l'impression que je vais succomber.

– Demain, j'interrogerai Dimia sur le passage secret pendant que Merek te rendra visite. Tu pourrais me donner congé et j'irais examiner les lieux. Et les écuries.

Je hoche simplement la tête. J'ose à peine respirer, tant cette situation a un goût délicieusement banal de vie adulte ; allongé à côté de moi, il me parle de nos projets :

– Bonne nuit, Twylla, me chuchote-t-il à l'oreille en se tournant sur le côté.

Après un long moment plein de tension, je lui tourne le dos, et il vient épouser la forme de mon corps avec le sien. Je sens contre mon dos son cœur qui bat avec autant de violence que le mien, et je ferme les yeux. C'est son souffle régulier sur ma nuque qui finit par me bercer jusqu'à ce que je sombre dans le sommeil.

Au matin, je connais un délicieux moment avant d'être tout à fait réveillée, lorsque je me souviens que son corps est contre le mien. Les yeux fermés pour repousser la douce lumière matinale, je souris.

– Qu'y a-t-il de drôle ?

J'ouvre brusquement les paupières : Lief est assis là, dans le fauteuil à côté de moi, les cheveux lâchés sur les épaules. Je n'arrive plus à parler, frappée par sa perfection. Il incline la tête sur le côté et hausse les sourcils d'un air interrogateur.

– Est-ce que tu as l'intention de me le dire ? demande-t-il.

– Merek, dis-je soudain d'un ton pressant.

– C'est vrai qu'il est drôle, admet Lief avec un grand sourire.

– Mais non, idiot, Merek vient ici aujourd'hui. Il est peut-être déjà en chemin.

Lief secoue la tête.

– La porte est toujours verrouillée. Je m'apprêtais à te réveiller avec un baiser comme un prince charmant, et puis tu t'es mise à sourire comme une possédée. (Il se penche et frôle ma bouche de ses lèvres, puis glisse ses mains dans mes cheveux en m'embrassant plus longuement.) Maintenant, dis-moi ce qui t'a amusée ? murmure-t-il contre ma bouche.

– Je me suis réveillée heureuse. C'est aussi simple que ça.

– Pour une raison particulière ?

– Non, non, rien de particulier, je réponds.

Lorsqu'il attrape délicatement ma lèvre avec les dents, je souris en admettant :

– Bon, il y avait peut-être une raison.

– Est-ce que tu vas partager ça avec moi ?

– Ce serait terriblement indiscret. Une dame ne révèle pas ses secrets.

– Alors, la dame doit s'attendre à ce qu'on ne lui porte pas son petit déjeuner aujourd'hui.

– Tu n'oserais pas !

Son sourire est diabolique.

– Ah, non ?

Je lui fais mon plus doux sourire. Il se penche à nouveau pour attraper ma lèvre inférieure entre ses dents et la tire un peu avant de me relâcher. J'en veux davantage, j'en ai mal au ventre.

– Heureusement que tu es ravissante, dit-il en souriant. Ce ne sera pas long.

– Reviens vite, je lui lance alors qu'il s'éloigne.

Je me roule en boule sous les draps, submergée de bonheur, puis je m'étire voluptueusement et adresse un sourire ravi à mon ciel de lit.

Lief revient bientôt, chargé de mon plateau, qu'il me pose sur les genoux avant de se pencher pour m'embrasser.

– Dimia est partie, annonce-t-il alors que je romps un petit pain.

– Comment ça, partie ?

– C'est une autre servante qui a apporté ton plateau. Une petite ronchonne. Je lui ai demandé où était Dimia et elle m'a répondu qu'elle était partie sans prévenir.

– Cela ne me surprend pas, je réponds. Tu as entendu ce qu'elle a dit à propos de son frère et de la reine. Taül et elle ont dû décider que ça ne valait pas le coup de risquer leur vie en restant ici. Elle allait le rejoindre le jour où nous... je... Ils ont peut-être choisi de partir à ce moment-là, profitant de l'absence de la reine.

– À moins que justement la reine se soit débarrassée d'elle, suggère Lief d'un air sinistre.

– Je doute que la reine connaisse l'existence de Dimia. Dieux merci. Mais qu'allons-nous faire ? Comment trouver le passage, maintenant ?

– Nous suivons le plan comme prévu. Si tu me donnes congé pendant que le prince est ici, je ferai de mon mieux pour récolter des informations.

Ses mots me font rougir, car ils convoquent le souvenir de ses murmures dans le noir, et une agréable chaleur m'envahit tout le corps.

Il sourit comme s'il devinait mes pensées.

– Promets-moi de ne pas tomber amoureuse de Merek en mon absence...

Je lance sur lui les restes du petit pain.

Assise devant mon panneau de broderie, j'ai le ventre serré et j'éprouve un trop-plein d'énergie. À mes pieds, Lief démêle et embobine mes fils de soie tandis que je chante à voix basse. Je m'occupe en attendant l'arrivée de Merek, je m'efforce d'agir normalement, même si je ne me souviens plus de ce qui est considéré comme normal. J'ai peur de vendre la mèche en tournant trop souvent les yeux vers Lief, ou en souriant trop alors que je suis supposée porter le deuil de Dorin et être en colère contre Merek.

Les coups sonores frappés à la porte de la tour arrivent bien trop vite, mais aussi plus tardivement que ce que j'aurais voulu.

– Prête ? me demande Lief.

Je souris et arrange mes cheveux. Il me laisse alors et je m'applique à maîtriser mon souffle. Je ne sais pas pourquoi, mais la panique me gagne.

– Son Altesse le prince, annonce Lief.

Je me lève, la tête respectueusement baissée.

– Twylla, dit Merek en entrant majestueusement dans la pièce. J'espère que tu as passé une nuit reposante.

Instinctivement, je regarde Lief qui s'attarde sur le seuil, et Merek suit mon regard.

– Attends dehors, ordonne-t-il avec un geste de la main avant même que j'aie le temps de donner congé à Lief. Cela prend tournure, fait-il remarquer en examinant mon ouvrage tandis que la porte se referme derrière nous. Je suis heureux d'avoir pu t'être utile au moins pour ça. Je me demandais toutefois s'il te serait possible de quitter ton travail un moment. La galerie des Glaces est achevée et j'espérais que tu te joindrais à moi pour la découvrir. Nous pourrions discuter en même temps.

– Nous ne pouvons pas parler ici ?

– C'est possible, répond-il d'un air contrarié. Mais j'espérais que tu voudrais m'accompagner. Je n'ai pas encore vu cette réalisation et je voulais partager ce moment avec toi.

– Je ne sais pas vraiment de quoi il s'agit.

– C'est un cadeau de ma mère, répond-il avec un rictus. Dès qu'elle a su que j'avais prévu de visiter Tallith, elle s'est arrangée pour que mon escorte lui transmette tous les textes tallithiens qui avaient échoué en Tregellan après la chute du royaume. C'est ainsi qu'elle a dû trouver les plans de l'original, et elle a décidé de faire construire une copie de la galerie des Glaces ici, en guise de présent de bienvenue pour mon retour. De manière à m'amadouer pour que je rentre… (Sa bouche se tord avec amertume.) Pour dire les choses simplement, c'est une salle couverte de miroirs disposés de sorte à déformer la réalité. Quand on se tient devant l'un d'eux, plusieurs autres nous reflètent. Dans certains, on se voit de dos et de profil en même temps. Aimerais-tu voir cela ? Avec moi ?

– Bien sûr. (Je lisse mes jupes en lui souriant.) Cela semble très intrigant.

Il gagne la porte et je profite de ce qu'il me tourne le dos pour cesser de sourire un instant.

– J'emmène dame Twylla à la galerie des Glaces, signale-t-il à Lief. Nous n'avons pas besoin de toi. Nous reviendrons plus tard.

– Quand, Votre Altesse ? demande Lief.

Nous nous immobilisons, Merek comme moi.

– Pardon ?

La voix du prince est froide, incrédule. Je jette un regard noir à Lief, qui ne me prête aucune attention, les yeux fixés sur Merek.

– Quand la dame rentrera-t-elle, Votre Altesse ?

– En quoi cela te concerne-t-il ?

– La sécurité de la dame me concerne toujours, Votre Altesse. C'est même ma seule préoccupation, affirme Lief d'une voix mielleuse

– Je t'assure qu'elle est en sécurité en ma compagnie, rétorque Merek d'un ton tout aussi doucereux. Tu t'es battu contre moi et je ne crois pas me montrer présomptueux en disant que je me suis bien défendu. Je ne t'ai peut-être pas vaincu, mais je me sens parfaitement capable de défendre ma dame. Elle sera bientôt ma femme, après tout. Twylla, dit-il en me faisant signe, après toi.

J'hésite un instant puis j'obtempère, mais comme je ne l'entends pas me suivre dans l'escalier, je me retourne et découvre que les deux hommes se livrent en silence à un bras de fer mental. Aucun ne bouge, aucun ne parle, ils se font simplement face, se défient du regard. La tension entre eux est extrême, dangereuse, leur animosité projette des piquants qui s'enfoncent dans ma peau. Lorsque Lief porte sa main crispée à sa ceinture, j'inspire bruyamment et romps le charme. Merek se détourne avec le plus grand calme et congédie mon garde en me rejoignant sans plus s'occuper de lui. Par-dessus l'épaule du prince, je remarque que Lief a la main qui tremble. Merek sourit et, malgré un teint légèrement empourpré, son visage est serein.

– Allons-y, Twylla, me dit-il.

Je suis bien obligée de partir sans mon garde, de nouveau seule avec le prince.

Comme la fois précédente, aucun garde ne nous accompagne et les courtisans distribuent sourires et révérences sur notre passage. Le regard qu'ils portent sur moi change du tout au tout lorsque je suis avec Merek : ils ne voient plus le monstre en moi, mais leur future reine. Bien qu'en mon for intérieur je sois fort agitée, je retourne les sourires et incline la tête le plus gracieusement possible, tout en me demandant si Merek va parler du comportement de Lief… et comment je l'expliquerai. Qu'est-ce qui lui a pris de provoquer Merek alors qu'il lui fournissait l'occasion rêvée de mettre le plan prévu à exécution ? Mais le prince ne dit rien – ni au sujet de Lief ni à propos d'autre chose – pendant que nous nous dirigeons vers le Grand Salon. Avant d'atteindre les hautes portes en bois qui ouvrent sur cette salle, Merek tourne à gauche et m'entraîne dans un couloir qui mène à la tour Est. C'est là que se trouvait jadis la nursery royale ; toute la tour était consacrée aux princes et aux princesses ainsi qu'à leur cortège de serviteurs.

À la porte de cette tour, qui est une version plus grande et plus imposante de la mienne, deux gardes saluent le prince et nous font la révérence. En silence, ils ouvrent les portes, et Merek m'invite à entrer d'un signe de tête.

C'est d'abord une antichambre, à peine assez vaste pour nous accueillir tous les deux, et la proximité de Merek me perturbe lorsque les portes se referment derrière nous.

– Recule un peu me dit-il, et je me colle contre le mur de pierre.

Il se dirige vers un pan de tissu noir suspendu au plafond, qu'il tire sur le côté, révélant une autre pièce.

– Après toi.

Il me laisse passer et j'entre alors dans la galerie des Glaces.

Dès que je pénètre dans la salle, je vois mon reflet. Je lève la main pour tester le dispositif, et un mouvement sur la droite attire mon attention. C'est mon reflet aussi, de profil. Lorsque je me tourne pour le regarder de plus près, aussitôt je perçois du coin de l'œil un autre mouvement, et je découvre mon reflet de dos dans un autre miroir. Je me tourne, d'un côté, de l'autre, recule, avance, afin de voir où je vais apparaître, et sous quel angle. Je ne peux m'en empêcher : j'éclate de rire en me voyant partout où porte mon regard.

– Et ce n'est pas tout.

Je suis entourée de Merek. Derrière chaque Twylla se trouve un Merek. Je me retourne vers lui, imitée par tous mes doubles.

– Avance, m'enjoint-il. Tends les mains devant toi pour ne pas te cogner aux glaces. C'est un labyrinthe.

Il me donne l'exemple en passant devant moi, les bras tendus. Je suis certaine qu'il va heurter le verre, or il disparaît comme s'il avait traversé le miroir. Je le suis, et voici une autre chambre dont tous les murs renvoient notre reflet.

– Arrête-toi.

Je m'immobilise, les doigts en avant.

– Regarde, me dit-il en se tournant sur le côté.

Je l'imite, mais je ne vois aucun changement, nous sommes toujours partout, sous tous les angles.

– Viens ici, là où je suis.

Perplexe, je lui obéis, et nous échangeons nos places. Je pousse une exclamation étouffée. D'ici, je ne vois plus mon reflet, tandis que Merek est dans chaque miroir et semble former une ronde autour de moi. Je regarde vers celui que je pense être le prince en chair et en os ; avec un sourire, il s'avance et le cercle se referme sur moi.

– Arrêtez !

Un frisson glacé me monte dans le dos tandis que tous les Merek secouent la tête.

– Tu ne sais pas me différencier de mon reflet ?

Je tourne sur moi-même tandis qu'il approche et je le pointe du doigt, mais chaque fois que je montre celui que je pense être réel, il secoue la tête.

– Merek, je vous en prie, dis-je en tournant tant et si bien que je ne sais plus par où je suis entrée. Ça ne me plaît pas.

– Un dernier essai.

Je tourne lentement pour examiner chaque Merek, tout en cherchant l'entrée de la pièce pour orienter mon choix. Je fais un petit pas sur la gauche et j'aperçois un espace entre deux miroirs, ainsi qu'une partie de son épaule qui dépasse.

– Là !

Je le montre du doigt mais, au même moment, je vois un mouvement derrière lui. Des cheveux bruns rassemblés sur la nuque, un gilet d'un vert doux, des hauts-de-chausses en cuir. Mon hoquet de surprise fait se retourner Merek, qui se dévoile alors, prouvant que je ne me suis pas trompée. Mais je n'en éprouve aucune satisfaction.

Lief est dans le labyrinthe. Il nous a suivis jusqu'ici, où il est impossible de se cacher, car chaque surface est délatrice.

– Bien joué, me félicite Merek.

Mais il fronce les sourcils en scrutant les miroirs.

– Qu'y a-t-il ?

– En bougeant, j'ai aperçu mon reflet et cela m'a surprise, j'explique sans le regarder directement.

– C'est un endroit très déroutant, admet-il. Viens, tu n'as pas encore tout vu. Je ne te ferai pas d'autre surprise. Du moins pas exprès.

Je le suis lentement, les bras tendus devant moi. Tandis que nous progressons, imités par nos doubles, j'essaie de me convaincre qu'il est impossible que Lief se trouve ici, que pour cela il aurait dû passer devant les gardes, que nous l'aurions entendu entrer…

Merek avance d'un pas assuré. Il a beau dire, lui ne semble pas dérouté du tout, et je me presse pour ne pas me laisser distancer dans la galerie qui regorge de coins et de recoins cachés que je scrute anxieusement. Les miroirs donnent l'impression d'un espace décuplé, mais je sais que la salle ne peut pas être aussi vaste. Lorsque j'aperçois un bout de ma robe ou la main de Merek, je sursaute et fais volte-face. Chaque fois je suis confrontée à mon visage apeuré.

– Est-ce que ça te plaît ? me demande le prince en s'arrêtant dans une pièce qui semble se diviser en trois chemins différents.

– Non, je réponds avec franchise. Je crois que non.

– Moi si, dit-il. Il ne peut pas y avoir de tromperie dans un tel endroit, tout y est visible. J'aimerais qu'il en aille de même dans la vie.

– Moi aussi, je rétorque sèchement. (En voyant son visage se décomposer, je me mords la lèvre.) Pardonnez-moi, je sais que ce n'est pas votre faute. Votre mère sera ravie que le labyrinthe vous plaise.

Il pousse un grognement.

– Oui, elle pourra s'en féliciter, je lui accorde ça.

Alors que le prince parle, Lief se matérialise derrière lui comme un spectre, et je sursaute.

– Ma façon de parler de ma mère te choque, n'est-ce pas ? commente Merek, se méprenant sur ma réaction. Mais je crois qu'après ce que tu as découvert récemment je peux me montrer honnête avec toi. Tu sais comment elle est.

Je hoche la tête, mutique, et fais semblant de me regarder dans un miroir, alors que je cherche en fait à déterminer où se trouve vraiment Lief, et dans quelles glaces il est visible. Je le vois seulement en face de moi, derrière Merek, mais je sais qu'il doit s'agir d'un reflet, car je m'y vois aussi, ainsi que le prince. Un coup d'œil à gauche puis à droite ne me révèle rien, mais Merek suit mon regard, et visiblement il ne voit pas mon garde non plus.

– Twylla ?

– Oui, pardonnez-moi. Tous ces miroirs…

– Nous nous ressemblons tant, dit Merek en faisant un pas en avant.

Derrière lui, je vois la main de Lief glisser vers son épée.

– Nos mères, nos rôles prédestinés… Jamais je n'ai eu quelqu'un à qui je puisse me confier. Non, ce n'est pas tout à fait vrai, rectifie-t-il avec un sourire. Je faisais des confidences à mes précepteurs et à mes nourrices, mais tous sont partis. Je suis seul, moi aussi, Twylla, conclut-il d'une voix douce.

Un mouvement à droite me fait bouger involontairement et je vois Lief, le vrai Lief, debout dans un coin, de telle sorte que le seul miroir renvoyant son reflet est celui derrière Merek. Encore une fois, le prince suit mon regard, mais de là où il est, je suis sûre qu'il ne voit que moi.

Je fais un pas en avant pour empêcher Merek d'avancer et de voir Lief.

– Je t'ai fait venir ici pour une raison bien précise, dit-il.

Derrière lui, l'expression de Lief fait écho à tous mes doubles méfiants et craintifs.

– Ah ?

– Ma mère… n'est pas une bonne reine.

– Merek, il ne faut pas…

– Nous pouvons parler librement ici, nous sommes seuls. Et je sais que tu es du même avis. Je t'observe depuis mon retour. Je t'ai vue essayer de sauver le seigneur Bennel. Tu sais qu'elle est une mauvaise souveraine, que tu le dises ou que tu te contentes de le penser, c'est une trahison et c'est la vérité. Elle est avide de gloire, aux dépens du royaume, elle houspille et rabaisse mon beau-père, elle tue ses propres amis, elle est cruelle et rancunière. Elle n'apporte rien de bon à Lormere. Cela ne peut durer. Tu comprends ce que je veux dire ? Depuis mon retour, j'ai vu beaucoup de choses et, en mon âme et conscience, je ne peux pas laisser cette situation se prolonger. Pour le bien de la cour, de Lormere, et pour ton bien, je dois agir. Ma mère est la quintessence de notre lignée dans ce qu'elle peut produire de pire. Je crains qu'elle ne soit folle. Elle parle de pureté, d'héritage spirituel et… (Il hésite avant de poursuivre.) Puis-je te faire confiance ? (Il me scrute du regard et j'opine du chef en retenant mon souffle.) J'ai demandé à ce que soit avancée la date de notre mariage. Ma mère est affaiblie, et c'est bien la première fois, si j'en crois mes souvenirs. Elle a laissé mon beau-père lui tenir tête publiquement, et elle n'a pas contesté le fait que je t'accorde ta liberté de mouvement sans son aval. Si nous présentons tous un front uni, un accord à l'amiable pourra peut-être se conclure. Mais c'est le moment d'agir. Je veux que nous nous mariions pour prendre les rênes du royaume. Tant que je ne suis pas marié, j'ai les mains liées. Et je *dois* faire quelque chose.

Je le dévisage, Lief me dévisage, et je ne peux rien faire.

– Mais… le jour de votre vingtième moisson…

– Quelle importance ? dit-il en s'avançant vers moi. Nous sommes tous les deux adultes et nous savons depuis longtemps que ce jour viendra. Pourquoi attendre ? À présent, tu connais la vérité à propos de Daunen, et il n'est pas nécessaire de jouer la comédie plus longtemps. J'ai envie de t'épouser tout de suite.

Et il conclut sa déclaration par un baiser.

Chapitre 18

Il est si froid, comparé à Lief. Ses lèvres sont pareilles à celles d'une statue. Elles effleurent les miennes, si différentes de celles de Lief, sans cette ardeur qui crépite entre nous chaque fois que nous nous touchons. Merek s'écarte et m'observe, la tête penchée. Mon regard vérifie aussitôt les miroirs. Lief n'y est plus. « Où se cache-t-il ? »

– Pardonne-moi, Twylla.

Je détourne les yeux.

– Ai-je seulement mon mot à dire, Merek ?

– Comment cela ? Nous sommes fiancés, pratiquement mariés. Tu étais présente, tu t'es promise à moi. Ces noces ne sont qu'une formalité.

Comme je ne réponds pas, il plisse les yeux.

– Est-ce que je te répugne à ce point, Twylla ? Me trouves-tu repoussant ?

J'ouvre la bouche pour protester, mais il ne m'en laisse pas le temps.

– Ne me mens pas. Tu penses que cela m'échappe lorsque tu fais preuve de plus de sollicitude et de respect pour tes gardes que pour ton prince ? Tu n'es pas la seule à avoir été manipulée, utilisée. Je n'ai jamais eu le choix de ma destinée.

Un an ou même une lune plus tôt, mes sentiments auraient peut-être été différents. Maintenant, c'est trop tard.

– J'aurais aimé que les choses ne débutent pas ainsi entre nous. Je savais qu'il serait difficile de te révéler la vérité, mais je pensais que tu serais contente d'apprendre que tu n'étais pas ce que tu croyais, que tu n'étais pas une meurtrière.

– Vous pourriez peut-être renoncer à moi.

Je demande en désespoir de cause :

– Ne pouvez-vous pas refuser de m'épouser ?

Il m'attrape par le bras et me force à le regarder.

– J'ai prié pour toi, siffle-t-il. Je ne crois pas aux dieux, mais cela ne m'a pas empêché de prier pour toi. Tous les soirs, pendant onze ans, allongé dans mon lit, j'ai supplié les dieux de te faire venir à moi, et de pouvoir te garder. Je rêvais de toi. Je t'ai entendue chanter et j'étais heureux que ce soit toi. Si je dois prendre femme – et crois-moi, Twylla, je n'ai pas le choix à ce sujet –, je ne veux pas qu'il s'agisse de quelqu'un de ma famille. Je préférerais mettre fin à mes jours. J'ai passé deux ans à attendre de pouvoir revenir ici et d'être enfin avec toi. Tu vas être ma femme et j'en suis heureux. Je veux que ce soit toi. J'ai toujours voulu que ce soit toi.

Il me lâche et se tourne vers le miroir le temps de recouvrer son calme, avant de reprendre la parole :

– Tu es visiblement bouleversée et c'est entièrement ma faute. Tu as été très remuée dernièrement. Je vais te faire escorter jusqu'à ton solier pour que tu aies le temps de te reposer avant ce soir.

– Avant ce soir ? Que se passera-t-il ce soir ?

– J'ai fait organiser un banquet pour célébrer la bonne nouvelle. Je veux l'annoncer tout de suite, tant que ma mère est affaiblie. Je veux annoncer officiellement que notre mariage aura lieu plus tôt que prévu. Ensuite, tu pourras t'installer dans le solier royal et te préparer à devenir ma femme.

Il avance à grands pas dans la galerie des Glaces en me guidant par le bras vers le rideau.

– Je suis désolé que cela t'ait été présenté ainsi. (Il s'arrête devant la porte, je le regarde.) Je serai un bon mari, Twylla. Je fais vraiment de mon mieux pour rendre les choses plus faciles. (Il prend ma main pour y déposer un baiser, puis il la tient contre sa joue. Ses doigts sont aussi froids que ses lèvres.) C'est le bon moment. Il faut frapper maintenant, tant qu'elle baisse la garde. Le royaume a besoin de nous. À tout à l'heure.

Merek ouvre la porte en grand et me confie à deux gardes d'allure sévère qui s'inclinent devant lui. Tandis que nous nous éloignons, je me rends compte que j'ai oublié de faire la révérence au prince. Je pense que ça n'a plus guère d'importance désormais.

Je ne sais pas où se trouve Lief. « Est-il encore dans la galerie des Glaces ? Est-il parti ? S'il est resté, il a tout entendu. »

Lorsque nous arrivons à la porte de ma tour, elle s'ouvre sur Lief.

Il n'y a plus de feu dans son regard. À vrai dire, je ne reconnais plus rien en lui. Ses yeux sont vitreux et ourlés de rouge, ses cheveux sont en bataille. Les gardes prennent congé et je m'approche lentement de lui. Il me regarde, impassible, et me fait signe de passer devant lui tandis qu'il referme la porte. Je gravis l'escalier en prêtant l'oreille à son pas derrière moi, lent et régulier, tout le contraire de mon pouls désordonné.

– Lief, je murmure dès que nous sommes dans ma chambre.

– J'imagine que je dois commencer à vous appeler Votre Majesté, lâche-t-il en exécutant une révérence moqueuse.

Mon visage se tord et je pleure enfin.

Je donnerais tout pour qu'il me réconforte, mais il n'en fait rien. Il me regarde froidement verser mes larmes.

Lorsqu'elles tarissent, il n'a toujours pas bougé. Aussi, je me résous à m'éloigner de lui pour aller me laver le visage à la cuvette.

Alors, seulement, il vient enrouler ses bras autour de moi, et enfouit son visage dans mon cou. Nous restons ainsi, sa poitrine plaquée contre mon dos, ses bras m'enserrant solidement, jusqu'au moment où je sens de l'humidité sur ma peau. Je me retourne : son visage brille de larmes. Le voir si malheureux et accablé me brise le cœur.

– J'allais t'épouser, hoquette-t-il.

Ses mots m'emplissent d'un bonheur indicible, mais son ton me pétrifie, la joie en moi le dispute à l'horreur.

– C'est toujours possible, je murmure en levant les mains vers lui. Nous pouvons toujours partir. Partons maintenant.

Il secoue la tête.

– Nous aurions au mieux quelques heures d'avance. Nous n'avons plus le temps, Twylla.

– Et demain, nous n'en aurons plus du tout. Nous devons partir ce soir. Je ne peux pas l'épouser. Je ne peux pas être avec lui.

– Il t'a embrassée, dit-il lentement.

– Je ne voulais pas.

– Je voulais le tuer.

– Partons, Lief. Ça n'aura plus d'importance.

– Twylla, c'est le prince. Je ne peux pas l'égaler.

– Mais tu l'as déjà supplanté !

En entendant cela, il m'attire à lui et, lorsque nos bouches se rencontrent, je sens le goût du sel sur ses lèvres, et j'ai beau l'embrasser, le sel revient toujours ; je ne sais pas si ce sont ses larmes ou les miennes.

– Il doit y avoir un moyen. Toi et moi, nous sommes intelligents. Nous ne sommes pas du château, nous savons vivre au-dehors. As-tu trouvé le passage ? C'est tout ce qu'il nous faut. Nous pouvons partir. On va y arriver.

Il hoche la tête en desserrant son étreinte, puis il me tourne le dos. Je le vois alors redresser les épaules, et calmer sa respiration saccadée. Lorsqu'il a recouvré le contrôle de lui-même, il se retourne vers moi et, dans ses yeux, je reconnais l'étincelle de l'homme que j'aime.

– Demain soir. Nous partirons demain. Je vais envoyer un message à ma sœur pour qu'elle se tienne prête.

Je me décompose et secoue la tête.

– Impossible. Après le banquet, il a prévu de me faire déménager dans le solier royal pour que je me prépare au mariage. Ce doit être ce soir.

Lief blêmit.

– Pouvons-nous prendre ce risque ? Alors que tout le monde prépare le banquet ?

– Pouvons-nous prendre le risque de rester et de laisser passer notre dernière chance ?

Il m'enlace à nouveau et m'enveloppe tout entière à l'abri de son étreinte.

– Il ne t'aura pas, murmure-t-il, les lèvres posées sur ma bouche. Tu es à moi. Ma Twylla, mon amour. Je ne renoncerai pas à toi, qu'importe celui qui m'en donne l'ordre. Ni la reine, ni le prince, ni personne ne t'enlèvera à moi.

– Je ne veux pas l'épouser.

– Tu ne l'épouseras pas. Je te le promets. Si je dois perdre la vie pour ça, je n'hésiterai pas.

– Ne dis pas ça. Ne dis pas des choses pareilles.

– S'ils étaient au courant, à propos de nous, tu ne pourrais pas l'épouser.

– Et tu serais exécuté.

– Ils ne te tueraient peut-être pas.

– Mais je voudrais qu'ils me tuent ! Je ne peux pas revenir en arrière. Je n'ai plus rien.

Il ne proteste pas lorsque je l'entraîne vers le lit.

Plus tard, nous sommes étendus, bras et jambes entremêlés, le souffle léger. Sa respiration devient ma respiration. Notre peau humide nous colle l'un à l'autre comme si rien ne pouvait nous séparer. Mes membres sont pesants et comme liquéfiés, la lumière rasante de l'après-midi me donne envie de me blottir contre lui et de dormir. Il effleure mon front de ses lèvres et je souris, puis incline la tête en arrière pour voir ses yeux.

– Ce n'était pas tout à fait la fuite que j'avais en tête, dit-il à mi-voix. Mais je ne me plains pas. Ça va ?

– Très bien. (Je souris, et son sourire m'emplit d'une douce chaleur.) Pour ce qui est de la fuite, je pense que nous pourrons partir après le banquet.

– Tu y as pensé ? (Il se redresse sur un coude, et me regarde en haussant les sourcils.) À quel moment y as-tu pensé ?

Il esquisse un sourire taquin. Le sous-entendu me fait rougir et je me dérobe à son regard.

– Pas à ce moment-là. Avant, quand nous étions allongés là. Si je me plains d'un mal de tête pendant le repas, je peux demander à me retirer plus tôt. Nous partirons pendant qu'ils festoieront. Au matin, nous serons à des kilomètres du château et ils n'en sauront rien. Une fois qu'ils comprendront, il sera trop tard pour nous rattraper. Du moins je l'espère…

Je le regarde peser mentalement mes mots.

– Viens.

Il dégage ses jambes et me tire hors du lit, jetant une fourrure sur mes épaules. Je suis un peu gênée et enroule la peau autour de moi, mais il me suffit d'un regard à son visage rayonnant d'espoir et de joie pour tout oublier, et je le suis sans difficulté.

Il me mène à la fenêtre et se met derrière moi, les bras passés autour de ma taille, le menton posé sur mon épaule. Il me montre le soleil qui se couche entre les arbres.

– Regarde. Là-bas, ce sont les bois de l'Ouest. Au-delà de cette forêt, il y a notre nouvelle maison, quelque part loin là-bas.

Je hoche la tête en m'appuyant contre lui.

– Et on y va ce soir. Tout s'arrête ce soir.

– Tout commence ce soir, je rectifie.

– Tout commence ce soir, admet-il. Mais d'ici là, il faut nous préparer pour le banquet. Est-ce que je fais porter de l'eau pour ton bain ?

– Non, merci.

Je n'ai pas envie de me laver. Je veux garder son odeur sur ma peau.

– Est-ce que je te laisse seule pour t'habiller ?

Je suis tentée de lui demander de rester, mais finalement je hoche la tête.

– Je ne serai pas longue.

– Si tu as besoin de moi, je suis de l'autre côté de la porte…

Il me retourne pour pouvoir m'embrasser, et je ne demande que ça. Lorsque j'ouvre les yeux, la lumière a nettement baissé dans la pièce.

– Va-t'en. Je serai vite prête.

De la porte, il me fait une révérence et ses yeux embrasent les miens. Je m'efforce de ne pas tenir compte de la douleur sourde que je ressens dès qu'il la ferme doucement sur lui.

Ce soir, ma tenue me va à ravir. Mes joues encore empourprées sont assorties à ma robe, si bien que, au lieu d'être éclipsée par la couleur, je l'arbore avec une grâce altière. Je rayonne d'excitation, mes yeux sont brillants, ma peau lumineuse. J'ai l'impression que ce que nous avons fait est inscrit sur tout mon corps, mais je n'en ai cure. Que la cour pense que je suis heureuse d'épouser Merek. Que les courtisans croient y déceler la raison de mon sourire continuel, de ce feu intérieur qui m'illumine. Dès ce soir, je ne serai plus là.

Lorsque Lief entre pour m'escorter jusqu'au Grand Salon, il en reste bouche bée, et son expression est si comique que je ne peux m'empêcher de rire, ravie. Je virevolte gracieusement pour lui et la jupe se gonfle autour de moi. Puis je me jette dans ses bras, l'embrasse, et sa main vient épouser mon visage. Il me tient si précieusement, si délicatement que l'inquiétude me gagne, et je me colle contre lui, cherchant le réconfort de son corps. Bien trop vite, il me relâche et ses pupilles dilatées recèlent une promesse qui me donne des frissons. Je propose :

– Restons encore un peu ici.

– Pourquoi donc ? me demande-t-il en souriant.

Je fais mine de lui donner un soufflet.

– Parce que, dès que nous quitterons cette chambre, tu devras être mon garde, et moi Daunen incarnée. Je veux que ce soit Twylla et Lief encore un instant.

– Dès cette nuit, ce sera Twylla et Lief, où que nous soyons.

– Je sais, dis-je, rayonnante de bonheur. Alors, laisse-moi m'entraîner un peu.

Il incline la tête sur le côté et se mordille la lèvre.

– Est-ce qu'on danse aux banquets lormeriens ?

– Parfois.

– Alors il faudrait nous chanter une chanson, sinon comment danserons-nous ?

Lorsqu'il me prend dans ses bras, le monde est soudain plus coloré et mon âme vibre de joie. Je commence à chanter doucement *Charmante et lointaine* tandis qu'il me fait tournoyer dans la pièce. Une de ses mains est sur ma taille, l'autre sur mon épaule ; les miennes reposent sur ses bras. Pendant cette chanson, le monde atteint à la perfection ; tout est en ordre, je ne pourrais être plus heureuse. Au milieu d'un couplet, voir mes jupons voleter derrière moi me fait éclater de rire et, avec un sourire, il reprend la chanson là où je me suis interrompue, en chantant parfaitement faux. Nous finissons l'air ensemble. Puis il appuie son front contre le mien et nous mêlons nos souffles le temps que nos cœurs se calment.

Ce sentiment d'allégresse m'accompagne jusque dans le Grand Salon, où nous suivons les seigneurs, les dames et tous les courtisans qui se dirigent vers le cœur du château. Tout le monde a revêtu ses plus beaux atours. Les joyaux brodés sur les riches soieries reflètent la lumière des bougies, les hommes sont engoncés dans des hauts-de-chausses rarement portés. L'air bourdonne de conversations animées, les mains s'agitent comme des papillons de nuit, dans les couloirs flotte le goût épicé de l'impatience. Tout me paraît plus joli que d'habitude, même le visage anguleux de dame Shasta me semble amical. Après ce soir, je ne la reverrai plus jamais.

Alors que nous approchons de la porte, les courtisans me laissent passer devant comme si j'étais déjà couronnée. Ils murmurent mon nom, s'inclinent à mon passage.

Merek m'attend à la porte. Il porte un anneau doré entre ses boucles brunes et une écharpe d'apparat pourpre et bronze, qu'il arbore fièrement en travers d'un pourpoint en velours. Il m'offre triomphalement son bras et ma joie reflue. Tandis que nous marchons jusqu'à la table d'honneur, les courtisans se lèvent et se prosternent à notre passage. Merek tire un fauteuil à la droite du roi, et j'accorde au prince un sourire contraint.

Avant de m'asseoir, je fais la révérence aux souverains. La famille royale porte tous les insignes de son statut : le roi et la reine sont couronnés, ils ont des fourrures au cou, et le sceptre du roi est posé contre son fauteuil. Je constate avec surprise que c'est la reine qui arbore un air joyeux, alors que son mari est pâle – il ne doit pas être tout à fait remis de sa fièvre. Contre toute attente, c'est la reine qui pose sur moi un regard rayonnant lorsque je prends place à côté du roi. Elle a l'air fière comme une mère. Merek pose brièvement la main sur mon épaule et va s'asseoir à côté d'elle, qui se penche pour l'embrasser sur la joue. Il se raidit, esquisse un sourire forcé. Elle se tourne vers moi de nouveau, toujours l'air aimable.

Tout en m'asseyant, je cherche discrètement Lief du regard dans l'assemblée. Les fils invisibles qui nous relient me guident : il est debout près du couloir menant au solier royal. Il croise mon regard un instant puis détourne la tête et surveille calmement la salle. Je savoure la chaleur de ce bref échange. Je laisse le serveur me verser un peu de vin. J'en bois une gorgée en adressant un signe de tête aux courtisans qui me sourient. À l'évidence, ils connaissent tous la raison de leur présence ici. Leurs visages rayonnent de bonheur, tout le monde semble attendre impatiemment le moment de lever son verre. L'atmosphère est bien différente de la dernière fois où nous étions rassemblés ici. Du coin de l'œil, je vois le roi toucher la main de la reine, et elle le laisse faire, elle se tourne même vers lui en souriant. Elle est vraiment affaiblie, ou alors elle a accepté ce qui s'est passé.

Nous mangeons et buvons dans une ambiance joyeuse, des musiciens passent entre les tables en jouant, au luth et à la harpe, les airs du royaume que je chante d'habitude. Le roi et la reine s'entretiennent à voix basse pendant le festin ; je ne peux pas entendre ce qu'ils se disent, mais cela me touche de les voir si proches. Peut-être un changement bénéfique s'est-il opéré à Lormere. Il se pourrait qu'en fait ils n'aient même pas besoin de moi. Lorsque la reine offre un morceau de chapon de sa propre assiette au roi, je me réjouis intérieurement en m'imaginant faire de même avec Lief très prochainement. Quand je remarque que Merek m'observe et me sourit, je reporte mon attention sur mon assiette et commence à manger.

Je risque un regard vers Lief : il surveille Merek, les yeux plissés et le regard assassin. Visiblement, il se moque de se faire remarquer.

Sur quelque signal, les musiciens cessent de jouer et tout le monde se tourne vers la table d'honneur. Le roi et la reine échangent un regard, se lèvent. La salle fait silence. Lief a les yeux posés sur moi ; je le regarde avec fougue : j'essaie de lui faire comprendre combien j'aimerais être loin d'ici, avec lui.

– Nous vous remercions d'être là ce soir avec nous, commence le roi. Comme vous le savez tous, Lormere a été fondé sur des traditions dont nous sommes fiers. Des traditions qui ont assuré notre puissance et notre intégrité tout au long de notre glorieuse histoire. Nous avons combattu bien des menaces, jadis comme naguère, et avons survécu.

Je glisse un coup d'œil à Lief en réprimant un sourire entendu, car nous pensons tous deux au Tregellan.

– Et non seulement nous allons survivre encore longtemps, poursuit la reine avec aisance, mais nous allons prospérer. Aujourd'hui, nous nous tournons vers l'avenir. (Elle sourit, imitée par tous les courtisans.)

« Comme vous le savez, les dieux ont eu la bonté de m'accorder un fils et une fille, mais ils ont jugé bon de reprendre notre chère Alianor. Au début, nous avons désespéré, ne comprenant pas en quoi nous les avions déçus. Mais les dieux suivent des desseins qui, pour nous autres mortels, sont souvent impénétrables. Ce qu'ils retirent d'une main, ils le rendent de l'autre. Et ils nous ont donné Twylla, notre Daunen incarnée, aussi chère à notre cœur qu'une fille pourrait l'être. Depuis des années, elle vit ici parmi nous, attendant impatiemment, comme nous tous, le jour où elle épousera Merek et deviendra notre fille légitime.

À ces mots, Merek me rejoint. Je me lève à mon tour et le laisse poser sa main sur la mienne, comme le jour de nos fiançailles, il y a bien longtemps.

– Aussi, c'est avec une grande joie que je vous annonce que ce jour viendra avant la fin de l'année, dit la reine en nous souriant. Cette année, lors du dernier jour de la moisson, mon fils Merek prendra femme et un nouvel âge d'or débutera.

Les acclamations et les cris de joie fusent, les verres se lèvent, et tout le monde boit à notre santé. Merek me conduit sur le devant de la table en adressant des signes de tête à la cour et en me souriant. Derrière nous, le roi et la reine rayonnent. Je regarde Lief.

Mais je m'aperçois qu'il regarde derrière moi en fronçant les sourcils, bientôt imité par toute la cour. Je me retourne pour voir de quoi il s'agit.

À côté de la reine, le roi s'est figé, son sourire s'est changé en grimace, la bouche grande ouverte, et lorsque Merek et moi avançons, il s'effondre. Sur la table, dans un fracas terrible. Ses mains cherchent à se raccrocher à quelque chose ; sa coupe tombe par terre, et il s'écroule à côté.

C'est alors que les cris s'élèvent.

Chapitre 19

Les cris cessent aussi brusquement qu'ils ont éclaté. Les gardes se précipitent vers l'estrade, l'épée au clair comme si le roi avait été attaqué et avait besoin d'être défendu. Mais alors qu'ils commencent à faire cercle autour de leur souverain, ce dernier essaie de se relever et les chasse d'une main. Par habitude, je m'écarte des gardes qui se massent autour de nous. Merek me saisit le bras pour me faire passer derrière la table, se postant en bouclier entre la salle et moi. Je cherche Lief du regard par-dessus l'épaule du prince, mais je ne le vois pas. La reine, agenouillée près du roi, lui pose une main sur le front. Il lui dit quelques mots, trop bas pour que je les entende, et les doigts de Merek se serrent sur mon bras, si fort que je laisse échapper un cri étouffé. En contrebas, les courtisans nous observent. Bouche bée, livides, la main sur le cœur, ils regardent vers l'estrade, figés comme dans un tableau vivant.

Deux gardes du roi tâchent de l'aider à se relever, mais il ne tient pas debout et ils sont obligés de le porter hors de la pièce en lui soulevant les jambes, ce dont il semble avoir honte. La reine les suit du regard, une main sur la bouche, puis elle jette un coup d'œil perçant à Merek avant de suivre son mari. Le prince me regarde, les yeux étrécis, puis me lâche le bras.

– Reste ici, m'ordonne-t-il. Ne prends rien à manger ni à boire, mais reste ici tant qu'il y a du monde. Ne montre pas qu'il y a un vrai problème, laisse-les croire que ce n'est rien et qu'ils doivent poursuivre le banquet. Ne pars que lorsque le reste de la cour s'en ira. Alors, rends-toi directement à ta tour. Tu as bien compris ?

J'acquiesce sans un mot et il s'élance hors de la salle, me laissant sur l'estrade, entourée de gardes. Tous les regards convergent vers moi. Pétrifiée, j'observe la cour.

– Le roi s'est senti mal, je lance d'une voix chevrotante. Ce n'est rien de grave, dieux merci, et Son Altesse le prince Merek demande à ce que nous continuions à festoyer.

Ils m'observent avec méfiance et reprennent place, mais personne n'ose manger ni boire. Ils chuchotent en me jetant des regards noirs. Je me rassieds, douloureusement consciente de mon isolement sur l'estrade maintenant que les gardes se sont retirés. Je regarde les vestiges du banquet, les servantes qui hésitent près des portes comme si elles voulaient s'enfuir, et je sais que c'est le désir de tout le monde dans la salle, y compris le mien. Il ne faut pas longtemps pour que les premières contestations de mon autorité s'élèvent. Je ne suis pas la reine : ils ne me craignent pas autant qu'elle, tant s'en faut.

– Je vais prier pour que le roi recouvre la santé, ma dame, annonce dame Shasta en se levant.

La moitié de la cour fait chorus et se lève à sa suite.

Je vois Lief à la porte qui me regarde en fronçant les sourcils.

– Je vais faire de même.

Je me lève prestement et descends de l'estrade, si vite que les courtisans doivent s'écarter pour me laisser passer tandis que je file vers la sortie. J'entends quelqu'un murmurer le mot « poison ». Leurs chuchotements m'escortent jusqu'au couloir et je remarque qu'en dépit de leur empressement pour prier un instant plus tôt, aucun courtisan ne me suit. Lief garde un air impassible lorsqu'il reprend place à mon côté.

– Maintenant ? m'interroge-t-il à mi-voix.

Je secoue la tête et prends le chemin de ma tour dans un silence terrifié.

– Quand ? me demande Lief alors que nous tournons à la dernière intersection. Twylla ?

– Merek m'a dit de regagner directement ma tour, je réponds alors qu'il ouvre la porte.

– Qu'importe ce qu'il dit ? C'est peut-être bien notre dernière chance, insiste-t-il en montant l'escalier à ma suite. Tout le monde va s'occuper du roi et… (Il se retourne, car la porte de la tour vient de s'ouvrir de nouveau derrière nous.) Qui va là ?

En l'absence de réponse, Lief me pousse en haut des dernières marches, me suit jusqu'à ma chambre, puis se poste sur le seuil en dégainant son épée. Mais c'est Merek qui entre, nous dépasse Lief et moi, et s'appuie au rebord de la fenêtre, le dos tourné.

– Que se passe-t-il ? Le roi ?

– Reste derrière la porte, ordonne-t-il à Lief. Ne laisse personne entrer.

Mon garde me jette un coup d'œil et je hoche la tête. Il s'incline avec raideur et son regard me transperce lorsqu'il referme la porte de ma chambre.

– Il m'importe que tu sois heureuse, Twylla. Et en sécurité, annonce Merek dès que la clenche claque.

Il me tourne toujours le dos et ses paroles qui semblent préparées à l'avance me rappellent étrangement les déclarations de sa mère concernant ma protection.

– Je suis heureuse, Merek. Et en sécurité.

– Non.

Il secoue la tête avant de se tourner vers moi. Son apparence me coupe le souffle. À part deux taches rouges sur les joues, son visage est pâle comme celui d'un mort. Ses cheveux sont en désordre, comme s'il avait tiré dessus. La peur me saisit, m'oppresse, j'ai l'impression que le sol se dérobe sous mes pieds. Il vient à moi et me prend les mains. Je résiste à l'envie de reculer.

– Tu ne comprends pas. Je dois te demander de faire quelque chose pour moi. Pour nous.

Je secoue la tête sans comprendre et il étreint mes mains.

– C'est important. Cela va te sembler terrible, mais il le faut, parce que sinon...

Il laisse sa phrase en suspens.

– Merek, voulez-vous enfin me dire ce qui se passe ? Vous m'avez promis la vérité. De quoi s'agit-il ? Que se passe-t-il ?

Il me regarde et s'humecte les lèvres avant de reprendre la parole :

– Je crois que ma mère a empoisonné le roi. Non, en fait j'en suis certain.

Mes yeux papillonnent, je cherche un sens logique à ses paroles.

– Je ne comprends pas.

– Apparemment, la plaidoirie de mon beau-père en faveur de dame Lorelle l'a poussée à bout. Ma mère et lui n'ont jamais formé un couple amoureux, mais qu'il porte atteinte à son pouvoir, elle n'a pas pu le tolérer. Et maintenant... je doute qu'il passe la nuit. Tu étais là, tu l'as vu.

– Mais c'est sûrement la fièvre, une rechute. Il va prendre du repos, et avec le temps...

– Je crois qu'il n'a jamais eu la fièvre. Je pense qu'à son premier essai elle s'est trompée de dosage et, ce soir, elle a remis ça. Il ne verra pas l'aurore, Twylla.

– Quel poison ? Pas du laurier-rose ?

J'en ai la chair de poule. Mais il secoue la tête.

– Je n'en ai pas la moindre idée, mais je vais décrire les symptômes à mes relations du Tregellan pour voir s'ils savent ce qui peut les causer.

– Merek, dis-je à voix basse, comment est-ce possible ?

– Elle s'est lassée qu'il ne soit pas le mari et le roi dont elle a besoin. Je crois qu'elle a prévu de se remarier.

– Avec qui ?

– Avec moi.

Je le regarde, frappée de dégoût à cette idée.

– Que voulez-vous dire ? Comment pouvez-vous prétendre une chose pareille ?

– Parce qu'elle l'a dit elle-même.

Il plaque une main sur sa bouche, comme s'il voulait rattraper les mots qui lui ont échappé et les enfermer. Comme si les prononcer tout haut lui avait volé quelque chose.

De toute ma vie, lors des Dévorations, lors des exécutions, jamais je n'ai vu quelqu'un paraître aussi égaré.

– Je l'ai entendue le dire. Je l'ai suivie jusqu'à la chambre où l'on avait porté mon beau-père, et j'ai attendu dehors pour entendre leur conversation. Elle lui a dit que ce serait fini à l'aube et que, lorsqu'il ne serait plus, il ne resterait qu'elle et moi. Et qu'elle savait ce que cela voulait dire, ce qu'elle devrait faire. Et que ce ne serait pas pire qu'épouser son frère.

Pétrifiée, je le dévisage.

– Merek, c'est... de la folie.

– Ce n'est pas moi le fou ! s'écrie-t-il, et je recule d'un pas en grimaçant, surprise par l'éclat de sa voix. Elle l'a dit, Twylla. Elle l'a dit. C'est elle qui est folle, Twylla, pas moi. Elle veut deux enfants de sang pur pour le trône. C'est tout ce qu'elle a toujours voulu. Instaurer un nouvel âge d'or pour Lormere : frère et sœur, roi et reine. Mais Alianor est morte, mon père est mort, il n'y a pas eu d'autre enfant. Tu ne comprends pas qu'elle le hait à cause de cela ? Jamais elle n'aurait pu vraiment l'aimer – il n'était que son cousin –, mais qu'il ne soit même pas capable de lui donner au moins une demi-sœur pour moi, c'était le signe de l'échec. Alors, elle se débarrasse de lui afin de m'épouser. Elle ne peut pas conserver le trône sans un roi à son côté et je suis le dernier de la lignée. Elle va m'épouser.

Je recule et m'appuie à mon bureau.

– Et moi ? Je suis toujours là. Que compte-t-elle faire de moi ? A-t-elle prévu de me tuer aussi ? Est-ce ainsi qu'elle va m'ôter de son chemin ?

Merek a un regard halluciné.

– Je n'ai pas attendu qu'elle annonce ton assassinat. Dès qu'elle a confirmé mes craintes au sujet de ses projets me concernant, je suis venu directement te rejoindre.

– Confirmé ? Vous y aviez déjà pensé ?

– Cela fait quelque temps que je le soupçonnais… Elle prédisait un avenir sombre pour notre royaume privé de souverains de sang pur, elle s'interrogeait ouvertement sur ta capacité à devenir reine, elle se demandait si elle avait raison de me forcer à une union avec quelqu'un de si différent de nous. J'ai essayé de te le dire dans la galerie des Glaces, mais cela me semblait très mélodramatique sur le moment. Maintenant, mon beau-père agonise et je suis sûr qu'elle l'a empoisonné. Elle est passée à l'action, Twylla.

– Il faut prévenir quelqu'un. (Je cherche à lui échapper et à me diriger vers la porte.) Elle ne peut pas faire ça, elle ne peut pas tuer le roi. C'est un acte de trahison.

– À qui d'autre pourrais-je en parler ? demande-t-il en m'attirant à lui. Qui détient plus de pouvoir qu'elle ? Qui est en mesure de s'opposer à ses desseins ?

Je regarde Merek et pour la première fois je me demande s'il n'est pas un peu fou lui aussi.

– Alors que pouvons-nous faire ? A-t-elle prévu de m'empoisonner ou… (Une idée allume une petite étincelle d'espoir en moi.)… va-t-elle vous signifier de me répudier en sa faveur ? Est-ce cela que vous me demandez ?

S'il me répudie, je serai libre d'être avec Lief.

Le visage de Merek se contracte, la peau se tend sur ses pommettes et sa bouche s'ouvre en un gémissement silencieux.

– Si je te répudiais, elle ne te tuerait peut-être pas, dit-il d'une voix hachée. Tu serais peut-être enfin saine et sauve. Mais moi, ça m'achèverait. (Il me regarde, les yeux agrandis.) Je me jetterais de cette tour. Épouser ma propre mère ? L'épouser ! (Il est parcouru d'un violent frisson.) Voilà pourquoi je dois te demander ton aide. Je n'ai personne d'autre.

Je le regarde. Son visage est implorant, désespéré.

– Je n'ai pas le droit de te demander quoi que ce soit, je le sais. Je sais ce que cela signifie de te demander de t'allier à moi, de me faire confiance alors que je t'ai caché tant de secrets, et dans de telles conditions. Mais si tu m'accordes ton aide, ma gratitude te sera acquise pour chaque jour de notre vie. Quoi que tu veuilles, il te suffira d'un mot et tu l'auras.

– Que voulez-vous que je fasse ?

– Lorsque mon beau-père sera mort, nous devrons nous marier sans attendre. Dès que tu seras reine, j'obtiendrai ma couronne et te donnerai la tienne. Nous reléguerons ma mère dans un endroit où elle ne pourra plus nuire à quiconque.

– Mais elle me tuera. Elle me tuera avant que le mariage ait lieu.

– Pas si nous la prenons de court. (Il cherche maladroitement ma main et la presse contre sa poitrine.) Si nous agissons avant qu'elle comprenne ce que nous tramons. Nous pouvons même prétendre vouloir repousser le mariage en signe de respect pour mon beau-père. Cela la lancera sur une fausse piste. Tant qu'elle croit que son plan fonctionne, elle n'a pas besoin de te faire de mal. Des décès trop rapprochés éveilleraient les soupçons. Il ne sera pas nécessaire de jouer la comédie longtemps.

J'ai l'impression que les murs de la pièce se referment sur moi.

– Quand ?

– Demain soir. Je dois faire venir un prêtre en qui nous pouvons avoir confiance, je connais quelqu'un. Il n'y aura pas de cérémonie. Juste toi et moi, et nos témoins. (Il pose sur moi un regard débordant d'espoir.) Je sais que je te demande d'accomplir un acte de trahison. Et crois-moi, je sais qu'il n'est pas juste que je te demande quoi que ce soit. Mais c'est notre seule chance, Twylla. Nous devons mettre un terme à tout cela. Car si nous attendons, nous mourrons tous les deux. Il faut que ce soit demain.

« Demain. Si j'accepte, jamais je ne serai libre. Et si je refuse ? La reine épousera Merek, après m'avoir tuée pour arriver à ses fins. Je crois qu'elle est prête à tout pour garder sa couronne. Si je reste, je perds Lief, je renonce à moi-même, mais si je pars… Merek mettra fin à ses jours. Je le sais. Je vois dans ses yeux qu'il dit vrai, et si je refuse de m'allier à lui, il se pourrait même qu'il le fasse ce soir, avant qu'un autre événement ait le temps de se produire. Je serais celle qui le condamne à mort, un vrai bourreau cette fois. J'ai le choix de partir en sachant que je signe son arrêt de mort. Il paierait de sa vie mon bonheur avec Lief. Sa vie contre la nôtre. »

Il me prend les mains puis tombe à genoux, les bras autour de ma taille, la joue contre mon ventre. Lorsque je baisse les yeux vers lui, il me regarde, et ses yeux noirs sont emplis de crainte. Il ressemble tant à sa mère…

– Je t'en supplie, Twylla, dit-il doucement. Sans toi je ne peux pas y arriver.

– Merek…

Je suis interrompue par la porte qui s'ouvre à toute volée : un garde gigantesque et rubicond s'efforce d'entrer dans la pièce en repoussant Lief. Merek se relève. Son visage est entièrement livide à présent.

– Pardonnez-moi, sire, dit-il en s'agenouillant.

Merek me regarde, les yeux si écarquillés que je vois le blanc tout autour de ses iris sombres.

– Comment m'as-tu appelé ? demande-t-il au garde d'une voix tendue, et Lief cesse de lutter contre le garde en saisissant ce que signifie cette salutation.

– Il fallait que je vienne. Sa Majesté la reine a insisté, halète le garde. Le roi est mort. (Il lève la tête d'un air interrogateur et ses paroles m'atteignent avec violence, résonnant dans mes oreilles.) Le roi est mort, répète le garde en nous voyant sans réaction, frappés de stupeur. Le roi est mort.

Hagard, Merek me regarde toujours, le visage pétri de détresse. Il tord le col de sa tunique, le serrant autour de son cou comme un nœud coulant.

Le devoir ou la liberté. Sa vie ou la mienne.

Comme plongée dans une transe, je m'agenouille devant Merek et complète la proclamation :

– Vive le roi !

Puis je hoche la tête, son visage s'éclaire, son inquiétude s'estompe et il laisse sortir le souffle qu'il retenait. Il me soulève dans ses bras et me murmure « merci » à l'oreille. Et mon cœur se brise.

Je détourne le regard, incapable de dire un mot. Merek m'attrape la main et l'embrasse.

– Merci, dit-il encore avant de se tourner vers le garde. Laissons la dame prier.

Le garde incline la tête dans ma direction puis sort de ma chambre à la suite de Merek.

Le regard de Lief va de la porte à moi.

– Nous ne partons plus, n'est-ce pas ? dit-il sans qu'il s'agisse vraiment d'une question.

– Lief…

– Tu m'avais fait la promesse de ne jamais l'épouser. Tu m'as choisi, moi.

« Que les dieux me viennent en aide ! »

– Lief…

Ma voix se fêle et je n'arrive pas à prononcer les mots qui briseront ma promesse. Je ne peux pas abandonner Merek. Sinon il se tuera. Sa mort nous poursuivrait comme une malédiction. Et il ne s'agit pas que de nous, mais du royaume tout entier. Ma fuite condamnerait toutes les âmes qui vivent ici. Lormere deviendrait un nouveau Tallith, un pays perdu. Mais jamais Lief ne comprendra cela.

Il hoche la tête et tourne les talons.

– S'il te plaît ! je crie. Tu ne peux pas me laisser.

– Ne me demande pas d'assister à ton mariage. Tu ne peux pas tout avoir, Twylla.

– Je ne veux pas tout, je ne veux que toi !

– Alors pars avec moi.

Maintenant, c'est sa voix qui s'étrangle et je sens mon cœur frémir, comme s'il essayait de bondir hors de ma poitrine pour se réfugier entre ses mains.

– Je ne peux pas.

– Pourquoi ? Qu'est-ce qui a changé, Twylla ? Qu'est-ce qu'il t'a dit ?

Je secoue la tête en cherchant les mots pour lui expliquer ce que Merek m'a demandé et pourquoi je ne peux pas refuser. Mais les phrases restent coincées dans ma gorge et je ne peux que le dévisager, muette de douleur.

Il me regarde longuement.

– Alors, adieu.

Et il me laisse.

Une heure plus tard, lorsque la porte s'ouvre de nouveau, je m'attends à ce que ce soit lui, plein de fougue, réclamant une explication. Mais ce n'est que Merek, les yeux encore brillants.

– Twylla ?

Il se précipite vers moi. Je n'ai pas bougé depuis que Lief m'a quittée. Avec douceur, il me guide vers le lit et me fait asseoir. Il s'en va et revient un instant plus tard avec une coupe que je vide sans poser de question. D'après la brûlure dans ma gorge, il s'agit d'eau-de-vie. J'aurais dû deviner que ce serait un alcool.

– Est-ce que tu vas bien ? me demande-t-il.

Mon visage est sans vie, tout mon corps est flasque et engourdi comme si je ne le contrôlais plus. Je suis vide. Il n'y a plus rien en moi.

– Parle, ma chérie.

Sa chérie. Je m'affaisse sur moi-même et me laisse submerger par le chagrin tandis qu'il m'entoure de ses bras. Ces bras, cette odeur, cet homme… ce ne sont pas les bons.

– Ma mère est allée prier à la mare sacrée, me dit-il avec un rictus.

Je frémis, car nous savons tous deux pour quoi elle est allée prier, la raison pour laquelle elle a choisi un lieu voué au culte de la fertilité.

– Je lui ai dit que nous voulons repousser la cérémonie en raison des événements. Elle a accepté. Elle a ajouté que nous pouvons prendre tout notre temps, que Lormere comprendra.

Je hoche la tête et essaie de me relever.

Il repousse doucement les mèches qui tombent sur mon visage, et son geste est si tendre qu'il me tire de nouvelles larmes.

– Je sais que ce que j'ai dit t'a fait peur tout à l'heure, mais tout ira bien, je te le promets. Tout ira bien, comme nous l'avons prévu. Je dois t'épouser, Twylla. Ensuite, nous serons couronnés et en sécurité.

Je ferme les yeux, mais le visage torturé de Lief apparaît derrière mes paupières.

– On a envoyé chercher ta mère, m'informe Merek. Après la Dévoration et la crémation, nous pourrons nous marier. Dès que ce sera fait, tu n'auras plus rien à craindre. Nous serons libres.

Je laisse échapper un bruyant sanglot qui le prend au dépourvu. Je secoue la tête et me détourne en m'efforçant de reprendre le contrôle de mes émotions.

– Puis-je te faire apporter quelque chose pour t'apaiser ? propose-t-il.

Je secoue la tête et prends une grande inspiration. J'ai fait mon choix, j'ai laissé Lief partir sans moi. Je suis responsable de cette situation.

– Pardonnez-moi.

– Il n'y a rien à pardonner. Je sais que je n'ai cessé de t'accabler de révélations dévastatrices ces derniers jours, mais très bientôt nous serons hors de danger. Dès que je serai couronné, je pourrai maîtriser ma mère.

Alors qu'il parle, ce qu'il a dit précédemment atteint enfin ma conscience.

– Ma mère va venir ?

– C'est la Mangeuse de péchés, il le faut bien. Aimerais-tu la revoir ?

Je réponds sans hésitation :

– Non, je ne pense pas. C'est inutile. Ma vie est ici désormais.

– Avec moi, ajoute-t-il sans dissimuler son air triomphant.

Chapitre 20

Toutes les fenêtres du château sont obstruées, tous les miroirs sont drapés de noir. Dans le Grand Salon, la vaisselle d'argent habituellement posée sur les tables sera rangée et remplacée par un service en étain. Tout ce qui est susceptible de renvoyer un reflet va être couvert ou voilé. Les serviteurs et les femmes de chambre vont travailler la nuit durant pour sortir les robes, tuniques et habits noirs, et les ajuster à la va-vite pour que nous puissions les porter au matin.

Tandis que le château se prépare à pleurer son roi, Merek reste dans ma chambre. Il parle de ce qu'il souhaite accomplir, de ce que nous pourrons réaliser ensemble. Au bout de plusieurs longues heures, je finis par lui demander de me laisser me reposer. Il prend mon visage entre ses mains.

– Pardonne-moi, mon amour, bien sûr, tu as besoin de te reposer. Dis à ton garde de verrouiller la porte après mon départ, et de n'ouvrir à personne d'autre que moi.

– Il est parti, dis-je d'une voix éteinte. Il a dû rentrer chez lui.

– Alors je serai ton garde jusqu'à notre couronnement. (Il m'embrasse la tête.) Descends avec moi pour fermer la porte. Je viendrai te retrouver demain matin.

J'obéis. J'essaie de ne pas frémir lorsque sa main froide se pose sur ma joue pour me dire bonne nuit. Les doigts sur le verrou, j'hésite : si je verrouille ma tour, Lief ne pourra pas revenir. Puis je revois l'expression de son visage lorsqu'il est parti : il ne reviendra pas. Je fais coulisser la targette et remonte lentement l'escalier vers ma chambre.

Le sommeil ne vient pas. Je passe la nuit à me remémorer chaque mot que Lief m'a dit, et je me demande s'il me hait à présent. On dit qu'après une amputation, on continue à sentir un membre fantôme, et c'est la sensation que j'éprouve. La conviction profonde et absolue qu'il est parti, pas seulement pour un temps mais pour toujours, me hante. Je l'ai trahi, je me suis trahie moi-même, et me répéter que c'était ce qu'il fallait faire ne me réconforte absolument pas. Je reste assise à la fenêtre, le visage collé au rideau, attendant le lever du jour pour me laver et enfiler ma robe de deuil. J'attends la venue de Merek qui m'a dit qu'il serait mon garde. Mais personne ne vient. Aucune servante ne me porte mon petit déjeuner, personne ne vient me protéger ni me dire où je dois aller. J'attends à la fenêtre, je regarde le soleil monter de plus en plus haut dans le ciel. Et personne ne vient. J'envisage de rester là, j'imagine qu'on me retrouvera dans des années, petit tas d'os sur le sol.

Puis je m'insurge contre moi-même et ce sentimentalisme larmoyant. J'ai *choisi* cette situation. Alors je me force à me lever, je lisse les plis de ma robe noire et quitte ma tour. C'est la première fois depuis mon arrivée ici que je ne suis pas accompagnée de gardes.

Je me suis préparée à affronter la crainte et la méfiance des autres courtisans, peut-être même leur méchanceté, puisque je suis sans protection aucune et que ma réputation me précède.

Je me demande même si je n'accueillerais pas leur cruauté comme une bénédiction ; ce serait un baume pour apaiser ma tristesse. Au moins cela me procurerait une nouvelle souffrance à laquelle m'accrocher. Mais les couloirs sont déserts et ils me semblent immenses, larges comme l'océan dont mes frères parlaient parfois. Et je flotte comme un morceau d'épave, loin de toute terre, amarre ou port d'attache. Rien ne me retient. Rien ne m'oblige à rester. Lorsque je gagne le solier royal, annoncée par les gardes de la porte, je trouve Merek qui attend avec la reine, oublieux de sa promesse.

– Ta mère est ici, m'annonce la reine en posant les yeux sur moi.

– Twylla ne souhaite pas la voir, dit Merek à ma place. Elle n'assistera pas à la Dévoration.

La reine me regarde.

– Je regrette, mais il le faut. C'est le prix à payer pour épouser quelqu'un de la famille royale, Twylla. Parfois nous devons faire des choses douloureuses. Nous mettons nos désirs personnels de côté pour le bien de tous.

Quelque chose de dur comme un caillou se cristallise dans ma poitrine lorsque je pense à ce que j'ai dû mettre de côté au nom de l'intérêt général. À cause d'elle.

– Je comprends, Madame, dis-je d'une voix égale.

Elle hoche la tête avant de dire :

– Je dois aller me changer, autant commencer le plus tôt possible. Le festin a déjà été préparé par les cuisiniers. Après les funérailles, nous dénicherons le coupable et nous l'exécuterons.

– Avez-vous une idée quant à l'identité de l'assassin ? demande Merek d'une voix calme qui contraste avec son regard dur.

– Un Tregellien, répond la reine, et mon cœur fait une embardée. Qui d'autre aurait pu vouloir tuer le roi de Lormere ? Je les soupçonne depuis longtemps de ne pas être aussi pacifiques qu'ils l'affirment, et maintenant j'en ai la preuve. Tu l'as dit toi-même, Merek, leurs connaissances en médecine et en sciences sont bien supérieures aux nôtres. Et nous savons à présent pourquoi ils se sont toujours montrés réticents à les partager. On dirait bien qu'à Lormere ils veulent utiliser leurs connaissances pour de sombres desseins. C'est une déclaration de guerre, Merek. Ils ont envoyé un assassin pour nous tuer tous, nous ne pouvons laisser cet acte impuni. Si c'est la guerre qu'ils veulent, ils l'auront.

Lief m'a expliqué avoir deviné que l'aubemorte était un mensonge grâce à ses connaissances sur les poisons. Mes ongles mordent mes paumes. Les Tregelliens connaissent bien les poisons. Tout le monde sait cela. Accuser un Tregellien est crédible.

– Mère, nous n'avons pas les moyens de partir en guerre, lui rappelle Merek. Et rien ne prouve qu'il s'agit d'un Tregellien.

– Le poison à lui seul est une preuve, crache la reine. Les Tregelliens connaissent tout des poisons. C'est une arme de lâche.

Merek me regarde d'un air soucieux.

– Il vaudrait mieux parler de tout cela plus tard.

La reine sourit amèrement.

– Je ne parlerai de rien d'autre tant que tout n'est pas rentré dans l'ordre à Lormere.

Sur ces mots, elle quitte la pièce, et l'ondulation de sa robe sur le sol semble souligner sa menace.

Je surprends Merek qui m'observe alors que je regarde dans la direction où la reine est partie.

– Tu t'es bien débrouillée, me dit-il sans élever la voix. Elle n'y a vu que du feu.

– Elle ne se donne même pas la peine de faire semblant d'avoir du chagrin, si je comprends bien.

Merek rit et les lourdes tentures absorbent aussitôt ses éclats de rire.

– Pour quoi faire ? Elle pense être à l'orée de son âge d'or. Plus rien ne l'intéresse à part la couronne et la gloire.

– Les gens croiront-ils que c'est un Tregellien qui a tué leur roi ?

– Je pense que oui. Douterais-tu de sa parole si je ne t'avais pas révélé ce que j'ai entendu ? me demande Merek.

Mes pensées se tournent vers Lief et une douleur explose dans ma poitrine.

– Et puis, il vaut mieux la laisser croire qu'elle nous a tous bernés. Qu'elle pense que son plan se déroule comme prévu. Nous pourrons venger mon beau-père plus tard.

Je le regarde fixement ; j'ai encore du mal à croire que la reine a vraiment tué son mari pour épouser son propre fils et rester sur le trône.

– Nous l'exilerons quand tout cela sera fini, me dit-il d'une voix douce. Il y a une congrégation de femmes au pied des montagnes de l'Est. Elle pourra vivre là-bas. Loin de nous.

Il se lève et se sert un verre de vin. Nous restons silencieux, perdus dans nos pensées, jusqu'au retour de la reine. Elle a le visage couvert d'une mantille en dentelle noire qui ne parvient pas à dissimuler l'éclat de son regard. Merek se lève, prêt à m'offrir son bras, puis il se tourne vers sa mère lorsque je refuse d'un signe. La reine incline la tête vers moi, et je leur emboîte le pas.

Je ne suis pas retournée dans cette partie du château depuis la Dévoration du roi précédent, lorsque j'étais enfant. C'est au-delà de la caserne, dans une salle souterraine près de la tour Nord. C'est un endroit paisible, sépulcral, à l'opposé complet de mon tumulte intérieur. Je n'arrive pas à me calmer, j'oscille entre le chagrin et la peur, la douleur de la perte et l'angoisse, et aucune de mes émotions n'a de rapport avec ce pauvre roi mort.

Immense et sereine, ma mère nous attend devant le cercueil. Elle a toujours eu cette capacité à emplir une pièce, et pas seulement à cause de sa corpulence. Il y a quelque chose dans son maintien qui impose l'attention, et même dans cette salle en présence d'une reine et d'un prince, c'est elle qui dirige. Debout, les jambes largement écartées, les bras croisés, vêtue de noir comme toujours. J'avais oublié à quel point elle est grande. J'examine son visage en essayant d'y voir une ressemblance avec le mien. Mais je ne m'y reconnais pas du tout. Elle ne me jette pas un seul regard lorsque nous entrons, elle n'a d'yeux que pour le cercueil. Le couvercle est décoré du blason royal, et couvert de quelques plats, bien moins que pour la Dévoration du roi précédent, ou que pour celle d'Alianor. Ma mère ne va pas apprécier cela.

Nous prenons place sur les tabourets disposés pour nous le long du mur. Puis la Dévoration commence. Ma mère travaille comme elle l'a toujours fait : lentement et méthodiquement. Trois bouchées de pain, une gorgée de bière, une tranche de jambon, un peu de bière. C'est une Mangeuse de péchés consciencieuse, elle consomme le repas avec la dignité tranquille d'un cheval de trait qui laboure son champ. Je regarde la chair de son bras qui tremblote lorsqu'elle tend la main pour prendre une pomme de l'autre côté du cercueil. Elle la croque en faisant un bruit atroce, mais elle ne s'en préoccupe aucunement. Son regard va d'un plat à l'autre tandis qu'elle établit son plan de route.

Elle commence toujours par les plus petits péchés – mensonges, tromperies, paroles méchantes – pour aller peu à peu vers les plus importants. Lors des Dévorations les plus opulentes, j'avais toujours peur qu'elle soit rassasiée avant d'arriver aux péchés les plus graves, mais cela n'arrivait jamais. On dirait que les petits péchés lui ouvrent l'appétit pour les plus terribles. Le roi n'a pas de péchés horribles, seulement les plus courants qui soient. Ma mère préfère les pécheurs plus éclectiques.

Tandis que je l'observe travailler, une sorte de tranquillité m'envahit. Le rituel de la Dévoration m'est toujours familier, et malgré les années qui ont passé, cela me réconforte, car c'est quelque chose que je connais, qui ne changera pas, qui ne peut changer. À ma droite, la reine montre des signes d'impatience, ses mains ne tiennent pas en place, ses doigts s'entortillent comme des anguilles. Au contraire, ma mère semble aller de plus en plus lentement, puis je comprends que ce n'est pas une impression : c'est exactement ce qu'elle fait, délibérément. La reine utilise son langage corporel pour essayer de hâter la Dévoration, et ma mère se sert de son corps pour la faire durer. Elle ne laissera pas la reine faire la loi dans ce domaine. La mort est son fief et la Dévoration se déroulera au rythme qu'elle impose. Je suis frappée d'assister à cela. Je savais ma mère puissante, mais je n'avais pas compris à quel point. Au sein même du château de la reine, elle fait du temps son serviteur, et la seule volonté à laquelle elle obéit est celle de la Dévoration. Quel que soit le conflit qui fait rage, ma mère en sortira vainqueur du moment qu'elle tient son rôle. Et elle ne vit que pour lui. Au milieu de mon malheur, j'entrevois une lueur d'espoir : que je le veuille ou non, je suis la fille de ma mère, et si elle arrive à se faire respecter ici, alors moi aussi j'en suis capable. Je prendrai exemple sur elle. Je m'accrocherai à mon rôle coûte que coûte. Et c'est ainsi que je gagnerai.

Merek me regarde d'un air impassible, puis reporte son attention sur ma mère au travail. Le temps semble avoir peu de prise sur son apparence : une mèche de cheveux gris, de petites rides autour des yeux lorsqu'elle les plisse pour voir combien de bière il reste.

Je suis en train de me demander à quoi ressemble maintenant ma petite sœur lorsque je prends conscience de son absence. En tant qu'apprentie Mangeuse de péchés, elle devrait être ici en compagnie de notre mère pour observer les rites aussi sagement que je le faisais. Je tourne aussitôt la tête vers Merek, mais il regarde obstinément le cercueil.

Malgré une lenteur qui j'en suis sûre est délibérée, il ne lui faut guère de temps pour achever le repas. En moins d'une heure, la Dévoration est accomplie. Dès que c'est fait, la reine se lève et s'en va sans un mot.

Ma mère nous regarde tour à tour, Merek et moi, puis achève le rituel.

– Je vous donne le droit de passage et de repos, cher homme. Ne revenez pas par nos chemins ni dans nos prés. Et pour votre paix, je mets mon âme en gage.

Comme autrefois, je frémis en entendant ces mots, et comme sur un signal, Merek sort une pièce d'argent de sa bourse pour la donner à ma mère. Elle la fait disparaître dans les replis de sa robe, puis s'incline et tourne les talons.

– Ne saluez-vous pas votre fille ?

La voix de Merek me surprend. Elle résonne douloureusement sur les murs de marbre de la crypte.

Ma mère se retourne vers moi et m'examine lentement, des pieds à la tête.

– Ce n'est pas ma fille, sire. Votre mère s'en est assurée le jour où elle est venue la chercher. Comment l'appelez-vous maintenant ? Daunen incarnée ?

Un sourire moqueur tord ses lèvres.

– Où est Maryl ?

Les mots se sont échappés de ma bouche.

Ma mère me jauge, comme si elle voyait mes péchés à l'œil nu, l'empreinte des mains de Lief sur mon corps. Puis elle fait la moue.

– Morte. Elle a attrapé la fièvre et a succombé.

Elle prononce ces mots sans aucune tristesse.

– Quand cela ?

– Il y a deux moissons, répond-elle avant de se tourner vers Merek. Ce sera tout, sire ?

Et quand je sens la main de Merek agripper la mienne, je sais que je n'ai pas imaginé la raillerie dans sa voix.

– Partez, dit-il, et elle s'éloigne.

« Deux moissons. Maryl est morte depuis deux ans. Et personne ne m'en a rien dit. »

Dès que ma mère a disparu, je me tourne vers Merek.

– Étiez-vous au courant ?

– Non, bien sûr que non. J'étais en voyage, Twylla, tu le sais bien.

– Mais votre mère le savait, n'est-ce pas ?

Il me regarde et hoche lentement la tête.

– Sans doute. Je t'en prie, Twylla, dit-il lorsque j'ouvre la bouche. Pas aujourd'hui. J'ai perdu l'unique père dont je me souvienne et nous ne pouvons pas la mettre en colère maintenant. Nous sommes si près du but, ma chérie. Nous aurons tout le loisir de la punir pour ses péchés plus tard.

Il me prend la main en hésitant, la presse un instant puis s'éloigne.

Son absence de compassion me laisse sans voix. Comment peut-il faire aussi peu de cas de cette terrible nouvelle, alors que lui aussi a perdu un être cher ? Je cherche à convoquer le visage de ma sœur et je me rends compte que j'en suis incapable. Je l'ai perdue depuis si longtemps. Pendant la moitié de mon existence au château, elle était morte. J'ai obéi docilement, je me suis résignée à maintes choses parce que je pensais lui rendre la vie meilleure, et elle ne pouvait même plus en bénéficier. Personne ne m'a informée de son trépas. Personne n'a pensé que je voudrais le savoir.

Évidemment, puisque je n'ai jamais montré que cela me tenait à cœur.

Je ne me suis jamais vraiment battue pour elle. J'aurais pu réclamer de la voir avec plus de véhémence, m'adresser à Merek, au roi. Combien de fois ai-je demandé comment elle se portait ? J'aurais pu charger quelqu'un de prendre de ses nouvelles, j'aurais pu soudoyer ou menacer un domestique. Je savais user de ma réputation pour obtenir des desserts supplémentaires, mais pas pour m'occuper de ma petite sœur. Je n'ai jamais ne serait-ce qu'essayé de lui envoyer un message. Je suis restée assise à me lamenter sur mon sort, à regretter notre séparation, sans rien tenter pour changer les choses.

Je voulais tant quitter la maison de ma mère, ne pas devenir Mangeuse de péchés. Je suis partie tout en sachant que ma sœur de sept ans devrait revêtir le mantelet tandis que moi je vivrais dans un château. Je l'ai condamnée à cette horreur que j'abhorrais et je me suis rassurée en me disant que c'était mieux ainsi, parce qu'au moins grâce à moi elle recevait de l'argent. Je me suis bercée de mensonges en prétendant que mes actions étaient dictées par l'altruisme, tout en me lamentant de ne plus la voir, aveuglée par mon apitoiement. Aujourd'hui encore, ce n'est qu'au dernier moment que je me suis étonnée de ne pas la voir.

J'ai sacrifié ma sœur pour devenir princesse. J'ai été égoïste et je me suis cachée derrière le masque du devoir, de la piété et de la résignation. J'ai choisi d'endosser un rôle à ses dépens.

Je suis la fille de la Mangeuse de péchés et la fille de la reine plus que je ne l'ai jamais remarqué jusqu'alors. Je suis digne des mères que j'ai eues.

Et pour la première fois, je sens autre chose que de la résignation concernant mon mariage avec Merek. Je mérite ce qui m'arrive. Je mérite de rester ici, d'aller jusqu'au bout. Voilà ma destinée. Je comprends enfin. Il faut que je cesse de souhaiter ce que je ne peux avoir et que je fasse enfin ce pour quoi je suis là. Je vais épouser Merek et devenir reine. Voilà ce que je mérite.

Pendant que le corps du roi brûle, Merek boit, tandis que la reine, assise, note d'interminables listes dans un livre relié de cuir. Je l'observe, mourant d'envie de l'injurier, de la frapper. Elle devait bien rire en me regardant me morfondre avec ma mine de trois pieds de long, mes yeux humides. Je me mêlais aux ombres comme un fantôme et me cachais dans les jupes des dieux en regrettant quelque chose qui n'existait pas. Elle savait que j'étais une lâche. Elle m'a encouragée dans ce sens, et pour cela, je la hais plus que jamais.

Alors j'imagine la tête qu'elle fera lorsque Merek posera la couronne sur mon front. Sa couronne. Ma sœur est morte et Lief est parti. Elle m'a pris tout ce que j'avais, et maintenant je vais lui rendre la pareille. Je vais lui prendre la seule chose qui lui tient à cœur, et elle saura ce que c'est que souffrir.

Lorsque le glas sonne pour annoncer que l'incinération est finie, la reine hausse les épaules comme si elle se défaisait d'une lourde cape, puis elle se lève et se sert un peu de vin, qu'elle boit lentement.

– Je dois envoyer quelques assignations, annonce-t-elle en regardant Merek. Il faudra que tu y ajoutes ton sceau à côté du mien. J'ai ordonné l'arrestation de tous les Tregelliens du pays.

Le choc est si grand que je titube et Merek lève les yeux de son verre.

« Lief ! Non, non, il est parti hier soir. Il aura déjà franchi la frontière, il est hors d'atteinte. »

– Je dénicherai l'assassin et vengerai le roi, affirme la reine, qui n'a apparemment pas remarqué mon trouble. Twylla, je crains que cela n'annonce du travail pour toi bientôt.

Je la regarde, perplexe, puis je comprends qu'elle fait référence à mon rôle de Daunen. Merek ne lui a pas dit que je suis au courant de la supercherie. Elle souhaite que je touche des hommes qu'elle aura déjà fait empoisonner. Des innocents.

– Je serai ravie de punir la personne qui a tué le roi, dis-je froidement. Et j'y prendrai grand plaisir.

La reine me regarde avec curiosité, puis hoche la tête.

– Je déplore qu'il ait fallu que mon mari meure pour que tu comprennes à quel point tu es importante.

Je ne sais pas si c'est la paranoïa ou un sixième sens qui me fait entendre une menace dans ses paroles.

– Veuillez m'excuser, tous les deux, ajoute-t-elle. J'ai beaucoup d'affaires à traiter. (Elle se lève, fait quelques pas vers la porte, puis se retourne.) Ton garde, Twylla, il est tregellien, n'est-ce pas ? Où est-il ?

Merek répond à ma place :

– Il a dû rentrer chez lui. Je m'assurerai de la sécurité de Twylla. Avec un empoisonneur dans la nature, je ne fais confiance à personne pour s'en charger à ma place.

– Il est parti ? Comme c'est étrange que le seul Tregellien du château s'en aille si peu de temps après la mort du roi.

Elle quitte les lieux sans un regard en arrière. Ma mâchoire me fait mal à force de la serrer pour ne pas lui hurler ma rage. Dans mon malheur, le départ de Lief est providentiel, et j'adresse silencieusement des remerciements à qui veut bien m'entendre.

– Je te suis reconnaissant, me dit Merek en me regardant, la tête sur le côté.

– Pour quoi ?

– Pour avoir accédé à ma demande. Je sais combien il a dû t'en coûter.

– Comme vous l'avez dit, chaque chose en son temps.

– À partir de ce soir, nous aurons toute la vie devant nous.

Je n'ai rien mangé, mais mon estomac se soulève.

– J'aimerais me reposer un moment, dis-je prudemment. La journée d'hier a été rude et j'ai besoin de temps pour me préparer à ce soir.

– Bien sûr. Je vais te conduire à ton solier. Je pense qu'il vaut mieux que tu restes là-bas, loin de ma mère. J'ai envoyé un message à un prêtre de Haga que je connais. Ce soir, je dois le retrouver à la porte de l'Eau. Ensuite, je te ferai porter un message. Nous y sommes presque, Twylla.

Merek me prend la main et m'escorte jusqu'à la tour Ouest, recevant en chemin les condoléances de quelques courtisans. Il ne dit rien, et serre parfois doucement mes doigts.

Il monte avec moi jusqu'à ma chambre, regarde sous le lit et derrière les rideaux pour s'assurer que la reine ne s'y cache pas, armée d'un poignard.

– Verrouille la porte, me rappelle-t-il en partant.

Je suis son conseil. Mais dès que le bruit de ses pas s'éloigne, je la déverrouille. « Qu'elle vienne m'attaquer si elle veut, je suis prête à la recevoir ! » En regagnant ma chambre, je vérifie la pièce de Dorin et celle de Lief. Les effets personnels de Dorin sont toujours sur la commode à côté de son lit. Un petit soldat de plomb et un couteau. Je prends le couteau. « Oui, qu'elle vienne. Elle me le paiera. Pour Maryl. Et pour moi. »

Mais mon attitude bravache disparaît lorsqu'une main se plaque sur ma bouche dès que je franchis le seuil de ma chambre. Mon assaillant me traîne à l'intérieur et claque la porte. Je me débats furieusement en brandissant mon couteau, je hurle dans la paume qui essaie de me réduire au silence. Enfin, on me relâche et devant moi se tient mon bien-aimé disparu. Les yeux brûlants, il me regarde en se mordant les lèvres. Je laisse tomber le couteau et ma noble décision d'accepter mon destin s'évanouit.

Nous nous regardons, chacun essayant prudemment de deviner les intentions de l'autre.

Puis nos corps se jettent l'un contre l'autre, et je ne sais pas qui fait le premier pas, qui prend le visage de l'autre entre ses mains, nous sommes uniquement conscients du désir en chacun de nous, mus par la conviction qu'être ensemble est dans l'ordre des choses. Et pendant ce temps, l'âme du roi s'en va où vont les âmes, au royaume éternel, ou peut-être nulle part.

Chapitre 21

Ensuite, nous restons lovés sur le tapis rouge au pied de mon lit. Ses doigts glissent sur les taches de rousseur de mon épaule, comme s'il cartographiait les cieux de mon corps, il relie les points en un motif complexe. Je l'observe. Il est concentré sur sa tâche, je remarque la courbe de sa joue lorsqu'il est satisfait d'une forme, le léger froncement de sourcils lorsqu'il n'arrive pas à relier les points comme il voudrait. Aucun de nous ne s'est encore exprimé, du moins pas avec des mots. Je cherche un moyen de lui dire qu'il doit partir, car si la reine le surprend ici, il sera conduit dans cette pièce affreuse sous le château, où les gardes aiguiseront leurs couteaux sur lui. Mais si je parle, il risque d'obéir, et je ne supporterai pas de revivre cette torture.

Il me regarde et se penche pour m'embrasser avant de s'asseoir.

– Nous devons décider ce que nous allons faire. Je suis incapable de te quitter, ça, c'est évident. Et si je reste, je ne pourrai pas me tenir à l'écart, ce qui veut dire que tu tromperas le roi.

– Tu dois partir, dis-je enfin d'une petite voix. La reine affirme à qui veut l'entendre qu'un Tregellien a empoisonné le roi. Si tu restes ici, tu seras arrêté et interrogé.

– Alors, viens avec moi. Prends le contrôle de ta vie et viens avec moi. Je croyais que c'était ce que tu voulais ? (Sa bouche se tord et il cherche ses mots.) De toute façon, je ne peux pas rester ici, qu'importent les manigances de cette reine folle. Je ne peux pas te regarder devenir la femme d'un autre. Oui, il en sera blessé, et ils se lanceront à notre poursuite. (Les mots jaillissent de sa bouche maintenant.) Mais cela en vaut la peine, non ? Pour avoir une chance d'être ensemble ? Je crois en nous. Je crois que je suis fait pour toi et que tu es faite pour moi. Je préfère mourir plutôt que vivre sans toi. Et si tu n'éprouves pas la même chose, je comprendrai, et je partirai. Jamais plus je ne t'importunerai. Mais réfléchis, je t'en conjure. Peux-tu souffrir de rester avec lui alors que j'emporte ton cœur avec moi ?

J'essaie d'éviter son regard, mais il me met une main sous le menton pour m'obliger à le regarder droit dans les yeux.

– Il est temps que tu fasses un choix, dit-il doucement. Il ne s'agit plus de faire ce qu'il veut, ni ce que je veux, ni ce que la reine ordonne. Tu dois décider ce que toi, tu veux. Lui ou moi. Et quelle que soit ta décision, je ne la contesterai pas. Je ne te culpabiliserai pas, je te le promets. C'est ton choix… Du moment que tu me choisis.

Son sourire me fend le cœur. Tendre, angoissé et plein d'espoir.

– Je le savais !

La voix dure de la reine déchire notre intimité. Dans l'encadrement de la porte, elle a le visage pâle, ponctué par deux rougeurs aux joues.

Derrière la reine, des gardes pointent vers nous leurs épées, du bout de leurs mains gantées. Lief s'empresse de couvrir mon corps avec le sien pour m'épargner la honte d'être vue. Nue et glacée, je ne peux que rester allongée sous lui.

« Non. Ce n'est pas possible ! »

La reine nous lance des regards noirs, le visage illuminé par la rage et le triomphe mêlés.

– Levez-vous. Et couvrez-vous, ordonne-t-elle.

– Au moins donnez-nous un peu d'intimité pour nous habiller, demande Lief, un bras tendu comme si cela pouvait suffire à les chasser.

– De quel droit réclames-tu de la considération ? raille la reine. Tu as empoisonné mon mari, couché avec la fiancée de mon fils, et tu demandes un geste de bonté de ma part ?

– Je n'ai pas tué..., proteste Lief.

Mais la reine hausse le ton :

– Nous avons tous vu votre infamie et aucun vêtement ne saurait masquer les crimes que vous avez commis ici. Vous êtes tous les deux arrêtés pour haute trahison, pour conspiration contre la couronne de Lormere. Dépêchez-vous, ou vous serez emmenés en l'état.

Lief ouvre la bouche. Les gardes avancent d'un pas et je pousse un cri, terrifiée à l'idée que la reine me traîne toute nue à travers le château, mais je n'arrive pas à bouger. Lief se retourne pour me relever, en prenant garde à m'épargner leurs regards du mieux qu'il peut. Mes mains tremblent tant qu'il est obligé de m'habiller, comme s'il était ma femme de chambre. Par-dessus son épaule, je vois que les gardes détournent les yeux. Mais pas la reine. Un léger sourire flotte sur ses lèvres. Elle se délecte de mon humiliation.

– Je t'aime, me murmure Lief en attachant les liens de ma robe.

Une fois que je suis couverte, il s'habille face à la reine, plein d'arrogance, prenant délibérément son temps pour enfiler ses vêtements, comme s'il se livrait à une grotesque mascarade de séduction. Alors qu'il se penche pour prendre son ceinturon, la reine fait un signe, un garde s'avance et assomme Lief d'un coup de pommeau sur la nuque, sans que j'aie le temps de réagir. Horrifiée, je le vois s'effondrer. Aussitôt, deux gardes commencent à le rouer de coups de pied en prenant de l'élan pour enfoncer leurs bottes dans ses côtes et sa colonne vertébrale.

– Non ! Arrêtez !

Ayant enfin recouvré ma voix et ma liberté de mouvement, je me précipite, mais la reine m'attrape par les bras et m'oblige à regarder les gardes s'acharner sur Lief. Chaque gémissement me fait hurler et me tordre, mais elle me tient avec une force qui me surprend. Depuis la porte, un des gardes m'observe d'un air goguenard. Je lui montre les dents tout en me débattant.

– Assez, finit-elle par dire d'une voix blasée, alors que Lief a cessé de gémir et de grogner, ayant finalement sombré dans l'inconscience. Emmenez le meurtrier.

Ils se saisissent de lui et le traînent hors de ma chambre.

– Attendez dehors, dit-elle aux deux gardes restants, qui s'inclinent et se retirent en refermant la porte.

Lorsque nous sommes seules, elle me repousse brutalement, je trébuche et tombe dans une flaque de sang. Le souffle court, je la regarde avec toute la haine qu'elle m'inspire. De sa hauteur, elle me jauge en promenant sur moi un regard méprisant.

– Comme tu es bête, dit-elle finalement. Avoir la possibilité d'épouser un prince et tout gâcher pour un garçon de ferme ! Mais cela vaut mieux ainsi. Tu aurais été une très mauvaise reine. Tu fais de piètres choix.

– Je n'ai jamais eu le choix, je fulmine.

– Tu es une imbécile, Twylla. Tu as toujours eu le choix, s'énerve-t-elle. Tu as choisi de venir ici, d'abandonner ton foyer et ta famille. Tu as choisi de te lier d'amitié avec le fils d'un domestique et de mettre en danger mon règne. Et tu as choisi de coucher avec ton garde, l'homme qui a tué mon mari.

L'as-tu assisté dans cette tâche ? T'a-t-il appris ses secrets de Tregellien ? Est-ce la raison pour laquelle tu peux le toucher sans le tuer ?

– Il n'a tué personne ! C'est vous, je sais que c'est vous ! Et je suis au courant, à propos de Daunen, à propos de l'aubem…

La gifle interrompt mes accusations, et me fait tinter les oreilles.

– De combien de trahisons comptes-tu encore te rendre coupable aujourd'hui ? siffle-t-elle en jetant un coup d'œil vers la porte, et je comprends alors qu'elle joue la comédie pour les gardes qui nous entendent.

Elle essaie de faire durer ses mensonges jusqu'au bout.

– Vous…

Elle lève la main pour me faire taire.

– Il y aura un procès. Devant toute la cour, tu devras répondre de tes actions et de tes paroles. Tu as perdu la confiance du royaume, tu mourras pour tes crimes, et tes péchés ne seront pas Dévorés. Et ce sera encore un châtiment trop doux pour t'être offerte à un autre homme, alors que mon fils devait t'épouser. Alors que mon fils t'aime.

Ces mots tarissent ma colère et je détourne les yeux. Le feu de son regard est trop dur à supporter, son jugement me submerge et me condamne.

– Un temps j'ai espéré que tu ferais l'affaire, pour mes deux fils, dit-elle, la tête penchée de côté. Car j'ai deux fils, vois-tu. Le fils à qui j'ai donné naissance, et celui que j'ai reçu en héritage, car Lormere est tout autant mon enfant que Merek. J'ai nourri ce pays comme j'ai choyé mon fils. Et tu les as tous deux trahis. Tout est ta faute. Et un jour, Merek le comprendra. Gardes ! appelle-t-elle.

Mais c'est le prince qui ouvre la porte, et la crainte m'envahit.

– Que signifie ceci ? demande-t-il en foudroyant sa mère du regard.

Il me jette un coup d'œil inquiet avant de reporter son attention sur la reine.

– Tu n'as qu'à lui demander, dit celle-ci en me jetant vers lui.

Je m'effondre aux pieds de Merek.

– Twylla, dit-il d'une voix douce.

– Dis-lui ! me crie la reine. Avoue ce que tu as fait.

Je ne peux pas dire à cet homme qui se tient au-dessus de moi ce que je lui ai fait, ce que je me préparais à faire.

– Mère, assez ! Je vous ordonne de m'expliquer ce qui se passe.

La reine lève un doigt, comme si elle jetait une malédiction.

– Elle était avec son garde. Ici. En ce jour où nous faisons nos adieux à ton beau-père, je les ai trouvés nus. Elle t'a trahi !

Sur le visage de Merek, je vois la colère céder le pas à l'épouvante.

– Non, ce n'est pas vrai. Twylla, dis-moi que ce n'est pas vrai ! Tu ne me ferais pas ça, pas après toutes les conversations que nous avons eues ? Après tout ce que je t'ai confié ?

– Je suis désolée.

Je ne peux en dire davantage. Et c'est bien assez.

Il se couvre le visage des deux mains, et ce geste de défaite me fait mal au cœur.

– Je le voyais bien. Évidemment, je savais qu'il se croyait amoureux de toi. Même un aveugle s'en serait rendu compte. Mais toi… Je croyais que tu comprenais. Dieux, quel imbécile je suis ! Je pensais que tu étais à moi.

– Merek, je vous en prie…

La reine interrompt ma supplique en levant la main. La gifle résonne dans la pièce et me fait chanceler. Je plaque une paume sur ma joue brûlante.

– Ne te permets pas d'appeler mon fils par son nom, sale traînée, me crache-t-elle au visage. Tu oses prendre ton amant dans mon château, et tu implores mon fils ?

Merek pose une main sur le bras de sa mère pour la maîtriser. Il me regarde froidement à présent et son visage a repris l'expression indéchiffrable qu'il avait lorsqu'il est revenu à Lormere.

– Le bûcher funéraire de mon beau-père fume encore, ce matin tu as assisté à sa Dévoration à nos côtés, cet après-midi tu es au lit avec ton garde, dans ce château où nous sommes en deuil, énonce-t-il d'un ton posé. Tu es accusée de trahison à l'encontre de la couronne de Lormere. Il ne pourra y avoir de grâce. C'est le prix à payer pour ce que tu m'as fait.

Il tourne les talons et sort de ma chambre, mais j'ai tout de même le temps de voir que ses épaules sont agitées de spasmes.

– Tu sais ce qui m'étonne le plus, Twylla ? me demande la reine d'un ton intime, presque maternel. C'est que tu te sois piégée toute seule. Tu l'as perdu et j'obtiens ce que je voulais depuis le début sans avoir eu à lever le petit doigt. Ça n'aurait pas pu mieux se passer. Il faut fêter ça, tu ne trouves pas ?

Je ne réponds pas.

– Ah, je sais, dit-elle. Tu ne seras pas pendue pour tes crimes. Nous te pourchasserons. Je te mènerai moi-même dans la forêt.

– Non...

– Si. Toute la cour y assistera. (Elle hoche pensivement la tête.) J'ai dans l'idée que je t'obligerai à regarder les chiens dévorer ton amant d'abord. Ou bien, je vous laisserai tous les deux à leur merci, et nous verrons alors combien il t'aime. Penses-tu qu'il essaiera de te protéger de leurs crocs tandis qu'ils t'arracheront le cœur ? (Elle rit en me voyant frissonner.) Nous devrions organiser des paris. Ne serait-ce pas amusant ? Jusqu'où iras-tu avant qu'ils te fassent tomber ? Combien de temps avant de te voir à genoux ? Attends, j'ai une idée...

Sais-tu ce que mon père faisait ? Il entaillait la cheville des pauvres diables que nous chassions. Il les entaillait et les abandonnait au milieu des arbres. Ils avaient une heure pour essayer de s'échapper. Rohese a aboli cette pratique, il trouvait que cela donnait aux chiens un trop grand avantage, mais il est peut-être temps de la rétablir.

Elle se penche vers moi et son médaillon tallithien oscille devant mes yeux. Je ne vois plus que le joueur de flûte et les trois étoiles au-dessus de lui alors qu'elle chuchote sa dernière menace à mon oreille :

– J'ai hâte de vous voir ramper, tous les deux.

Puis elle se lève et quitte la pièce.

– Emprisonnez-la ! jette-t-elle par-dessus son épaule.

Je pousse un cri étranglé lorsque les gardes s'avancent et me mettent debout sans ménagement. Leurs gants épais m'éraflent la peau. Mes jambes ne me soutiennent plus et ils doivent me soulever et me traîner pour sortir de ma chambre et descendre l'escalier.

Les couloirs grouillent de courtisans, de seigneurs et de dames, et même de pages et de servantes venus assister à ma chute. Ils ne disent rien. Pas de moqueries ni d'insultes, pas de crachats. Ils me regardent en silence comme des sentinelles tandis que l'on m'emmène au sous-sol, au-delà de la caserne, vers les cachots.

Les gardes me jettent dans une petite geôle froide et humide et je tombe sur la paille moisie qui tapisse le sol. Lorsque la porte se referme en claquant et que la clé tourne dans la serrure avec un bruit irrévocable, ma bouche s'ouvre et je pousse un cri silencieux ; tout l'air quitte violemment mes poumons et je saisis la paille à pleines mains en martelant le sol de coups de poing. Je ne suis plus que terreur, douleur et chagrin, et je m'effondre dans l'obscurité.

L'éclairage du cachot est pauvre : la seule source de lumière est la lueur blafarde d'une torche dans le couloir. Et le silence règne, uniquement troublé par le bruit d'une goutte d'eau qui tombe de temps en temps de la voûte. Pas de cris, pas même les miens. Assise par terre, je mords mon poing pour m'empêcher de pleurer tout haut.

Je ne vois pas de garde en faction, alors j'appelle doucement entre les barreaux de fer :

– Lief ? Lief, tu es là ?

Je sens sa présence une seconde avant qu'il ne bouge : ma cellule s'emplit d'une odeur de tombe et l'instinct me pousse contre le mur. Une forme apparaît entre les barreaux : de longues pattes musclées, une tête plate tournée vers moi, et bien trop de dents qui luisent dans une gueule grande ouverte. Je me plaque contre la pierre froide, baignée de sueur, et lorsque la bête se jette sur les barreaux, je ne peux réprimer un cri perçant. Un fracas métallique résonne lorsque l'animal percute la porte et il gémit en tirant sur la chaîne que je vois maintenant autour de son cou. Il me regarde à travers les barreaux avec ses yeux vides et sans âme, puis s'éloigne furtivement. Il peut se permettre d'être patient : je suis une proie captive. Je tente de faire abstraction du tumulte du sang dans mes oreilles pour guetter les bruits qu'il fait : il se recouche dans quelque coin humide et je fourre un poing dans ma bouche pour ne pas recommencer à hurler.

Je scrute l'obscurité, l'oreille aux aguets. Aussi silencieusement que possible, je tâte d'une main la paille humide. Cette matière gluante me donne la chair de poule. Lorsqu'un fétu se casse et se glisse sous mon ongle, je suis sur le point de crier de nouveau, mais un grognement du chien me rappelle à l'ordre. Je reste immobile pendant ce qui me paraît durer une éternité avant de retirer l'écharde et de reprendre ma quête, triant poignée après poignée la paille moisie, dans l'espoir de trouver quelque chose en guise d'arme. La panique menace d'avoir raison de moi, mais je me force au calme. Le chien ne peut pas m'attraper à travers les barreaux. Mais cela n'apaise pas la crainte que quelqu'un le fasse entrer volontairement.

Vaincue, je m'adosse au mur. Mes pensées vont vers Lief, retenu quelque part, et mon cœur tressaute à l'idée qu'il puisse être évanoui ou agonisant à cause des coups que lui ont infligés les gardes. Et si ce que mon ancien garde m'a dit sur le traitement réservé aux prisonniers est vrai, j'espère qu'il est inconscient. Je ne supporterais pas de l'entendre hurler. Je ne veux pas qu'il soit réduit à un cri. Il vaudrait mieux qu'il soit mort.

Peut-être l'est-il déjà. À cause de moi.

Le choix. Pendant des années, avoir le choix a été mon désir le plus cher, je l'ai idéalisé comme un rêve à jamais inaccessible. Et pourtant, bien qu'il m'en coûte de l'admettre, la reine a raison. Des choix se sont bel et bien offerts à moi, mais comme ils ne me plaisaient pas, je n'en ai pas tenu compte. J'ai été l'instrument de mon propre malheur, à maintes reprises. Et à présent j'ai entraîné Lief dans ma chute. La scène se rejoue dans mon esprit : la reine penchée au-dessus de moi, l'image du joueur de flûte sur son pendentif qui se grave dans ma mémoire tandis qu'elle me susurre qu'elle a hâte de nous voir ramper.

Seule avec mes pensées, dans le noir, je finis par accéder à un calme étrange malgré l'odeur musquée du chien. Mes larmes sèchent, mon cœur reprend peu à peu un rythme régulier. Demain à la même heure, je n'existerai plus. Tout ce que je suis, tout ce que j'ai été, aura disparu. Mon spectre et celui de Lief se retrouveront-ils dans les bois de l'Ouest pour flotter ensemble parmi les arbres ? Parviendrons-nous à nous reconnaître grâce à ce qui subsistera de nous ? Je me demande si ma mère sera triste d'apprendre mon décès. Je me demande si ça fera très mal de mourir. L'histoire du Prince Endormi racontée par Lief me trotte dans la tête. Les chiens de la reine m'arracheront le cœur, comme le fait le Prince Endormi, paraît-il. Je comprends que la mère de Lief ne lui ait pas relaté ce triste conte dans son intégralité. Le Prince Endormi… Pour une raison que je ne m'explique pas, je ne cesse de revenir à cette histoire. Le Pourvoyeur qui attire une fille pour son père. Je pense à toutes les jeunes filles qui sont mortes dans l'espoir qu'il se réveille. Des filles comme moi, tirées de leur foyer et emmenées jusqu'à un château en ruine pour nourrir un monstre. Moi, j'ai été appelée à quitter mon foyer pour devenir la marionnette d'un monstre dans un beau château. Et même si je ne crois plus en eux désormais, je me mets à prier les dieux.

Avachie sur le sol de ma cellule, je commence à somnoler et mes pensées confuses se peuplent de princes endormis, de chiens courants et de dieux qui se moquent de moi. Je vois un homme aux cheveux blancs coiffé d'une couronne, qui se prosterne devant une déesse drapée de noir. Un dieu joue du pipeau tandis qu'un chien fait claquer sa mâchoire sur ses talons et que des étoiles filantes pleuvent au-dessus d'eux. Tout d'un coup, je suis parfaitement réveillée, je m'assieds bien droite en fixant les murs de ma cellule.

Lors de la première partie de chasse, Merek a questionné sa mère à propos du pendentif qu'elle portait, de la pièce qu'il lui avait rapportée de Tallith. Il a dit qu'il y figurait un joueur de flûte, et elle a répondu qu'elle avait fait limer l'image pour en faire un bijou lormerien. Mais moi, j'ai vu le musicien sur son pendentif. On ne l'a pas effacé, il était là, tout près de mon visage. Un joueur de flûte, et trois étoiles filantes. Lief m'a raconté quelque chose à propos de solaris dans le ciel… De quoi s'agit-il ? Je n'ai pas songé à lui poser la question. Les solaris seraient-ils des étoiles filantes ?

Soudain, mon sang se glace.

« Non, pas des étoiles filantes. Des comètes. » J'ai observé des comètes la nuit où Dorin est mort. Trois. Flamboyant dans la nuit. Trois comètes. Les trois étoiles du médaillon.

Le jour suivant, le jour de la deuxième partie de chasse, Dimia a entendu de la musique dans la cour, et moi aussi, mais Lief n'entendait rien. C'était le son d'un pipeau.

C'est la dernière fois que nous avons vu Dimia avant son départ.

« Dimia est-elle partie à cause de la musique ? A-t-elle suivi le Pourvoyeur ? »

Lief m'a raconté que, d'après une version ancienne de l'histoire, le Prince Endormi peut se réveiller pour de bon si le Pourvoyeur lui apporte une jeune fille au moment où les solaris sont visibles. Et le Pourvoyeur peut être invoqué par le totem – à condition que la personne qui le possède sache de quoi il s'agit. La reine possède un pendentif où est gravé un joueur de flûte. Il n'y était pas lors du festin dans la forêt, mais il y figure maintenant, j'en suis sûre, avec son halo de comètes.

Ce pendentif est le totem, c'est certain.

La reine a appelé le Pourvoyeur.

Chapitre 22

Je me lève et commence à arpenter ma cellule. Ma robe traîne dans la paille sèche en produisant un bruissement inquiétant. Le chien tire sur sa chaîne en entendant mes mouvements, mais maintenant je n'en ai cure, il y a plus important.

La certitude s'installe en moi avec un poids réconfortant. Ma peau est parcourue de picotements. Elle a appelé le Pourvoyeur et il est venu. Voilà pourquoi elle s'est débrouillée pour que le château soit vide ce jour-là. Elle pensait que j'étais toujours recluse dans ma tour, hors de portée. Elle l'a fait venir au moment où elle savait qu'il y aurait des comètes dans le ciel, car elle a des gens qui surveillent les événements célestes, qui suivent la course de Næht et Dæg dans le ciel. Alors, elle a organisé une chasse pour que les gentilshommes et les dames soient en sécurité, ne laissant que les domestiques à la merci du Pourvoyeur.

Je plaque une main sur ma bouche pour contenir un gémissement. Dimia est morte. Pauvre Dimia sans défense… Pis encore, si l'histoire dit vrai, le Prince Endormi est réveillé pour de bon. Mais pourquoi ? Pourquoi aurait-elle besoin de lui ? C'est Merek qu'elle veut épouser, pas l'héritier du trône de Tallith.

Je traverse ma cellule sans prêter attention au chien qui manque de s'étrangler pour essayer de me mordre.

– Merek ! je hurle en cognant contre les barreaux avec les poings, puis du plat de la main lorsque ça fait trop mal. Merek ! Qu'on aille chercher le prince, enfin le roi ! S'il vous plaît ! Merek ?

J'appelle et crie à me casser la voix. J'ai des élancements de douleur dans les mains. Personne ne répond. Je ne sais même pas s'il y a quelqu'un en bas avec moi. Le chien a abandonné depuis longtemps ses attaques. Dans ses yeux, je lis qu'il est trop tard. Je me jette par terre de désespoir et me recroqueville en tremblant, mais le froid n'en est pas la cause.

J'ai dû m'endormir car, lorsque j'ouvre les paupières, Merek est debout devant moi, seul, à m'observer au travers des barreaux. Le chien est sagement assis à côté de lui. Le prince tient sa chaîne d'une main souple. Je n'ai entendu ni l'un ni l'autre approcher, et cela me glace encore plus que le regard vide de Merek. Nous gardons le silence un moment. J'ai la bouche asséchée par la peur panique qu'il ouvre la porte et laisse entrer la bête. Lorsqu'il quitte mon champ de vision, je sens mon ventre se nouer. Mais il revient sans le chien.

– Tu m'as appelé, dit-il simplement.

Je me lève, courbaturée d'être restée si longtemps sur le sol de pierre.

– Merek… Sire. La reine a invoqué le Pourvoyeur.

Je suis surprise par le calme de ma voix. Il hausse un sourcil.

– Pardon ?

– La reine a invoqué le Pourvoyeur de Tallith. Le fils du Prince Endormi. Elle l'a appelé et il s'est emparé d'une des servantes, Dimia. Celle que vous aviez envoyée à ma recherche le jour où Dorin est mort. Elle a été prise par le Pourvoyeur. Et cela veut dire que le Prince Endormi est réveillé.

– Je ne pensais pas que tu étais du genre à plaider la folie, dit-il d'une voix triste.

– Non, ce n'est pas ça ! Vous devez m'écouter. Le médaillon que vous avez donné à la reine, la pièce tallithienne, elle était lisse lors de la partie de chasse, n'est-ce pas ? Vous lui avez demandé si elle avait fait limer le joueur de flûte et les étoiles, ce qu'elle a confirmé. Mais sur le pendentif qu'elle porte maintenant, l'image est là. J'ai vu le joueur de flûte dessus lorsqu'elle m'a arrêtée.

Merek détourne la tête d'un air dégoûté.

– Enfin, Twylla…

– Elle a invoqué le joueur de flûte ! La nuit précédant la dernière partie de chasse, il y avait des comètes dans le ciel. Les solaris. D'après l'histoire, si le Pourvoyeur est invoqué quand on les voit dans le ciel, alors le cœur que le Prince Endormi mange le réveille. Elle l'a appelé ; elle a fait en sorte que le château soit vide ; il est venu, et il a emporté Dimia. Elle a réveillé le prince.

– Et c'est pour ça que tu m'as fait venir ? Pour me raconter qu'un conte pour enfants s'est réalisé ? Pour l'amour des dieux, Twylla, n'as-tu donc pas encore fait assez de mal ? Est-ce que je ne souffre pas assez ? Mon beau-père est mort empoisonné et ma future femme a… était… Je ne suis pas descendu ici pour ça.

– Alors pourquoi êtes-vous venu ? je l'interroge, énervée.

– Je pensais que… Je pensais que tu m'expliquerais. Je pensais que tu voulais m'aider à comprendre.

Surprise, je sens des larmes me piquer les yeux. En l'examinant attentivement, je remarque que Merek semble très fatigué, vieilli, même. Et je comprends qu'il est venu me voir parce qu'il veut une explication acceptable. Il espère encore pouvoir me pardonner.

– Mer… Sire, je suis désolée. J'ai voulu beaucoup de choses, mais vous faire du mal, jamais, dis-je tout doucement.

Il penche la tête.

– Je veux savoir quand ça a commencé.

– La veille de la dernière Révélation. Le jour de la chasse.

– Est-ce que tu l'aimes ?

– Oui, fais-je d'un souffle.

Il cille, les lèvres serrées. Puis il se laisse lentement choir et s'assied devant ma cellule, en tailleur, comme un petit garçon. L'espace d'un instant, j'ai l'impression que c'est moi qui lui accorde mon pardon. Je sens le poids de mon ancienne vie. La fille de la Mangeuse de péchés, celle qui accorde la paix et l'absolution.

– J'accepterais quand même de t'épouser, dit-il en regardant ses chevilles, si nous disions qu'il t'a forcée, qu'il t'a obligée à…

Il ne va pas plus loin. Je m'assieds à mon tour et tends le bras à travers les barreaux pour lui prendre la main. J'ai toujours l'impression que c'est lui qui expie ses fautes, pas moi. Comme il ne se dérobe pas, je parle :

– Merek, il ne m'a pas forcée, lui dis-je avec autant de tact que possible.

– La cour l'ignore, objecte-t-il rapidement. Au procès, tu peux dire qu'il t'a agressée. Je pourrai alors te pardonner. Nous nous marierons et oublierons tout ça.

– Et si je refuse ?

– Alors, tu seras jugée pour trahison et condamnée à mort.

– Me marier ou mourir ? Comment répondre à cela ?

– Dis que tu m'épouseras, répond-il tandis qu'un fantôme de sourire hante un coin de sa bouche.

– Oh, Merek ! Vous ne méritez pas de vivre ainsi. Vous ne méritez pas une femme qui vous épouse pour sauver sa peau après vous avoir fait du tort.

– Je sais, mais c'est l'épouse que je veux. Tu es la femme que j'ai toujours désiré avoir.

Il a l'air si triste qu'un oui se prépare dans ma bouche avant même qu'il ait fini sa phrase.

Mais je ne peux pas le dire, et il le comprend à mes yeux.

– Tu seras reconnue coupable d'adultère et jugée pour avoir rompu nos fiançailles, annonce-t-il sans me regarder. Et c'est un acte de trahison, car je suis un prince. Le garde sera jugé pour haute trahison, pour régicide.

– Régicide ? Mais il n'a pas tué le roi, vous le savez ! C'est elle, vous-même vous...

– Je m'en fiche ! hurle-t-il. Crois-tu sincèrement que je me soucie de la raison qu'ils donneront pour le condamner à mort ?

– Mais la reine ne paiera pas pour ses crimes, elle va vous épouser une fois qu'elle nous aura tués, Lief et moi. Et le traité avec le Tregellan...

Et c'est alors que toute l'envergure du plan de la reine m'apparaît clairement.

– Merek, vous devez m'écouter. Elle a appelé le Pourvoyeur et empoisonné le roi pour faire venir le Prince Endormi. Le dernier membre de la famille royale de Tallith. Elle veut son propre alchimiste. Elle veut le forcer à produire de l'or pour elle, si bien que, lorsqu'elle exécutera Lief et rompra le traité avec le Tregellan, elle aura l'or nécessaire pour engager une guerre. Vous l'avez entendue dans le solier : elle a dit que le meurtre du roi par un Tregellien était une déclaration de guerre et vous avez rétorqué que Lormere n'en avait pas les moyens. Mais avec un alchimiste pour renflouer les caisses du royaume... Merek, elle a tout prévu ! Elle l'a réveillé d'entre les morts pour qu'il soit son alchimiste personnel. Interrogez le frère de Dimia, elle a un frère, Taül ! Il s'appelle Taül ! Il vous dira qu'il ne sait pas où elle est ! Aurait-elle quitté le château de son plein gré sans en informer son frère ?

Et en le disant, je sais que j'ai raison, j'entends la justesse de mes paroles se graver dans mes os.

– Assez, Twylla.

Il se lève et tourne les talons.

– Merek, je vous en prie, écoutez-moi !

Il me jette un dernier regard, le visage crispé de colère.

– J'ai entendu assez de bêtises comme ça. Ton procès aura lieu demain à l'aube. Fais la paix avec ce qui t'est cher.

Il incline la tête dans ma direction puis me laisse agenouillée sur le sol de ma cellule. J'attends d'être sûre qu'il est parti avant de m'autoriser à pleurer.

Le temps passe et, sans le repère du soleil dans le ciel, je ne me doute pas que la nuit s'achève avant d'entendre des pas approcher de ma cellule. Je sors de mon hébétude, me lève et agrippe les barreaux de ma geôle. Je prends une rapide inspiration lorsque deux gardes s'approchent en marchant au pas. L'un d'eux porte une torche allumée, l'autre des clés. Ils ouvrent la porte et me font signe de sortir.

J'avance lentement hors de ma cage. J'ai réfléchi toute la nuit et je sais ce qui me reste à faire. Je dois révéler à la cour la machination de la reine. Même si cela ne me sauve pas la vie, je dois les prévenir. Avec un peu de chance, quelqu'un m'écoutera et on pourra l'empêcher de mettre à exécution son sombre dessein. Les gardes me lient les bras dans le dos. Puis ils me bâillonnent en m'attachant un morceau de tissu sale sur la bouche. Je me débats et tente de crier, mais le bâillon est efficace et je ne produis que des couinements étouffés et incompréhensibles. Ils me tirent sans ménagement par les coudes, tout en prenant bien garde à ne pas toucher ma peau nue. Je me demande si la reine a prévu de faire durer la supercherie de Daunen jusqu'au bout.

Ils me font sortir du cachot et me mènent au Grand Salon. Dehors, la lumière est blafarde, c'est celle de l'aube, et mon cœur bat violemment. Tout est perdu.

À notre approche, les portes du Grand Salon s'ouvrent largement et l'on me tire à l'intérieur. Comme lors du procès de dame Lorelle, les bancs sont disposés en rangs face à l'estrade où la reine et Merek sont assis. La reine fait son possible pour avoir l'air sombre, mais l'étincelle dans son regard la trahit. À côté d'elle, le prince a l'allure d'un homme qui a perdu goût à la vie. Son écharpe d'apparat est de travers sur son épaule, ses cheveux forment un halo ébouriffé autour de son visage malheureux. Je me demande ce qu'il va faire une fois que Lief et moi ne serons plus et que le plan de la reine suivra son cours.

Alors que l'on me force à me tenir debout devant l'estrade, j'entends un bruit de lutte derrière moi et je vois Lief que l'on traîne dans la salle. Lui aussi est bâillonné et je remarque ses yeux gonflés et tuméfiés. J'ai l'impression qu'il tient à peine debout après la correction qu'il a reçue. Je fais un pas vers lui. Aussitôt un garde me tire en arrière. Je ne peux rien faire à part regarder Lief lutter pour se redresser lorsque les gardes le lâchent.

– C'est un triste jour pour Lormere, commence la reine, qui a l'air tout sauf triste. Je ne suis pas étrangère à la tristesse. Au cours de ma vie, j'ai vu ma fille et deux maris gagner le repos éternel avant moi. Et pourtant, aucune de ces pertes n'égale l'anéantissement que j'ai ressenti en découvrant celle que nous appelions Daunen incarnée au lit avec son garde.

Lief me regarde d'un air désespéré tandis qu'une grande clameur s'élève de la cour.

– Comment ? s'étonne une voix.

– Par les dieux ! s'époumone une autre.

– Daunen, gémit quelqu'un, repris par d'autres.

– Daunen, Daunen, Daunen.

La reine me jette un regard triomphal puis hausse la voix pour se faire entendre malgré le tollé.

– Je sais que la douleur est vive de découvrir que nous avons été bernés par une usurpatrice. Je sais combien il est dur d'accepter une trahison si diabolique, mais il nous faut entendre raison. Je dois témoigner. Car je les ai trouvés tous les deux, dévêtus dans sa chambre, quelques heures à peine après les funérailles du roi. Elle est coupable d'adultère, elle a trahi le prince, et chacun de nous. Nous tous. Mais il y a pis encore : l'homme avec qui elle a fauté est l'assassin de notre roi !

Un grondement sourd emplit la salle comme un roulement de tonnerre, les courtisans s'indignent bruyamment, tandis que je secoue la tête pour tâcher de déloger le bâillon et pouvoir leur dire la vérité.

– Vous avez vu le roi s'écrouler lors du banquet. Il a été empoisonné. Et quelques heures plus tard, il est mort. Parce que cet homme, ce Tregellien, ajoute-t-elle en pointant Lief du doigt, l'a empoisonné. C'est un espion envoyé par le Tregellan, et si je ne l'avais pas surpris au lit avec Twylla, je ne doute pas qu'il nous aurait empoisonnés aussi, le prince et moi. Il doit avoir puisé dans son savoir diabolique pour l'utiliser sans succomber au poison. Les Tregelliens ont cette capacité. Et bien que cela me coûte de l'avouer, je soupçonne la fille d'avoir participé au complot. Il se pourrait qu'elle l'ait encouragé à faire le mal et se soit offerte en récompense s'il trouvait l'antidote à l'aubemorte et commettait le meurtre.

Lief darde sur la reine un regard de pure haine. Je sais qu'il aggrave son cas en n'essayant pas de protester. Alors, je me débats pour lui, je hurle dans mon bâillon, tente d'échapper à mes gardes.

Merek, qui jusque-là a gardé les yeux résolument tournés vers la porte, donne un coup de poing sur la table, réduisant au silence la cour et moi-même.

– Twylla, est-ce vraiment le moment pour vous donner en spectacle ?

Spectacle ? Qu'avait-il dit après m'avoir entendue chanter pour son beau-père ? « Comme il est plaisant de passer un après-midi sans qu'il soit nécessaire de se donner en spectacle, tu ne trouves pas ? »

Comme je le regarde, il écarte son écharpe et dévoile une petite fleur jaune qu'il porte sur la poitrine. Un pissenlit. Voilà pourquoi son écharpe est bizarrement placée : elle sert à dissimuler la fleur. Puis il me fait un clin d'œil appuyé, et j'acquiers alors une certitude : il m'a crue, finalement.

– Il s'agit d'un procès, poursuit-il, pas d'une représentation. C'est pourquoi nous devons nous conduire comme il convient. Faites entrer le premier témoin.

La reine perd contenance.

– Quoi ?

– Le premier témoin. J'ai fait venir un médecin tregellien pour qu'il nous fasse bénéficier de ses compétences. On ne dira pas que mon premier procès en tant que roi a été injuste. Je sais me montrer clément.

Je souris derrière mon bâillon.

– Certainement pas ! proteste la reine en se levant. Il prendra forcément la défense de son compatriote. Ils sont tous ligués contre Lormere. Merek, je ne le tolérerai pas.

Lief m'interroge du regard, abasourdi. Derrière moi, la cour s'impatiente, incapable de tenir en place, et la reine s'en aperçoit aussi. Elle tente de les intimider du regard, mais le doute s'est maintenant insinué dans les esprits, et elle le sait. Elle pousse un bruyant soupir.

– Très bien. Que le témoin vienne. N'oubliez pas, dit-elle à la cour, que ce témoin n'est pas impartial.

Les gardes ouvrent les portes pour laisser entrer un petit homme à la peau sombre, aux cheveux bruns coupés court. Il s'incline devant la reine et Merek, évitant soigneusement de regarder dans notre direction.

– Docteur, je n'ai pas de corps à vous faire examiner, mais tous ceux qui sont dans cette salle ont vu mon beau-père s'écrouler. Il est mort ensuite. Je vais vous décrire ses symptômes et je veux que vous annonciez à la cour votre diagnostic. Pouvez-vous faire cela ?

– Oui, sire.

– Mon beau-père a soudain ressenti une faiblesse dans les jambes. Il a perdu le contrôle de ses membres et s'est retrouvé incapable de se tenir debout sans assistance. Cette faiblesse s'est communiquée à tout son corps, et il a fini par ne plus pouvoir parler. Il est mort peu après.

Le médecin s'éclaircit la gorge et hoche la tête avant de parler :

– Sire, il me semble que feu Sa Majesté a connu un problème au cerveau. (La reine se penche vers lui et le médecin recule d'un pas.) Il arrive que la circulation sanguine dans cet organe soit interrompue et cause ainsi cette incapacité des membres. Le malade essaie de bouger, mais le corps ne répond plus. Et il finit par mourir, car le sang ne va plus là où l'organisme en a besoin.

– Et comment cette maladie survient-elle ? demande Merek.

– De manière naturelle, répond le médecin. (Un mouvement de surprise parcourt l'assemblée.) Cela peut arriver à n'importe qui, à n'importe quel moment.

– Mensonge ! hurle la reine. C'était du poison !

– Mère, je doute qu'il se trompe. C'est un médecin. Vous concluez donc à une mort naturelle ? dit Merek en se tournant de nouveau vers le Tregellien blême.

– Oui, sire.

– J'accepte votre diagnostic d'expert.

– C'est absurde, tempête la reine. La ciguë des marais est un poison tregellien qui cause la paralysie des nerfs, puis asphyxie. Il suffit de six ou huit feuilles pour avoir raison d'un homme adulte. Ce Tregellien, dit-elle en pointant Lief du doigt, l'a utilisé pour empoisonner le roi, et celui-là, ajoute-t-elle en montrant le médecin, essaie de le protéger.

– Comment connaissez-vous la ciguë des marais, mère ? demande calmement Merek.

La salle retient son souffle.

– Où avez-vous appris avec tant de précision ses effets de paralysie et d'asphyxie ? Ce sont là des mots étranges dans la bouche de quelqu'un qui n'a aucune formation en médecine.

Il l'a prise au piège.

La reine hésite un peu trop longtemps avant de répondre :

– Rulf l'herboriste m'a montré un passage dans un de ses livres. Je l'ai consulté sur le sujet et il a confirmé mes craintes. Voilà d'où viennent ces termes, bien sûr. Je citais de mémoire.

– Montrez-moi votre pendentif.

– Comment ?

– Montrez-moi, ainsi qu'à la cour, votre pendentif.

– Merek, ce n'est pas le moment…

Le prince se penche et attrape la chaînette, faisant sortir le bijou du corsage de la reine, où il était glissé. Elle veut reculer, mais Merek ne lâche pas prise et elle est forcée de rester tranquille tandis que la chaîne mord la peau blanche de sa nuque. Le prince examine la pièce ronde.

– Lors de la chasse organisée à mon retour, vous m'avez dit avoir fait limer le dessin pour obtenir quelque chose d'apparence plus lormerienne. (Il brandit le pendentif où l'on voit le joueur de flûte.) Puis le seigneur Bennel a demandé si j'avais trouvé le Prince Endormi. Peu de temps après, vous avez fait tuer Bennel, soi-disant parce qu'il avait insulté Twylla. Était-ce la véritable raison, mère ? Ou le fait qu'il nous rappelle à tous l'histoire du Prince Endormi vous a-t-il contrariée ?

– Que se passe-t-il ? peste la reine. As-tu perdu l'esprit ?

Elle recule brusquement, et Merek lâche le bijou, qu'il regarde froidement retomber sur sa robe.

– J'ai envoyé une délégation à Tallith. Ils devraient être de retour en moins d'une demi-lune et ils nous diront si le corps d'une jeune fille gît à côté d'un caveau abandonné dans les ruines du château de Tallith. J'ai aussi donné l'alerte à ma garde personnelle pour que notre château soit bouclé et que l'on me prévienne si une créature débraillée, habillée à l'ancienne essaie d'entrer. Votre apothicaire muet a été tiré des profondeurs du château pour être interrogé et vos appartements sont en train d'être fouillés en ce moment même. J'appelle à présent le deuxième témoin : dame Twylla.

Il se tourne vers l'assemblée. Les courtisans ne font même pas mine de garder leur calme : il y a des raclements et des heurts sur le sol lorsqu'ils font tomber les bancs en se levant pour me regarder, moi, l'accusée appelée à témoigner. Mon garde retire mon bâillon. Il a le même visage en forme de cœur que Dimia. C'est Taül.

Je sens converger sur moi les regards de toute l'assistance.

– Twylla, si tu veux bien raconter à la cour ce que tu as découvert ? me demande Merek.

La reine semble presque amusée par la situation. Je m'exprime avec une grande clarté et ma voix de chanteuse porte à travers toute la salle.

– Vous avez invoqué le Pourvoyeur. (Je guette sur le visage de la reine le moment où mes accusations auront raison de son air moqueur.) Le collier que vous portez est son totem et, la nuit où les solaris étaient dans le ciel, vous l'avez appelé. Le jour suivant, vous avez éloigné tout le monde du château pour qu'il puisse agir. J'ai entendu l'air de flûte. J'ai vu une servante tomber sous son charme. (Un tic nerveux agite la mâchoire de la reine, et je continue avec lenteur, usant de chaque mot comme d'un poignard pointé vers elle.) Le soir où le prince a annoncé notre mariage, vous avez empoisonné le roi et essayé d'en faire porter la responsabilité à mon garde pour déclencher une guerre avec le Tregellan. Vous vouliez que le Prince Endormi soit votre alchimiste personnel et vous fournisse l'or nécessaire pour la guerre. Afin d'inaugurer un nouvel âge d'or de Lormere.

Je ne mentionne pas son projet d'épouser Merek, et il m'adresse un regard reconnaissant.

Une fois que je me suis tue, la cour reste plongée dans un silence de mort. Mon exaltation est encore plus grande que lorsque je chante en public.

Alors, la reine reprend la parole :

– Penses-tu vraiment que la cour va croire l'histoire puérile racontée par cette traînée ? C'est un conte de fées. Personne dans le royaume n'ignore que *Le Prince Endormi* est un conte de fées.

– Et Daunen incarnée ? je rétorque. Savent-ils que c'est un conte de fées ?

Je sens que dans l'assemblée la tension monte encore d'un cran.

– Blasphème ! piaille la reine.

– L'aubemorte n'existe pas. La Révélation ne veut rien dire. Je n'ai jamais tué personne. Vous avez tout inventé. Vous le savez, Merek aussi, ainsi que Rulf. Et Tyrek en est mort. Lief n'a pas eu besoin d'élaborer un antidote à ce poison, car l'aubemorte n'existe pas. Je ne suis pas vénéneuse, je ne l'ai jamais été. Ce n'est qu'un mensonge, depuis le début. Admettez-le.

Les cris de colère et de fureur de la cour se muent en un vacarme assourdissant, mais ceux de la reine dominent pourtant.

– Tu divagues ! Tu as peut-être ensorcelé mon fils, mais tu ne pourras tous les berner ! Mon peuple…

La reine est interrompue lorsqu'un garde – celui-là même qui nous avait annoncé la mort du roi – entre précipitamment dans la salle, muni d'une petite fiole en verre. L'assemblée se tait alors. L'atmosphère est lourde, menaçante.

– Pardonnez-moi, sire, dit-il à Merek, après s'être arrêté devant lui sans accorder la moindre attention à la reine. Nous avons découvert ceci dans la garde-robe de la reine, dans un coffret à bijoux.

Il tend la fiole, identique à celle dans laquelle je bois lors de la Révélation. D'un hochement de tête, Merek l'invite à la confier au médecin, qui semble nerveux. Il ouvre la fiole et en renifle rapidement le contenu, puis regarde Merek.

– De la ciguë des marais, sire. Diluée dans de l'alcool de grain.

– Quelqu'un l'a dissimulée dans ma chambre ! Vous cherchez à me destituer, toi et la catin ! Qu'on arrête le prince ! hurle-t-elle.

Mais les gardes ne bougent pas.

– Nul besoin de vous destituer. Votre mari est mort, vous ne pouvez conserver le trône sans un roi. Vous auriez dû y penser avant de l'assassiner. (Merek promène son regard sur la cour.) J'accuse l'ancienne reine de trahison contre le royaume de Lormere. Mon royaume, ajoute-t-il avec un grand calme. Quelqu'un s'oppose-t-il à cette accusation ? Est-ce que quelqu'un peut apporter la preuve de son innocence ?

À côté de lui, la reine est pétrifiée. Elle nous dévisage, les poings serrés, et je suis sûre qu'à un moment elle envisage de s'enfuir, mais finalement elle déplie les doigts et lisse sa robe. Lorsqu'elle lève les yeux sur Merek, son regard est dur.

– Et comment vas-tu régner sans reine ? Tu ne peux pas non plus occuper seul le trône. À moins que… (Elle me jette un vilain regard narquois.) À moins que tu n'aies l'intention de pardonner son crime à cette débauchée et de l'épouser malgré tout ?

– Elle n'a commis aucun crime, dit Merek d'une voix à peine fêlée. Je suis le régent de Lormere pour l'instant et j'affirme qu'il n'y a pas eu de crime contre la couronne.

La reine hausse un sourcil.

– Tu veux donc d'elle quand même ? Alors que je l'ai vue enroulée autour de lui comme un serpent tandis qu'il…

– Silence ! aboie le prince.

La reine le considère d'un air incrédule.

– Tu vas me présenter des excuses, Merek. Pour ce caprice, pour ces mots cruels et pour ton plan diabolique.

– Non, lâche-t-il d'une étrange voix distante.

La reine lui adresse alors un sourire enjôleur.

– Tu as besoin de moi, Merek. Le Prince Endormi est en route et tu as besoin de moi pour le maîtriser. J'ai le totem. Sans lui, qui sait de quoi il est capable ?

Le prince la regarde ainsi que toute la cour ; il hésite. J'interviens, mais sans savoir si ce que j'affirme est vrai.

– Le totem sert à appeler le Pourvoyeur. En dehors de cela, il n'a rien à voir avec le Prince Endormi. Le totem ne permet pas de le maîtriser.

– Ne t'avise pas de me parler.

La reine fait volte-face pour me foudroyer du regard, et je recule d'un pas. Cependant, mes paroles ont suffi à redonner contenance à Merek, qui attrape de nouveau le collier et tire d'un coup sec, si bien que la chaîne se brise. Choqués, mère et fils regardent fixement le pendentif qui oscille dans la main du prince.

– Et maintenant, c'est moi qui détiens le totem, dit Merek. S'il a un quelconque pouvoir sur le Prince Endormi, c'est moi qui l'exerce. Ce sera à moi de lui parler.

– Il te massacrera ! prédit la reine avec un rire hystérique. Tu te crois capable de négocier avec lui ? Tu crois qu'avoir dîné avec les membres du Conseil du Tregellan te suffira pour amadouer le Prince Endormi ? Il dort depuis cinq cents ans. À son réveil, il ne possède plus rien ! Tout ce qu'il a connu a disparu : sa famille, son royaume. Il ne va pas venir prendre un verre avec toi, imbécile ! Tu n'as pas la moindre idée de la façon dont on dirige un royaume, et encore moins de la manière de le protéger d'un monstre. Tu as besoin de moi.

– Non, affirme Merek d'une voix blanche. J'ai simplement besoin que vous sortiez de ma vue. De ce château. De ma vie. Je vous condamne à être pendue jusqu'à ce que mort s'ensuive.

Les mots résonnent dans toute la salle.

Le sourire de la reine fond comme du beurre sous une lame chaude.

– Quoi ?

– La trahison est punie de mort. Vous ne l'ignorez pas, dit Merek sans la regarder.

– Tu ne peux pas me pendre, je suis la reine.

– Non. Ma femme sera la reine. Et vous ne serez pas ma femme. Vous êtes une traîtresse.

– Je suis ta mère.

L'assemblée, pétrifiée, retient son souffle pendant cet échange. Immobiles, Lief et moi les observons. Le garde qui me retenait m'a lâchée et, en tournant la tête, je remarque que d'autres se sont postés aux portes. Ils attendent.

– Vous avez jusqu'au retour de mes hommes avec le corps de la jeune fille pour être en paix avec vous-même. À leur retour, votre vie prendra fin. Emmenez-la au cachot, ordonne-t-il aux gardes.

Tous s'avancent, chacun désirant avoir le plaisir de la faire prisonnière. Je suis satisfaite de constater que c'est Taül qui lui lie les mains dans le dos. Changée en pantin, elle n'oppose aucune résistance lorsqu'ils la font descendre de l'estrade. Elle ne quitte pas Merek des yeux, même lorsqu'il se détourne résolument.

– Libérez la dame et le garde, ordonne le prince.

– Attendez ! crie la reine alors que mes poignets sont de nouveau libres.

Nous nous tournons tous vers elle. Du seuil du Grand Salon, les yeux chargés d'éclairs, elle jette :

– Je ne suis pas la seule à avoir un rôle de méchant dans la pièce, n'est-ce pas, Lief ? Et si tu racontais à Twylla comment tu es arrivé là ?

– Hors de ma vue, commande Merek, et les gardes entraînent la reine dans le couloir.

Son rire de démente résonne à mes oreilles. Déroutée, je me tourne vers Lief, et le monde s'écroule sous mes pieds. Il est si pâle que les ecchymoses luisent sur sa peau livide. Il n'a pas l'allure d'un homme qui vient d'être gracié, mais celle d'un condamné.

– Que veut-elle dire ?

Il regarde par terre et je sens une violente douleur à la poitrine. Je sais que c'est mon cœur qui commence à se briser.

Chapitre 23

– Dehors, ordonne Merek aux courtisans. Sortez tous, laissez-nous.

– Que veut-elle dire ? je redemande à Lief, qui refuse de me regarder en face.

Je fais un pas en avant, mais le prince s'interpose en sautant de l'estrade pour m'empêcher de rejoindre Lief. Il me retient jusqu'à ce qu'il n'y ait plus que nous trois dans la salle. Les portes se referment sur nous. Merek regarde Lief.

– Que voulait dire ma mère, garde ? Qu'as-tu fait ? L'as-tu aidée à invoquer le Pourvoyeur ? À empoisonner mon beau-père ? Y a-t-il une part de vérité lorsqu'elle prétend que c'est un Tregellien qui l'a fait ?

– Non, répond-il d'une petite voix. Non, je jure que je n'ai rien à voir là-dedans. Ni avec le roi, ni avec le Prince Endormi.

– Alors de quoi s'agit-il ? Que veut-elle dire ? je répète.

Il secoue la tête. Merek darde sur lui un regard inquisiteur.

– Soit tu nous le dis, soit je la fais revenir ici pour nous l'expliquer, menace-t-il durement. D'une manière ou d'une autre, nous finirons par l'apprendre.

Lief ferme les yeux et j'ai l'impression que nous retenons tous les trois notre souffle.

– Je travaillais pour la reine.

– Mais je le savais : elle t'a engagé pour me servir de garde, dis-je bêtement.

– Non, Twylla. J'ai été engagé, par elle, pour te séduire. Pour que tu ne puisses plus épouser le prince.

Comme lors de la mort de Tyrek, tous les sons et toutes les couleurs du monde disparaissent, et il ne reste que ces mots : « J'ai été engagé, par elle, pour te séduire. » Ils tourbillonnent dans ma tête, leur signification se perd et, tout à coup, les bras de Merek sont autour de moi. Il me retient, car mes jambes se dérobent. Je me redresse, une main sur le bras de Merek, et je regarde Lief, l'homme que j'aime.

– Elle t'a engagé pour me séduire ?

Il acquiesce.

– Pour être sûre que le prince ne puisse pas t'épouser.

– Je ne comprends pas.

Lief prend une grande inspiration et me regarde enfin.

– Je t'ai dit que j'étais le fils d'un fermier. C'est la vérité, et mon père est mort. Mais mon arrière-grand-père ne venait pas de la campagne. Il était capitaine de l'armée tregellienne et ma famille vivait au château, ils étaient courtisans du roi d'alors. Jusqu'à la guerre. Il a été tué à cause de la guerre lormerienne.

J'écarquille les yeux.

– Après la guerre, le peuple s'est soulevé. Ils ont blâmé le roi et ce qui subsistait de son armée pour tout ce qu'ils avaient perdu. Il y a eu des émeutes. La foule a capturé la famille royale et son entourage, y compris mon arrière-grand-père. On leur a tous coupé la tête, et mon arrière-grand-mère a dû fuir pour avoir la vie sauve et que son fils ne subisse pas le même sort. Elle a dû cacher son identité pour protéger mon grand-père. Elle a épousé un fermier, bien en dessous de sa condition à la cour, mais quel autre choix avait-elle ? Ils n'ont pas eu d'enfants, et c'est ainsi que mon grand-père a hérité de la ferme, qui est ensuite revenue à mon père. Tout cela est arrivé à cause de Lormere.

– Je ne comprends pas, je répète lentement, et Merek me serre un peu plus fort.

Lief a les yeux fixés sur un point à ma gauche, il est incapable de soutenir mon regard plus longtemps.

– Lorsque mon père est mort, nous n'avions plus rien. Ma mère vit dans un taudis au bout du monde et ma sœur ne peut même pas quitter la maison parce que les gens qui vivent là… (Il s'interrompt et déglutit.) Lormere est la cause de tous nos malheurs. Sans votre reine et sa famille, j'aurais grandi à la cour, moi aussi. J'aurais été instruit, je n'aurais pas dû apprendre à lire en secret. Sans Lormere, il n'y aurait pas eu de révolte. Je serais comme lui, ajoute-t-il avec un mouvement de tête en direction de Merek. Alors, je suis venu pour cambrioler le château. J'avais prévu d'y pénétrer et d'emporter tout ce que je pouvais pour le revendre en Tregellan. Pour restaurer, au moins en partie, notre situation.

Il me jette un bref coup d'œil avant de baisser la tête. Il agite nerveusement les doigts.

– Je voulais de l'argent. Assez pour racheter la ferme, pour nous remettre sur pied. Mais j'ai été surpris et jeté au cachot. Je pensais que c'était fini : un Tregellien pris à voler dans le château de Lormere… Mais votre reine est venue me voir. J'imagine que quelqu'un devait lui avoir parlé de moi. Elle m'a proposé de me libérer et de me donner beaucoup d'argent si je parvenais à la débarrasser de toi. Tout ce que je devais faire, c'était m'arranger pour que tu tombes amoureuse, puis te convaincre de fuir avec moi. De laisser le prince. Alors, j'ai accepté. La reine a affecté un des gardes à un autre poste et un simulacre d'épreuves a été organisé. J'ai gagné. (Il hausse les épaules avec arrogance.) J'allais obtenir de l'or et ma revanche sur Lormere, avec l'aide de la reine elle-même.

Je lève la main pour qu'il ne poursuive pas.

– Ça ne peut pas être vrai.

Le visage de Lief se tord.

– Je devais te convaincre de partir et, une fois que tu aurais accepté, je devais lui dire où et quand nous attraper. Tu aurais été disgraciée et bannie, et j'aurais alors reçu ma récompense. Mais j'ai vu la façon dont le prince te regardait, je savais qu'il te pardonnerait et trouverait le moyen de te faire rester. Il aurait gagné, les gens de son espèce arrivent toujours à leurs fins. Mais il ne voudrait peut-être plus de toi si... si tu n'étais plus vierge, si quelqu'un d'autre lui avait coupé l'herbe sous le pied. Si un manant t'avait eue avant lui.

C'est à ce moment-là que je fuis la pièce, poussée par quelque instinct de préservation. Ce qu'il a dit me rend malade. Je m'élance sans rien voir dans le couloir, je m'écroule, incapable de maîtriser mon estomac, je tremble, secouée de violents haut-le-cœur, je vomis par terre.

Une main fraîche se pose sur ma nuque et, pour la première fois, j'apprécie la peau froide de Merek, qui apaise le feu qui me ronge. Lief s'est servi de moi. Il a dit qu'il m'aimait, il est entré dans mon lit, et ce n'était qu'un stratagème pour briser la famille royale et se venger.

Je m'assieds sous le regard de Merek qui m'essuie tendrement la bouche avec la manche de sa tunique. J'ai les yeux embués de larmes à cause de la nausée, et il les sèche également.

– Je te suis incroyablement redevable, me dit-il doucement. Lormere tout entier peut te remercier. Je suis désolé de t'avoir laissée penser que je ne te croyais pas, mais des gardes m'attendaient un peu plus loin dans le cachot. Je ne savais pas à qui allait leur allégeance et j'ai donc dû faire semblant de croire que tu mentais. L'un d'eux était Taül et il a confirmé ce que tu affirmais au sujet de sa sœur. Au dîner, j'ai remarqué le collier de ma mère, qui correspondait à ta description. Alors, j'ai envoyé chercher le médecin que j'avais espéré faire venir à temps pour sauver Dorin. Je savais qu'elle devait avoir caché le poison quelque part, j'ai donc arrêté le muet, qui avait dû le lui procurer. Pendant qu'elle se préparait pour le procès, mes hommes ont fouillé ses appartements. Je suis désolé de ne pas avoir pu te mettre au courant, mais il fallait qu'elle se trahisse devant tout le monde, de manière qu'elle ne puisse nier ou tuer pour s'en sortir.

– Il m'a menti, dis-je, balayant tous les discours de Merek.

– Je ne savais rien au sujet de ton garde. Je suis vraiment désolé.

– Dorin. S'il n'avait pas été piqué, ce ne serait jamais arrivé. Il n'aurait pas laissé Lief se rapprocher de moi.

– Twylla… je ne suis pas sûr qu'il ait succombé à une piqûre d'abeille.

– Que voulez-vous dire ?

– Je n'en suis pas certain, mais je crains fort qu'il n'ait été empoisonné lui aussi. Par elle. Pour te pousser dans les bras de Lief. Quand j'ai découvert qu'il était mourant, un des guérisseurs m'a confié qu'à un moment il allait mieux, ils étaient sûrs qu'il était en voie de guérison. Et puis, son état s'est rapidement dégradé. Je n'ai pas voulu te le dire à ce moment-là. C'était inutile. Mais je crois désormais qu'elle l'a fait empoisonner.

Je sens une partie de moi se changer en glace, en fer. C'est diaboliquement astucieux.

– Si elle avait placé Dorin à un autre poste, j'aurais été bouleversée, dis-je d'une voix qui me semble venir de très loin. Je n'aurais fait confiance à personne. Je n'aurais pas baissé ma garde. Mais s'il était malade et que Lief m'offrait une épaule sur laquelle pleurer… Comme je pensais que Dorin faisait confiance à Lief, je lui ai aveuglément accordé la mienne.

– Que veux-tu que je fasse ? me demande Merek. Qu'est-ce qui te ferait plaisir ?

– Qu'elle brûle sous mes yeux.

Merek reste bouche bée.

– Tu ne penses pas ce que tu dis ?

– Oh si, Merek. Vraiment.

Et c'est vrai. Pour la première fois de ma vie, je souhaite la mort de quelqu'un, et je veux qu'elle souffre. Mais quelle que soit l'intensité de sa souffrance, ça ne suffira jamais pour racheter ce qu'elle a fait à Dorin, à Merek. À moi.

– Pourquoi ? Pourquoi s'est-elle donné tant de mal ? Pourquoi ne pas m'avoir jetée en pâture au Pourvoyeur, afin de se débarrasser de moi ?

– Impossible, elle s'était piégée elle-même. Depuis des années, elle disait au royaume que tu étais notre salvatrice, l'emblème de la foi, envoyée parmi nous pour devenir mon épouse. L'espoir de Lormere. Si tu avais été enlevée, le peuple se serait soulevé et serait parti à ta recherche. Moi-même, je me serais lancé à ta recherche. Elle t'avait rendue trop importante. Trop importante pour pouvoir te tuer.

Je pense au pauvre roi qui, lui, n'était pas si important malgré son titre et son ascendance.

– Alors, elle a choisi de me discréditer ? De détruire ma réputation ?

Merek hoche la tête.

– Je t'ai dit que les gens ont besoin de croire en quelque chose. Et ils ont placé leur foi en toi. Elle devait donc d'abord détruire cette foi pour pouvoir t'éliminer. Si tu étais morte avant, quelles que soient les circonstances, le peuple aurait pensé que Lormere était maudit ou condamné et le pays se serait disloqué. Utiliser les dieux pour contrôler la population fonctionne dans les deux sens. Mais si l'on découvrait que tu n'étais pas réellement Daunen, si les dieux eux-mêmes t'abandonnaient, alors elle pourrait se permettre de se débarrasser de toi. Elle aurait amorti le choc ressenti par les habitants en annonçant l'arrivée de l'alchimie à Lormere, et elle t'aurait jetée aux loups.

J'opine du chef, peinant à suivre.

– Je t'ai dit qu'elle m'avait demandé de rapporter toutes les reliques de Tallith que je pouvais trouver. Je me doutais qu'elle cherchait à acquérir des connaissances alchimiques, je pensais qu'elle voulait forcer des érudits lormeriens à apprendre ce savoir-faire, et je n'y voyais aucun mal. Comme tu le sais, je souhaitais aussi importer cette connaissance. Quel sot j'ai été ! Je lui ai effectivement rapporté tout ce que j'ai trouvé, y compris le totem. C'est ce qu'elle devait espérer : elle préférait invoquer un alchimiste plutôt qu'essayer de percer les secrets de cet art. À partir de là, il ne lui restait plus qu'à se débarrasser de mon beau-père, accuser le Tregellan de ce meurtre, m'épouser pour perpétuer la lignée, et utiliser le Prince Endormi pour produire de l'or.

Je serre les bras autour de moi, comme si ce geste pouvait m'empêcher de me disloquer complètement.

– Qu'allons-nous faire du garde ? me demande Merek d'une voix douce. Il a quand même commis un acte de trahison. Tu es innocente, c'est évident.

Mais c'est faux. J'ai fait venir Lief dans mon lit après la visite de la galerie des Glaces avec Merek. Je le lui avoue.

Il déglutit et secoue la tête.

– Tu ne seras pas tenue pour responsable de ça. Tu n'as été qu'un pion dans ce jeu. Mais je me rangerai à ton avis. Si tu veux qu'il soit exécuté lui aussi, je l'ordonnerai.

« Non. » La réponse est immédiate, brûlante. Je ne peux pas le voir mourir. Je sais ce qu'il a fait – j'ai reçu sa confession –, mais, malgré tout, je ne souhaite pas sa mort et je ne le hais point.

Parce que je n'arrive toujours pas à le croire. Je n'y peux rien. Mon cœur hurle qu'il ment, qu'il n'a pas pu...

– À quoi bon l'exécuter ? Le mal est fait.

La mâchoire de Merek se crispe.

– Ce serait un juste châtiment pour ses crimes. Sauf si… sauf s'il s'avérait que ses actions n'ont pas été couronnées de succès.

– Que voulez-vous dire ?

– Si finalement il échoue à nous diviser. Si nous poursuivons sur la voie qui est la nôtre depuis quatre moissons…

Je lui souris tristement.

– J'ai besoin de toi, reprend-il. Le Prince Endormi arrive. Et elle a raison, je ne peux pas m'en occuper tout seul. J'ai eu besoin de ton aide pour mettre ma mère hors d'état de nuire, et je ne peux pas le combattre sans toi.

– Il ne souhaite peut-être pas la guerre. Il veut peut-être simplement comprendre ce qui lui est arrivé.

– Crois-moi, aucun prince n'est pacifique lorsqu'on lui a pris son château. Aucun homme, même. Ton garde, par exemple : vois à quelles extrémités la perte d'une ferme l'a poussé. Imagine comment il aurait réagi si on lui avait pris tout un royaume. (Il marque une pause.) Nous n'existions pas lorsque le Prince Endormi a été victime de cette malédiction. Lormere n'était qu'une poignée de hameaux dans les montagnes. Maintenant, nous avons des villes et des villages, une capitale et un château. Nous sommes prospères. Nous sommes ce que Tallith a été jadis. Crois-tu vraiment qu'il n'essaiera pas de s'emparer de notre royaume ? Ne trouvera-t-il pas cela légitime ? Tu as entendu ma mère, sans reine je ne suis que régent, et Lormere a besoin d'un roi. Je dois être son égal. Sois ma reine, Twylla. Reste à mon côté, règne avec moi, et aide-moi à assurer la sécurité de Lormere.

– Merek, le peuple vous acceptera comme roi, avec ou sans moi, je le rassure en cherchant sa main. Les événements récents suffiront bien pour les convaincre que les vieilles coutumes doivent évoluer. Les seigneurs vous soutiendront. Le peuple acceptera le changement si vous vous montrez honnête. Donnez-leur la vérité. Dites-leur que le Prince Endormi arrive et qu'ils doivent vous faire confiance pour que vous les protégiez.

– Toute la vérité ? Même à propos de toi et de Daunen ?

Je réfléchis un instant.

– Non. Laissez cela s'enterrer tranquillement. Ils ne méritent pas ça. (Ses pommettes se colorent et je serre légèrement ses doigts avant de relâcher sa main.) Soyez un bon roi, et ils n'auront plus besoin de prier les dieux. Ne les abandonnez pas. Dites-leur que vous les aimez, que vous aimez Lormere, et qu'ils seront toujours votre priorité. Vous n'avez pas besoin de moi pour ça.

– Mais je veux que tu sois avec moi, me dit-il avec un sourire. Pas seulement pour faire de moi le roi. Je t'ai toujours désirée. Malgré tout, tu restes celle que je choisis comme épouse. Je te choisis.

Il est si sérieux, si sincère. Je pourrais lui être bénéfique pour juguler ses sautes d'humeur et réchauffer sa froideur. Il a besoin d'une reine à qui il puisse parler. Il a besoin de quelqu'un à aimer. Je pourrais devenir cette femme et nous verrions ce qui en résulte. Et si c'est la guerre qui s'annonce, il vaudrait sûrement mieux l'affronter ensemble. Lormere est ma patrie aussi.

Je pose ma paume sur sa joue et réponds avec soin :

– J'aimerais… y réfléchir. Je voudrais vous faire part d'une décision qui soit la mienne, et seulement la mienne. Pas une décision prise parce qu'on me dit comment vont se passer les choses, ni pour me venger de quelqu'un ou pour prouver un tort. Et pas à cause de la guerre. Si je viens à vous, je veux que ce soit parce que je vous choisis, pour vous-même et pour nulle autre raison. N'ayez pas le moindre doute à ce sujet.

Il a l'air déçu mais il hoche la tête, compréhensif.

– J'ai attendu pendant onze ans que tu viennes me sauver, dit-il doucement. Je crois que je peux attendre encore un peu.

Le sauver. Il pensait que je le sauverais ! L'idée d'être l'héroïne de l'histoire est si séduisante que je suis sur le point de lui dire que je vais l'épouser.

– Alors, que faisons-nous du garde ? redemande-t-il en interrompant mes pensées.

– J'aimerais lui parler. Puis qu'il parte. Qu'on le bannisse de Lormere. Sous peine de mort s'il revenait.

Merek prend la main que j'ai laissée sur son visage et l'embrasse.

– Tu ferais une bonne reine, murmure-t-il. J'attendrai que tu prennes ta décision dans les jardins.

Il m'aide à me relever, examine mon visage et arrange mes cheveux avant de me laisser regagner le Grand Salon. Je ferme la porte et me prépare à affronter Lief.

Il est toujours devant l'estrade, les mains jointes, comme s'il était resté figé depuis que j'ai fui hors de cette salle. Je m'arrête près de la porte et nos regards se croisent, s'évaluent, tâchent chacun d'avoir le dessus. Quand je me lasse de cette lutte, je vais m'asseoir sur un banc et j'attends.

– Je suis désolé, dit-il enfin.

– Désolé pour quoi ?

– Pour tout.

Je hoche la tête.

– Je ne savais pas qu'elle me haïssait à ce point.

Il regarde ses pieds avant de parler :

– Elle ne te haïssait pas, du moins ça n'a pas toujours été le cas. Je crois qu'elle se haïssait elle-même.

Malgré moi, je le regarde.

– Que veux-tu dire ?

– Elle a échoué. Elle pensait être maudite, tu sais. D'abord, sa fille meurt, puis son mari. Ensuite, elle n'a pas réussi à concevoir un autre enfant. Tout ce qu'elle voulait, c'était conserver son trône et être la plus grande reine de Lormere. Elle détestait avoir besoin de toi.

Je serre les dents.

– Savais-tu qu'elle prévoyait d'épouser Merek à ma place ? Est-ce qu'elle te l'a dit pendant que vous élaboriez ce stratagème ? Son propre fils ! Elle voulait me destituer et épouser son fils ! Et déclarer la guerre à ton pays. À ton peuple ! T'a-t-elle dit ce qu'elle avait prévu, Lief ? Elle a invoqué un monstre de légende qui nous met tous en danger, à présent. Qu'allons-nous faire lorsqu'il arrivera ? Y as-tu pensé ?

– Je ne savais rien de tout ça. Et je me fiche des agissements des familles royales dégénérées, qu'elles soient de Lormere ou d'ailleurs.

Je me lève et avance vers lui, toutes griffes dehors.

– Qu'avais-je fait pour mériter ça, Lief ? Qu'est-ce que j'ai fait, moi, Twylla, pour que tu veuilles m'anéantir ? Ou me considérais-tu comme une perte de guerre ?

– Je ne te connaissais pas au début, dit-il.

– Et maintenant ? Maintenant, tu me connais si intimement. Par les dieux, Lief, je t'ai fait confiance !

Il regarde par terre en secouant la tête.

– Tu as détruit mon univers. Pas la maison royale de Lormere, non, moi ! Et tu l'as fait en prétendant m'aimer.

– Je n'ai pas menti là-dessus, s'empresse-t-il de corriger. Je n'ai pas menti en disant t'aimer. Pas à la fin.

– Tu continues à mentir !

Il avance vers moi, et je sais que s'il me prend dans ses bras, malgré tout ce qu'il a fait, je perdrai mes moyens. Je m'esquive pour interposer un banc entre nous.

– J'ai essayé de tout t'avouer dans le jardin de simples et je n'y suis pas arrivé. J'ai tenté de te le dire tous les jours. Si nous nous étions enfuis, je te l'aurais avoué.

– Comment oses-tu mentir si ouvertement ?

– J'en suis venu à t'aimer, plaide Lief. Ça, c'est vrai. Si ça n'a pas toujours été le cas, ça l'est aujourd'hui. J'ai bien mal commencé, mais à la fin je ne t'aurais pas trahie. Je serais parti avec toi. C'était ce que je voulais. Je suis revenu pour toi, pas pour l'or ni pour la vengeance, mais pour toi.

– Tu oses…

– C'est la vérité. J'étais partagé à ton sujet. Quand tu étais chaleureuse et bienveillante, je regrettais mon marché avec la reine et décidais de renier mon engagement. À l'inverse, quand tu te montrais odieuse, comme lorsque tu as menacé Dimia, je retrouvais ma détermination. Mais lorsque j'ai vu Merek t'embrasser dans la galerie des Glaces, je me suis rendu compte que je t'aimais réellement. Et que tous ces projets de fuite que nous avions faits, je voulais vraiment les mettre à exécution. Avec toi.

– Oh, dieux ! (Mon cœur se soulève de nouveau à l'évocation de ces souvenirs.) Tout cela n'était qu'un mensonge. Voilà pourquoi tu n'as pas voulu fuir avec moi le premier soir. Tu devais d'abord me souiller et lui dire où nous attraper.

– Mais je ne l'ai pas fait, parce que je suis tombé amoureux de toi ! Nous avons été ensemble cet après-midi-là et je n'ai rien dit ! J'aurais pu te trahir à ce moment-là et je ne l'ai pas fait. J'aurais fui avec toi à mon retour, j'étais prêt !

– Mais tu as fini par lui dire ! Elle nous a surpris ! Oh, dieux !

Je gémis en me souvenant des gardes qui nous ont arrêtés.

Ils portaient des gants, de manière à pouvoir me toucher. Ils étaient préparés pour mon arrestation. À cause de lui.

– Tu savais qu'elle allait venir. Tu étais allongé à côté de moi alors que tu savais qu'elle allait venir, qu'elle nous verrait nus. Tu m'as humiliée !

– Non, je n'y suis pour rien ! J'avais prévu de te quitter, de tout laisser tomber, mais je n'en ai pas été capable. Je suis revenu te chercher. Je t'aurais tout révélé. Je ne savais pas qu'elle viendrait. Je t'en prie, Twylla, tu dois me croire.

– Comment pourrais-je croire un mot de plus ? Tu mens, tu mens depuis le début. La seule vérité que tu aies dite, c'est avouer tes mensonges.

– Mais tu m'aimes, malgré tout. Comme moi je t'aime, malgré tout. Ça peut marcher, Twylla. Je sais que nous n'avons pas pris le meilleur départ qui soit, mais n'est-ce pas la fin qui compte ? Tu veux bien de moi ?

Quels grands yeux il a, verts comme les feux d'étoiles dans le ciel d'hiver ! Je détourne la tête, je ne peux supporter ce regard.

– Twylla, ma Twylla. Je t'offre le restant de mes jours. Ils sont à toi, rien qu'à toi, je passerai chaque heure de chacune de mes journées jusqu'à la dernière à me racheter, pour le tort que je t'ai fait. Mais il faut que tu m'en laisses l'occasion. Et si c'est la guerre qui se prépare, tu ne seras pas en sécurité ici. Il ne peut pas te protéger. Moi, je le peux, et je le ferai. Pardonne-moi. Laisse-moi te montrer de quoi je suis capable.

« Non, il ne peut pas me faire ça. » Il n'a pas le droit d'être désolé et d'implorer mon pardon. Pas maintenant. Pour la première fois de ma vie, je suis en mesure de choisir mon destin. J'ai toutes les cartes en main, on ne me cache plus rien. Je peux prendre le contrôle de mon existence, choisir ce qui m'arrivera.

Mais quelle alternative ! Ou bien un menteur invétéré dont je suis stupidement amoureuse, ou bien un prince brisé qui pense que je peux le sauver.

Je regarde Lief droit dans les yeux.

« Et qui me sauvera, moi ? »

Épilogue

Dans les histoires de l'ancien temps, le héros est l'homme au noble visage qui surgit l'épée au clair, tue le dragon et libère la princesse. Dans les histoires de l'ancien temps, la princesse ne semble jamais se rendre compte qu'elle devrait être plus prudente et ne pas se mettre à la merci de ceux qui lui veulent du mal.

Je ne vis pas dans les histoires de l'ancien temps.

Lorsque le feu se meurt et que la lumière du dehors n'est plus suffisante pour lire, j'ajoute une autre bûche aux braises rougeoyantes de l'âtre exigu. Quand les flammes s'élèvent et lèchent avidement le nouveau combustible, je vais dans ma petite cuisine et je me prépare à dîner. Rien d'extravagant : du pain accompagné de ce fromage tregellien crémeux et salé que l'on fait par ici. Je mange lentement en étalant le fromage sur le pain d'une main, tandis que, de l'autre, je maintiens le livre ouvert pour pouvoir continuer ma lecture. Une fois que j'ai fini, je vide distraitement le plat rempli de miettes dans le foyer. La lumière s'y reflète et attire mon œil. Je regarde un moment le plat rond en métal chatoyer à la lumière du feu. L'argent devient doré et ce spectacle me rappelle un autre lieu et une autre époque. Un frisson me parcourt l'échine. Je retire le plat et reviens à mon histoire en chassant le passé. Maintenant, j'ai lu toutes les histoires anciennes : *Sang rouge et or sale, La Sorcière de l'hiver, Le Varulv écarlate*. Et j'en veux d'autres. Je veux du merveilleux, des choses inventées et impossibles, mais je ne souhaite pas que les histoires jaillissent des pages et s'invitent dans le monde qui m'entoure. Je ne veux rien qui ressemble au *Prince Endormi*.

Merek a dit qu'il m'écrirait et j'ai promis de revenir si jamais le Prince Endormi arrivait un jour à Lormere, mais les mois ont passé et je n'ai rien reçu. Juste au cas où, je prête attention aux nouvelles de Lormere qui parviennent parfois jusqu'au village, même si ce minuscule hameau tregellien où je me considère maintenant comme chez moi est aussi loin de Lormere que possible sans franchir les frontières de Tallith. Personne ici ne sait qui je suis, ou plutôt qui j'étais, et c'est ce que je souhaite. Je suis une ardoise effacée. *Tabula rasa*.

Je commence à croire que le Prince Endormi a fini par mourir, que par quelque miracle la malédiction a été levée et que l'histoire a enfin trouvé sa conclusion. Je sais que c'est prendre mes désirs pour des réalités. J'aurais dû perdre cette habitude, mais chaque jour qui passe me rend un peu plus confiante, un peu plus libre. Un peu plus heureuse.

Certains des villageois ont pris l'habitude de m'inviter à dîner. Ils s'inquiètent que je vive seule ici. Mais pour l'instant, c'est un tel plaisir de pouvoir rester dans ma chaumière avec mes livres à moi, et de faire exactement ce qui me chante. J'ai appris qu'être seule et se sentir esseulée sont deux choses bien différentes. Autrefois, bien qu'entourée de gens, j'étais esseulée. À présent que je suis seule, je n'ai jamais été aussi satisfaite. Dernièrement, j'ai remarqué que je fredonne sans arrêt, et c'est un air que je n'ai jamais entendu auparavant. Une nouvelle chanson. Une chanson à moi. Il faut que j'en note les paroles quand elles me viennent.

Alors que je ferme les rideaux sur le monde extérieur, mon jardin désert me fait sourire avant de disparaître à ma vue. Au printemps, il sera couvert de fleurs sauvages.

Roulée en boule dans mon fauteuil, je lis à la lumière du feu et des quelques bougies que j'ai allumées. Mes paupières se font lourdes, sans doute à cause de la chaleur et aussi du vin que je bois à petites gorgées. Enfin, je glisse un marque-page dans mon livre, que je pose en me disant qu'il vaut mieux aller au lit que me réveiller au petit matin avec un torticolis et un livre incrusté dans la cage thoracique. Je viens de prendre une grande inspiration pour souffler les chandelles lorsqu'on frappe à la porte. Je m'immobilise.

Je reconnais cette façon de frapper. L'espace d'une merveilleuse lunaison, dans un autre monde, j'entendais ce bruit tous les jours. Rap, tap-tap ! Il m'est aussi familier que ma propre voix.

Je devrais éprouver de la crainte, de la colère et de la haine. Ce bruit devrait m'être importun.

Mais c'est l'espoir qui m'envahit et chasse la fatigue de mon corps. Je vais ouvrir la porte.

Remerciements

J'espère que vous avez apprécié cette histoire. Si c'est le cas, il faut savoir que sans les personnes suivantes ce livre n'aurait pas pu arriver entre vos mains :

Mon agent, Claire Wilson de chez Rogers, Coleridge and White. Merci pour tout. Je dis bien « pour tout ». Tu es la meilleure, ni plus ni moins. Je pourrais employer tous les superlatifs existants, ce ne serait pas suffisant pour faire comprendre à quel point tu es extraordinaire. Comment aurais-je fait sans toi ? Et toi, Lexie Hamblin, tu es assez fantastique aussi. Merci à vous deux.

Toute la bande de Scholastic UK, mais surtout mon éditrice, Genevieve Herr. Dès le début, tu as soutenu cette histoire (et son auteur). Pour cette raison, parmi bien d'autres, tu es l'une de mes préférées. Et aussi Sam Selby Smith, qui s'est montré si encourageant. Emily Lamm, pour son excellent suivi éditorial, Jamie Gregory, qui m'a fait pleurer lorsque j'ai découvert la couverture, et Rachel Phillips, mon attachée de presse si patiente. Désolée, et merci !

Mallory Kass de chez Scholastic Inc. Tomber sur un éditeur qui comprend parfaitement le roman est super, en avoir deux est un rêve éveillé. Je ne sais pas qui a sacrifié sa chèvre pour qu'une telle chose se produise, mais merci aussi ! J'ai une chance incroyable. Ma reconnaissance à toute l'équipe de Scholastic Inc. pour le débat « Team Lief/Team Merek ». J'attends les T-shirts et les badges. Et peut-être des drapeaux aussi. Ou des autocollants.

Merci à Robin Stevens qui m'a dit que cette histoire valait le coup d'être lue alors que je pensais que c'était le pire roman jamais écrit. Tu avais raison. Encore une fois. Je suis contente d'avoir entrepris cette aventure avec toi.

Merci à Liv Goldsmith, la première personne qui a lu cette histoire. Et aussi la première à m'avoir envoyé des gros mots à ce propos. Que du bonheur !

Merci à Jules Blewett-Grant, qui m'a donné une place dans sa maison, sa famille et sa vie. Et qui fait le meilleur Yorkshire pudding du monde !

Merci à Emilie Lyons, mon amie la plus dangereuse, tel James Potter pour Sirius Black. Lorsque j'ai reçu mes premières épreuves corrigées, je suis allée à Paris avec Emilie et nous avons emporté le livre en haut de la tour Eiffel, où nous avons trinqué au champagne. Elle l'a aussi fait tomber dans du brie, mais je lui ai pardonné.

Merci à Jim Dean qui, à force d'acharnement, a déniché un exemplaire de mes épreuves, a adoré le roman et s'est répandu en éloges. À maintes reprises. Je suis très contente de t'avoir rencontré, et plus encore que nous soyons devenus amis. Même si tu es un Poufsouffle.

Merci à tous mes amis. Vous avez tous été merveilleux, mais je tiens spécialement à mentionner Adam R., Alexia C., Alice O., Catherine D., Denise S., Emma G., Gary M., Lauren J., Nichole K., Pe M., Rainbow R., Sophie R. et Stine S., pour votre engouement, votre enthousiasme et vos encouragements. Vous m'avez fait rire comme une baleine. Je vous adore.

Spéciale dédicace à Jeff Goldblum. Parce que c'est Jeff Goldblum, et c'est une raison suffisante.

Si j'ai oublié quelqu'un, pardon, je vous aurai au prochain. Cela dit, rien de menaçant dans cette phrase.

Si vous n'avez pas aimé cette histoire, n'hésitez pas à vous plaindre auprès de ceux que j'ai nommés ci-dessus. Je suis la principale coupable, mais tous m'ont soutenue et encouragée de manière éhontée.

P.-S. : Si vous connaissez le langage des fleurs de l'époque victorienne, vous pourrez relire les passages où apparaissent les fleurs, et utiliser vos connaissances.

L'auteur

Melinda Salisbury est née en Angleterre dans les années 1980. Elle vit aujourd'hui en bord de mer, quelque part au sud du pays. Enfant, elle croyait sincèrement que le roman *Matilda*, de Roald Dahl, était sa biographie : en partie à cause de son grand-père qui l'appelait souvent Matilda, et de la réaction des bibliothécaires municipales face aux livres qu'elle empruntait. Elle n'a cependant jamais développé de pouvoirs télékinétiques. Après avoir quitté l'université, elle a décidé de s'engager sur la voie de l'écriture, grâce à une certaine J. K. Rowling…

L'Héritière est son premier roman.

Vous pouvez retrouver Melinda Salisbury sur Twitter@ AhintofMystery, mais prenez garde, elle twitte à la vitesse de l'éclair.

À mes lecteurs

Par Melinda Salisbury

Lorsque j'ai commencé à écrire ce livre, je savais que Lormere était un endroit violent, impitoyable et dangereux. Mais pour moi ce qui est le plus effrayant dans ce monde, ce n'est pas le comportement des gens autour de Twylla, mais la façon dont elle se sent bridée et piégée par sa situation, son sexe, son héritage, ses capacités. Je voulais écrire à propos de quelqu'un qui a très peu de choix et de contrôle sur le cours de sa propre vie. Et parler de la gageure que représente le fait de s'en affranchir, si tant est que cela soit possible. Je voulais écrire sur une jeune fille qui découvre qui elle est, ce qu'elle veut, dans un monde où l'on n'a jamais envisagé qu'elle puisse être autre chose que ce qui a été décidé à sa place.

Le thème du choix me tient beaucoup à cœur. L'univers médiéval merveilleux m'est apparu comme une évidence pour cette histoire, notamment parce que je suis fascinée par les châteaux, la chevalerie et les mœurs médiévales ; mais surtout parce qu'à cette époque les jeunes filles ne faisaient pas de choix concernant leur vie, surtout les femmes de la noblesse. Contrairement aux fils qui pouvaient recevoir un héritage et transmettre le nom de la famille, les filles représentaient uniquement des éléments de négociation qu'il fallait placer de manière stratégique : en les mariant pour former des alliances, ou en les envoyant au couvent pour s'attirer les bonnes grâces divines. Les filles existaient dans le but d'appartenir à quelqu'un. Ceux qui prenaient des décisions pour elles étaient leurs proches, et pourtant ces choix tenaient rarement compte des souhaits de ces jeunes filles. Tomber amoureuse n'était pas prévu au programme.

Malheureusement, ce problème n'a pas disparu avec la fin de cette époque. De nos jours, il y a encore dans le monde des jeunes filles que l'on élève dans le but de les échanger contre de la terre ou des alliances par le biais du mariage. Il y a des endroits où l'instruction leur est refusée, où parfois leur vie est en danger. Où l'on considère qu'elles sont coupables de crimes dont elles sont en fait les victimes. Où tomber amoureuse peut mener à la mort ou à l'exil. Où la possibilité du choix n'est qu'un rêve lointain.

L'histoire de Twylla est une fiction, mais pour beaucoup de jeunes filles dans le monde, c'est la réalité. Je sais que certains seront agacés qu'elle ne se rebelle pas contre la vie qu'on lui a imposée, qu'elle ne s'insurge pas contre sa situation. Mais certains combats sont menés avec lenteur, en silence. Il est de petites rébellions, qui ne rendent pas la victoire moins héroïque. La bravoure ne consiste pas seulement à foncer sur un dragon avec une épée, mais aussi à affronter la vérité et à s'en accommoder.

Je travaille actuellement sur le deuxième tome de la série, qui introduit de nouveaux personnages dans le monde de Twylla, et nous verrons si les choix qu'a faits Twylla la rendent heureuse.

Le papier de cet ouvrage est composé de fibres naturelles, renouvelables, recyclables et fabriquées à partir de bois provenant de forêts gérées durablement.

Mise en pages : Nord Compo

Loi n° 49-956 du 16 juillet 1949
Sur les publications destinées à la jeunesse
ISBN : 978-2-07-066545-7
N° d'édition : 278944
Imprimé en Italie par Grafica Veneta SpA